Was macht diesen Roman über Auschwitz und Buchenwald so anstößig? Ist es der unschuldige und optimistische Ton des jüdischen Jungen, der seine Deportation als Aufbruch ins Unbekannte und die Ankunft in Auschwitz als groteskes Spektakel erzählt? Liegt die Blasphemie darin, daß er so bereitwillig die Logik der Lager erprobt – ein gelehriger Schüler, der seine Sache möglichst gut machen will? Oder sind es die schockierenden Antworten auf die Fragen eines wohlmeinenden Journalisten, den er auf der Straße in Budapest trifft, kaum daß er aus Buchenwald zurückgekehrt ist?

Imre Kertész, geboren 1929 in Budapest, wurde 1944 nach Auschwitz deportiert und 1945 in Buchenwald befreit. Seit 1953 lebt er in Budapest als freier Schriftsteller und Übersetzer (u. a. von Nietzsche, Freud, Hofmannsthal). Für seine Romane, Erzählungen und Essays, die im Rowohlt Verlag vorliegen, wurde er mit mehreren Preisen ausgezeichnet – 2002 «für ein schriftstellerisches Werk, das die zerbrechliche Erfahrung des Einzelnen gegenüber der barbarischen Willkür der Geschichte behauptet» mit dem Nobelpreis für Literatur.

Imre Kertész

Roman eines Schicksallosen

Aus dem Ungarischen
von Christina Viragh

Rowohlt Taschenbuch Verlag

Einmalige Sonderausgabe Januar 2004

Veröffentlicht im Rowohlt Taschenbuch
Verlag GmbH, Reinbek bei Hamburg,
Juni 1998

Die Originalausgabe erschien 1975
unter dem Titel «Sorstalanság»
bei Szépirodalmi Kiadó, Budapest

Lektorat Ingrid Krüger
Umschlaggestaltung any.way, Wiebke Buckow
Gesamtherstellung Clausen & Bosse, Leck
Printed in Germany
ISBN 3 499 23590 0

IMRE KERTÉSZ

ROMAN EINES SCHICKSALLOSEN

1

Heute war ich nicht in der Schule. Das heißt doch, ich war da, aber nur, um mir vom Klassenlehrer freigeben zu lassen. Ich habe ihm das Schreiben meines Vaters überbracht, in dem er wegen «familiärer Gründe» um meine Freistellung nachsucht. Der Lehrer hat gefragt, was das für familiäre Gründe seien. Ich habe gesagt, mein Vater sei zum Arbeitsdienst einberufen worden; da hat er weiter keine Schwierigkeiten gemacht.

Ich bin losgeeilt, aber nicht nach Hause, sondern gleich zu unserem Geschäft. Mein Vater hatte gesagt, sie würden mich dort erwarten. Er hatte noch hinzugefügt, ich solle mich beeilen, vielleicht würden sie mich brauchen. Eigentlich hat er mir gerade darum freigeben lassen. Oder vielleicht, um mich «an diesem letzten Tag an seiner Seite zu wissen», bevor er «seinem Zuhause entrissen wird»: denn auch das hat er gesagt, allerdings, ja, zu einem anderen Zeitpunkt. Er hat es, wenn ich mich recht erinnere, zu meiner Mutter gesagt, als er am Morgen mit ihr telefonierte. Es ist nämlich Donnerstag, und an diesem Tag und sonntags hat strenggenommen meine Mutter Anrecht auf meinen Nachmittag. Doch mein Vater hat ihr mitgeteilt: «Es ist mir heute nicht möglich, Gyurka zu dir hinüberzulassen» und hat das dann so begründet. Oder vielleicht doch nicht. Ich war heute morgen ziemlich müde, wegen des Fliegeralarms in der Nacht, und erinnere mich vielleicht nicht richtig. Aber daß er es gesagt hat, da bin ich sicher. Wenn nicht zu meiner Mutter, dann zu jemand anderem.

Ich habe dann mit meiner Mutter ebenfalls ein paar Worte gewechselt, worüber, das weiß ich nicht mehr. Ich glaube, sie war mir dann auch ein wenig böse, denn wegen der Anwesenheit meines Vaters blieb mir nichts anderes übrig, als mit ihr etwas kurz angebunden zu sein: schließlich muß ich mich heute nach ihm richten. Als ich schon im Begriff war aufzubrechen, hat auch meine Stiefmutter noch ein paar vertrauliche Worte an mich gerichtet, im Flur, unter vier Augen. Sie hat gesagt, sie hoffe, an diesem für uns so traurigen Tag bei mir «mit einem angemessenen Verhalten rechnen zu können». Ich wußte nicht, was ich da hätte sagen sollen, und so habe ich nichts gesagt. Aber vielleicht legte sie mein Schweigen falsch aus, denn sie hat gleich etwas hinzugefügt, in dem Sinn, daß sie mir keineswegs zu nahe treten wollte mit dieser Ermahnung, die – das wisse sie – sowieso unnötig sei. Denn sie zweifle ja nicht daran, daß ich als fast fünfzehnjähriger großer Junge selbst fähig sei, die Schwere des uns ereilenden Schicksalsschlages zu ermessen, so hat sie sich ausgedrückt. Ich habe genickt. Mehr brauchte es auch nicht, wie ich gemerkt habe. Sie hat noch eine Bewegung mit den Händen in meine Richtung gemacht, so daß ich schon Angst hatte, sie wolle mich vielleicht umarmen. Das hat sie dann doch nicht getan und nur tief geseufzt, mit einem langen, bebenden Atemzug. Ich habe gesehen, daß ihr auch die Augen feucht wurden. Es war unangenehm. Dann durfte ich gehen.

Von der Schule bis zu unserem Geschäft bin ich marschiert. Es war ein klarer, lauer Morgen – dafür, daß der Frühling erst anfängt. Ich hätte mir gern den Mantel aufgeknöpft, habe es mir aber dann anders überlegt: im leichten Gegenwind könnte das Revers zurückklappen und den gelben Stern verdecken, was gegen die Vorschrift wäre. In einigen Dingen muß ich jetzt doch schon umsichtiger verfahren. Unser Holzkeller befindet sich hier in der Nähe, in einer Nebenstraße. Eine steile Treppe führt hinunter in dämmeriges Licht. Ich habe meinen Vater und meine Stiefmutter im Büro angetroffen: einem engen, wie ein Aquarium beleuchteten Glaskäfig direkt unterhalb der Treppe. Auch Herr Sütő war da, den ich noch aus der Zeit kenne, als er bei uns in einem Anstellungsverhältnis war, als Buchhalter und Verwalter unseres anderen, unter freiem Himmel gelegenen Lagers, das er uns inzwischen abgekauft hat. So sagen wir es wenigstens. Herr Sütő trägt nämlich, da bei ihm in rassischer Hinsicht alles in bester Ordnung ist, keinen gelben Stern, und das Ganze ist eigentlich, soviel ich weiß, nur ein Geschäftstrick, damit er auf unseren Besitz dort achtgibt und auch, nun ja, damit wir unterdessen nicht ganz auf unsere Einnahmen verzichten müssen.

Ich habe ihn irgendwie schon ein bißchen anders gegrüßt als früher, denn er ist ja in gewisser Hinsicht jetzt höhergestellt als wir; auch mein Vater und meine Stiefmutter sind aufmerksamer zu ihm. Er hingegen legt um so größeren Wert darauf, meinen Vater weiterhin «Herr

Direktor» und meine Stiefmutter «verehrte gnädige Frau» zu nennen, als wäre nichts geschehen, und auch den Handkuß läßt er bei ihr nie aus. Auch mich hat er in dem gewohnten scherzenden Ton begrüßt. Meinen gelben Stern schien er gar nicht zu bemerken. Dann bin ich stehengeblieben, wo ich gerade stand, nämlich bei der Tür, während sie fortfuhren, wo sie bei meinem Eintreffen aufgehört hatten. Wie mir schien, hatte ich sie irgendwie bei einer Besprechung unterbrochen. Zuerst verstand ich gar nicht, wovon sie sprachen. Einen Moment hielt ich sogar die Augen geschlossen, denn sie flimmerten mir noch ein wenig vom Sonnenschein oben. Unterdessen sagte mein Vater etwas, und als ich die Augen wieder aufmachte, sprach Herr Sütő. Auf seinem bräunlichen runden Gesicht – mit dem dünnen Schnurrbärtchen und der kleinen Lücke zwischen den breiten weißen Schneidezähnen – hüpften orangerote Sonnenflecken, wie Geschwüre, die aufbrechen. Den folgenden Satz hat wieder mein Vater gesagt, es war darin von irgendeiner «Ware» die Rede und daß «es am besten wäre», wenn Herr Sütő «sie gleich mitnähme». Herr Sütő hatte nichts dagegen einzuwenden; daraufhin hat mein Vater ein in Seidenpapier gewickeltes und mit einer Schnur zusammengebundenes Päckchen aus der Schreibtischschublade genommen. Da erst habe ich gesehen, um was für eine Ware es sich handelte, denn ich habe das Paket gleich an seiner flachen Form erkannt: die Schatulle war darin. In der Schatulle aber sind unsere wichtigeren Schmuckstücke und andere solche Sachen. Ja, ich glaube sogar, daß sie extra meinetwegen von «Ware» sprachen, damit ich die Schatulle nicht erkenne.

Herr Sütő hat sie sogleich in seiner Aktentasche verschwinden lassen. Dann aber ist eine kleine Diskussion zwischen ihnen entstanden: Herr Sütő hatte nämlich seinen Füllfederhalter hervorgeholt und wollte meinem Vater für die «Ware» unbedingt eine «Bescheinigung» geben. Er hat lange nicht lockergelassen, obwohl ihm mein Vater sagte, das seien «Kindereien» und «zwischen uns ist so etwas doch nicht nötig». Mir schien, Herr Sütő hörte das gern. Er hat dann auch gesagt: «Ich weiß, daß Sie mir vertrauen, Herr Direktor; aber im praktischen Leben hat alles so seine Ordnung.» Er zog sogar meine Stiefmutter zu Hilfe: «Nicht wahr, gnädige Frau?» Sie hat aber bloß ein müdes Lächeln auf den Lippen gehabt und etwas gesagt wie: sie möchte die ordnungsgemäße Erledigung dieser Angelegenheit völlig den Männern überlassen.

Mir war das Ganze schon etwas verleidet, als er dann endlich seinen Füllfederhalter doch weggesteckt hat; dann aber fingen sie an, in der Angelegenheit dieses Lagers hin und her zu reden: nämlich was sie mit den vielen hier befindlichen Brettern machen sollten. Wie ich hörte, war mein Vater der Meinung, man müsse sich beeilen, bevor die Behörden «eventuell die Hand auf das Geschäft legen», und er hat Herrn Sütő ersucht, meiner Stiefmutter in dieser Angelegenheit mit seiner Erfahrung und seiner Sachkenntnis beizustehen. Herr Sütő hat sich sofort zu meiner Stiefmutter gewandt und erklärt: «Das ist doch selbstverständlich, gnädige Frau. Wir bleiben ja wegen der Abrechnungen sowieso in ständigem Kontakt.» Ich glaube, er meinte unser Lager, das jetzt bei ihm ist. Irgendwann fing er endlich an sich zu verabschieden. Er schüttelte meinem Vater lange die Hand, mit betrübter Miene. Doch er war der Meinung, daß «in einem solchen Augenblick viele Worte fehl am Platz» seien, und er wollte deshalb nur ein einziges Abschiedswort an meinen Vater richten, nämlich: «Auf ein baldiges Wiedersehen, Herr Direktor.» Mein Vater hat mit einem kleinen, schiefen Lächeln geantwortet: «Hoffen wir, daß es so sein wird, Herr Sütő.» Gleichzeitig hat meine Stiefmutter ihre Handtasche geöffnet, ein Taschentuch herausgenommen und es sich geradewegs an die Augen gehalten. In ihrer Kehle gurgelten seltsame Töne. Es wurde still, und die Situation war sehr peinlich, weil ich auf einmal so ein Gefühl hatte, auch ich müßte etwas tun. Aber der Vorfall hatte sich ganz plötzlich ereignet, und mir ist nichts Gescheites eingefallen. Wie ich sah, war es auch Herrn Sütő unbehaglich: «Aber gnädige Frau», ließ er sich vernehmen, «das sollten Sie nicht. Wirklich nicht.» Er schien ein bißchen erschrokken. Er hat sich vorgebeugt und meiner Stiefmutter den Mund geradezu auf die Hand fallen lassen, um bei ihr den gewohnten Handkuß zu verrichten. Dann ist er gleich zur Tür geeilt: ich hatte kaum Zeit, beiseite zu springen. Er hat sogar vergessen, sich von mir zu verabschieden. Nachdem er draußen war, hörten wir noch lange seine schweren Schritte auf den hölzernen Stufen.

Nach einigem Schweigen hat mein Vater gesagt: «Na schön, um so viel wären wir jetzt leichter.» Worauf meine Stiefmutter, noch mit leicht verschleierter Stimme, meinen Vater gefragt hat, ob er den fraglichen Beleg nicht doch hätte von Herrn Sütő annehmen sollen. Doch mein Vater hat erwidert, solche Belege hätten keinerlei «praktischen Wert», abgesehen davon, daß es noch gefährlicher wäre, so etwas versteckt zu halten, als die Schatulle selbst. Und er hat ihr erklärt, wir müßten jetzt «alles auf eine Karte setzen», auf die nämlich, daß wir Herrn Sütő voll und ganz vertrauen, in Anbetracht dessen, daß es für uns im Augenblick sowieso keine andere Lösung gibt. Darauf hat meine Stiefmutter nichts mehr gesagt, dann aber bemerkt, mein Vater möge wohl recht haben, sie aber würde sich trotzdem sicherer fühlen «mit einem Beleg in der Hand». Sie war allerdings nicht imstande, das entsprechend zu begründen. Mein Vater hat daraufhin zur Eile gemahnt: die Arbeit warte, sie sollten endlich anfangen, da, wie er sagte, die Zeit drängt. Er wollte ihr nämlich die Geschäftsbücher übergeben, damit sie sich da auch ohne ihn zurechtfinden kann und das Geschäft nicht lahmliegen muß, wenn er im Arbeitslager ist. Zwischendurch hat er auch mit mir ein paar flüchtige Worte gewechselt. Er fragte, ob man mir ohne Schwierigkeiten freigegeben habe und so weiter. Schließlich sagte er, ich solle mich setzen und mich ruhig verhalten, bis er und meine Stiefmutter alles erledigt hätten mit den Büchern.

Bloß hat das sehr lange gedauert. Eine Zeitlang versuchte ich, geduldig auszuharren, und bemühte mich, an meinen Vater zu denken, genauer daran, daß er morgen weggeht und ich ihn wahrscheinlich dann lange nicht mehr sehen werde; aber nach einer Weile war ich von diesem Gedanken müde, und da ich für meinen Vater sonst nichts tun konnte, ist es mir langweilig geworden. Auch das Herumsitzen machte sehr müde, und so bin ich, einfach um eine Abwechslung zu haben, aufgestanden und habe Wasser vom Wasserhahn getrunken. Sie haben nichts gesagt. Später bin ich auch einmal nach hinten gegangen, zwischen die Bretter, um ein kleines Geschäft zu erledigen. Als ich zurückkam, habe ich mir die Hände über dem angeschlagenen rostigen Waschbecken gewaschen, dann habe ich mein Pausenbrot aus der Schultasche gepackt und gegessen, und zum Schluß habe ich wieder vom Hahn Wasser getrunken. Sie haben nichts gesagt. Ich habe mich an meinen Platz zurückgesetzt. Dann habe ich mich noch sehr lange fürchterlich gelangweilt.

Es war schon Mittag, als wir zur Straße hochgestiegen sind. Wieder hat es mir vor den Augen geflimmert, diesmal wegen der Helligkeit. Mein Vater hat sich lange, ich hatte fast schon das Gefühl, absichtlich, mit den beiden grauen Eisenschlössern abgemüht. Dann hat er die Schlüssel meiner Stiefmutter übergeben, da er sie ja nie mehr brauchen wird. Das weiß ich, weil er es gesagt hat. Meine Stiefmutter hat ihre Handtasche geöffnet, ich fürchtete schon, es sei wieder wegen des Taschentuchs: aber sie hat bloß die Schlüssel versorgt. Wir haben uns in großer Eile auf den Weg gemacht. Nach Hause, wie ich anfangs dachte; doch nein, wir sind zuerst noch einkaufen gegangen. Meine Stiefmutter hatte eine ganz ausführliche Liste von all den Dingen, die mein Vater im Arbeitslager brauchen würde. Um einen Teil hatte sie sich schon gestern gekümmert. Das andere hingegen mußten wir jetzt besorgen. Es war irgendwie ein bißchen unbehaglich, mit ihnen zu gehen, so zu dritt und alle drei mit dem gelben Stern. Wenn ich allein bin, amüsiert mich die Sache eher. Mit ihnen zusammen hatte es beinahe etwas Unangenehmes. Ich könnte nicht erklären, warum. Später habe ich dann nicht mehr darauf geachtet. In den Geschäften waren überall viele Leute, außer in dem, wo wir den Rucksack kauften: da waren wir die einzigen Kunden. Die Luft war ganz durchtränkt mit dem scharfen Geruch von präpariertem Leinen. Der Ladenbesitzer, ein vergilbtes altes Männchen, mit einem blitzenden künstlichen Gebiß und Ärmelschonern über den Ellbogen, und seine dicke Frau waren sehr freundlich zu uns. Sie häuften die verschiedensten Artikel vor uns auf den Ladentisch. Ich machte die Beobachtung, daß der Ladenbesitzer die alte Frau «mein Kleines» nannte und daß immer sie nach den Waren laufen mußte. Übrigens kenne ich das Geschäft, es liegt nicht weit von unserer Wohnung, aber drinnen war ich noch nie. Eigentlich ist es eine Art Sportgeschäft, wobei sie auch anderes anbieten. Neuerdings gibt es bei ihnen auch gelbe Sterne aus eigener Herstellung zu kaufen, denn an gelbem Stoff herrscht jetzt natürlich großer Mangel. (Was wir brauchten, hat meine Stiefmutter noch rechtzeitig besorgt.) Wenn ich es richtig sehe, besteht ihre Erfindung darin, daß der Stoff irgendwie auf ein Stück Karton gespannt ist, und das ist natürlich hübscher, ja, und dann sind auch die Zacken der Sterne nicht so lächerlich verschnitten wie bei mancher Heimanfertigung. Ich habe bemerkt, daß ihnen das eigene Produkt selbst auf der Brust prangte. Und das war, als würden sie es nur tragen, um die Käufer zu animieren.

Aber da ist schon die alte Frau mit den Waren gekommen. Noch davor hatte der Ladenbesitzer gebeten, ihm die Frage zu gestatten, ob wir den Einkauf vielleicht im Hinblick auf den Arbeitsdienst tätigten. Das Ja hat meine Stiefmutter gesagt. Der Alte hat traurig genickt. Er hat sogar seine vergreisten, leberfleckigen Hände hochgehoben und dann mit einer Geste des Bedauerns wieder auf den Ladentisch zurücksinken lassen. Dann hat meine Stiefmutter erwähnt, daß wir einen Rucksack brauchten, und sich erkundigt, ob sie welche hätten. Der Alte hat gezögert und dann gesagt: «Für die Herrschaften ja.» Und seine Frau hat er angewiesen: «Mein Kleines, für den Herrn holst du einen aus dem Lager!» Der Rucksack war gleich der richtige. Aber der Ladenbesitzer hat seine Frau noch nach ein paar anderen Sachen geschickt, die – so meinte er – meinem Vater «dort, wo er hingeht, nicht fehlen dürfen». Im allgemeinen sprach er sehr taktvoll und mitfühlend zu uns, und er vermied es nach Möglichkeit immer, den Ausdruck «Arbeitsdienst» zu gebrauchen. Er zeigte uns allerhand nützliche Dinge, einen luftdicht verschließbaren Blechnapf, ein Taschenmesser mit vielerlei Instrumenten, eine Umhängetasche und sonst noch Dinge, nach denen, wie er erwähnte, «unter ähnlichen Umständen» bei ihm oft gefragt werde. Meine Stiefmutter hat dann für meinen Vater das Taschenmesser gekauft. Mir gefiel es auch. Als alle Einkäufe beisammen waren, hat der Ladenbesitzer seine Frau angewiesen: «Kasse!» Darauf zwängte die alte Frau ihren weichen, in ein schwarzes Kleid gehüllten Körper unter etlichen Schwierigkeiten zwischen die Registrierkasse und einen mit Kissen gepolsterten Lehnstuhl. Der Ladenbesitzer hat uns noch bis zur Tür begleitet. Dort hat er gesagt, er hoffe, «ein andermal wieder die Ehre zu haben», dann hat er sich vertraulich zu meinem Vater gebeugt und leise hinzugefügt: «So, wie wir das meinen, der gnädige Herr und ich.»

Jetzt endlich haben wir uns dann doch auf den Nachhauseweg gemacht. Wir wohnen in einem großen Mietshaus, in der Nähe des Platzes, wo auch die Straßenbahnhaltestelle ist. Wir waren schon auf unserem Stockwerk, als meiner Stiefmutter einfiel, daß sie vergessen hatte, die Brotmarken einzulösen. In die Bäckerei habe ich dann zurück müssen. Den Laden konnte ich erst nach ein bißchen Schlangestehen betreten. Zuerst mußte ich mich vor die blonde, großbusige Bäckersfrau hinstellen: sie schnitt das entsprechende Quadrat von der Brotmarke ab, dann weiter, vor den Bäcker, der das Brot abwog. Er hat meinen Gruß gar nicht erwidert; es ist ja in der Gegend allgemein bekannt, daß er die Juden nicht mag. Deshalb hat er mir auch um etliche Gramm zu wenig Brot hingeworfen. Ich habe aber auch schon sagen gehört, daß auf diese Weise pro Ration etwas für ihn übrigbleibt. Und irgendwie, wegen seines wütenden Blicks und seiner geschickten Handbewegung, habe ich auf einmal die Richtigkeit seines Gedankengangs verstanden, nämlich warum er die Juden in der Tat nicht mögen kann: sonst müßte er ja das unangenehme Gefühl haben, er betrüge sie. So hingegen verfährt er seiner Überzeugung gemäß, und sein Handeln wird von der Richtigkeit einer Idee gelenkt, was nun aber – das sah ich ein – etwas ganz anderes sein mag, natürlich.

Ich beeilte mich, von der Bäckerei nach Hause zu kommen, da ich schon recht hungrig war, und so bin ich gerade nur auf ein Wort mit Annamaria stehengeblieben: als ich eben die Treppe hinauf wollte, kam sie heruntergehüpft. Sie wohnt auf unserem Stock, bei den Steiners, mit denen wir uns jeweils bei den alten Fleischmanns treffen, neuerdings jeden Abend. Früher haben wir von der Nachbarschaft nicht sonderlich Kenntnis genommen: aber jetzt hat sich eben herausgestellt, daß wir von der gleichen Sorte sind, und das verlangt nach einem kleinen abendlichen Gedankenaustausch, die gemeinsamen Aussichten betreffend. Annamaria und ich reden währenddessen über andere Dinge, und so habe ich erfahren, daß die Steiners eigentlich bloß ihr Onkel und ihre Tante sind: ihre Eltern leben nämlich in Scheidung, und da sie sich bis dahin ihretwegen nicht einigen konnten, haben sie beschlossen, daß sie dann lieber hier sein soll, wo sie bei keinem von beiden ist. Zuvor war sie in einem Internat, aus demselben Grund, so wie übrigens früher auch ich. Auch sie ist vierzehn, so ungefähr. Sie hat einen langen Hals. Unter ihrem gelben Stern beginnt sich schon ihr Busen zu runden. Sie mußte auch gerade zur Bäckerei. Sie wollte noch wissen, ob ich am Nachmittag nicht Lust hätte auf ein bißchen Rommé, zu viert, mit ihr und den beiden Schwestern. Diese wohnen einen Stock über uns. Annamaria ist mit ihnen befreundet, ich hingegen kenne sie nur flüchtig, vom Gang und vom Luftschutzkeller. Die kleinere sieht erst so nach elf oder zwölf aus. Die größere ist, wie ich von Annamaria weiß, genauso alt wie sie. Manchmal, wenn ich gerade in unserem Zimmer auf der Hofseite bin, sehe ich sie auf dem gegenüberliegenden Gang, wie sie gerade forteilt oder nach Hause zurückkehrt. Ein paarmal bin ich ihr auch schon unter dem Tor begegnet. Ich dachte bei mir, dann könnte ich sie jetzt ein bißchen näher kennenlernen: Lust dazu hatte ich. Doch im selben Augenblick fiel mir mein Vater ein, und ich sagte dem Mädchen, heute nicht, da mein Vater einberufen worden ist. Da hat sie sich auch sofort erinnert, daß sie die Sache mit meinem Vater schon daheim von ihrem Onkel erfahren hatte. Und sie machte die Bemerkung: «Natürlich.» Wir schwiegen ein Weilchen. Dann hat sie gefragt: «Und morgen?» Aber ich habe ihr gesagt: «Lieber übermorgen.» Und auch da habe ich gleich noch hinzugefügt: «Vielleicht.»

Als ich nach Hause kam, fand ich meinen Vater und meine Stiefmutter schon bei Tisch vor. Während sie sich mit meinem Teller beschäftigte, fragte meine Stiefmutter, ob ich hungrig sei. Ich sagte: «Entsetzlich», ohne, so plötzlich, etwas dabei zu denken und weil es nun einmal in der Tat so war. Sie hat dann meinen Teller auch richtig beladen, auf den ihren jedoch hat sie kaum etwas genommen. Aber gar nicht ich, sondern mein Vater war es, der es bemerkte und sie fragte, warum. Sie hat irgend etwas geantwortet wie: im Augenblick sei ihr Magen nicht fähig, etwas aufzunehmen, und da sah ich meinen Fehler sofort ein. Gut, mein Vater mißbilligte ihr Verhalten. Er führte an, daß sie sich nicht gehenlassen dürfe, gerade jetzt, wo es auf ihre Kraft und Ausdauer am meisten ankomme. Meine Stiefmutter hat nicht geantwortet, aber es war etwas zu hören, und als ich aufblickte, habe ich auch gesehen, was: sie weinte. Es war wieder ziemlich peinlich, ich gab mir Mühe, nur auf meinen Teller zu schauen. Trotzdem habe ich die Bewegung bemerkt, mit der mein Vater nach ihrer Hand gegriffen hat. Nach einer kleinen Weile nahm ich wahr, daß sie ganz still waren, und als ich vorsichtig aufblickte, saßen sie Hand in Hand und sahen sich sehr innig an, eben so, wie ein Mann und eine Frau. Das habe ich nie gemocht, und auch jetzt hat es mich geniert. Obwohl es im Grunde genommen ja ganz natürlich ist, glaube ich. Ich mag es trotzdem nicht. Ich weiß nicht, warum. Mir ist gleich leichter geworden, als sie wieder zu sprechen anfingen. Auch von Herrn Sütő war wieder kurz die Rede und natürlich von der Schatulle und von unserem anderen Holzlager: ich hörte, daß es meinem Vater eine Beruhigung war, wenigstens diese Dinge, wie er sagte, «in guten Händen zu wissen». Meine Stiefmutter teilte diese Beruhigung, auch wenn sie flüchtig doch wieder auf die Sache mit den «Garantien» zu sprechen kam, in dem Sinn, daß diese nur auf dem gegebenen Wort beruhten und daß es sehr fraglich sei, ob so etwas genüge. Mein Vater hat die Achseln gezuckt und geantwortet, daß es nicht nur im Geschäftsleben, sondern auch «in den übrigen Bereichen des Lebens» für nichts mehr eine Garantie gebe. Meine Stiefmutter hat ihm mit einem Aufseufzen sogleich beigepflichtet: sie bedauerte schon, die Angelegenheit erwähnt zu haben, und sie bat meinen Vater, nicht so zu sprechen, nicht so etwas zu denken. Da aber hat er daran gedacht, wie meine Stiefmutter mit den großen Sorgen fertig werden soll, die ihr aufgebürdet sind, in so schweren Zeiten, ohne ihn, allein: doch meine Stiefmutter hat geantwortet, sie sei nicht allein, da ich ihr ja zur Seite stehe. Wir zwei – so fuhr sie fort – würden aufeinander aufpassen, solange mein Vater nicht wieder in unsere Mitte zurückgekehrt sei.

Sie wandte sich mir zu, den Kopf etwas zur Seite geneigt, und fragte: so ist es doch, oder? Sie lächelte, aber gleichzeitig zitterten ihre Lippen. Ich habe ja gesagt. Auch mein Vater schaute mich an, mit einem milden Blick. Das hat mich irgendwie ergriffen, und um etwas für ihn zu tun, habe ich den Teller weggeschoben. Er hat es bemerkt und mich gefragt, warum ich das tue. Ich habe gesagt: «Ich habe keinen Appetit.» Wie ich sah, tat ihm das gut: er hat mir über das Haar gestrichen. Und wegen dieser Berührung würgte mich zum erstenmal an diesem Tag auch etwas in der Kehle; aber nicht Weinen, sondern eine Art Übelkeit. Ich hätte mir gewünscht, mein Vater wäre nicht mehr da. Es war ein schlechtes Gefühl, aber es war so stark, daß ich nur das über Vater denken konnte, und ich war in diesem Augenblick ganz durcheinander. Gleich danach hätte ich dann auch weinen können, aber ich hatte keine Zeit, weil die Gäste kamen.

Meine Stiefmutter hatte sie schon zuvor erwähnt: nur die engste Familie kommt – so hatte sie gesagt. Und als mein Vater irgendwie eine Geste machte, hat sie hinzugefügt: «Aber sie wollen sich doch von dir verabschieden. Das ist doch nur natürlich!» Und da hat es schon geklingelt: die Schwester meiner Stiefmutter und ihre Mama trafen ein. Bald darauf sind auch die Eltern meines Vaters, mein Großvater und meine Großmutter, gekommen. Meine Großmutter haben wir schnellstens auf das Kanapee gesetzt, denn mit ihr verhält es sich so, daß sie selbst durch ihre dicke Vergrößerungsglas-Brille kaum etwas sieht, und in mindestens gleichem Maß ist sie schwerhörig. Aber sie will trotzdem am Geschehen teilnehmen und dazu beitragen. In solchen Augenblikken hat man alle Hände voll mit ihr zu tun, weil man ihr einerseits fortwährend ins Ohr schreien muß, wie die Dinge stehen, andererseits geschickt verhindern muß, daß sie sich auch noch einmischt, weil das bloß Verwirrung stiften würde.

Die Mama meiner Stiefmutter erschien in einem kegelförmigen, kriegerischen Hut mit Krempe: vorn sogar mit einer Feder darauf, quer. Sie hat ihn dann aber bald abgenommen, und da ist ihr schönes, etwas schütteres, schneeweißes Haar zum Vorschein gekommen, mit dem dünngeflochtenen schmächtigen Knoten. Sie hat ein hageres gelbes Gesicht, dunkle große Augen, und von ihrem Hals hängen zwei welke Hautlappen herunter: in gewisser Weise ähnelt sie einem sehr klugen edlen Jagdhund. Der Kopf zittert ihr fortwährend ein bißchen. Ihr ist die Aufgabe zugefallen, den Rucksack für meinen Vater zu packen, weil sie sich auf solcherlei Arbeiten besonders versteht. Sie hat sich dann auch sofort darangemacht, anhand der Liste, die ihr meine Stiefmutter übergab.

Die Schwester meiner Stiefmutter haben wir allerdings nun gar nicht gebrauchen können. Sie ist viel älter als meine Stiefmutter und auch ihrem Äußeren nach ganz anders, so als wären sie gar keine Geschwister: sie ist klein, dicklich und hat ein Gesicht wie eine staunende Puppe. Sie schwatzte furchtbar viel und weinte auch und hat alle umarmt. Auch ich konnte mich nur mit Mühe von ihrem sich weich anfühlenden, nach Puder riechenden Busen befreien. Als sie sich hinsetzte, stürzte das ganze Fleisch ihres Körpers über die kurzen Oberschenkel. Und um auch von meinem Großvater zu sprechen:

er seinerseits ist stehen geblieben, da, neben dem Kanapee mit meiner Großmutter, und hat sich geduldig, mit unbewegtem Gesicht ihre Klagen angehört. Zuerst hat sie wegen meines Vaters gejammert; doch mit der Zeit ließen sie ihre eigenen Leiden diesen Kummer vergessen. Sie klagte über Kopfschmerzen, dann beklagte sie sich über das Rauschen und Dröhnen, das der Blutdruck in ihren Ohren hervorruft. Mein Großvater ist das schon gewöhnt: er antwortete ihr auch gar nicht. Er hat sich aber auch die ganze Zeit nicht von ihrer Seite gerührt. Nicht ein einziges Mal habe ich ihn etwas sagen hören, aber sooft mein Blick in die Richtung wanderte, habe ich ihn immer dort gesehen, in derselben Ecke, in der es allmählich dunkler wurde, in dem Maß, wie der Nachmittag fortschritt: jetzt waren nur noch seine kahle Stirn und die Biegung seiner Nase irgendwie von einem stumpfen gelblichen Licht beleuchtet, während seine Augenhöhlen und der untere Teil seines Gesichts im Schatten versanken. Und nur am Blitzen seiner kleinen Augen war zu erkennen, daß er jede Bewegung im Zimmer verfolgte, ganz unmerklich.

Überdies ist auch noch eine Kusine meiner Stiefmutter gekommen, mit ihrem Mann. Ich rede ihn «Onkel Vili» an, denn so heißt er. Mit seinem Gang ist etwas nicht ganz in Ordnung, und deshalb trägt er an einem Fuß einen Schuh mit dickerer Sohle, andererseits verdankt er diesem Umstand auch das Privileg, daß er nicht zum Arbeitsdienst muß. Er hat einen birnenförmigen Kopf, oben breit, rund und kahl, an den Wangen jedoch und zum Kinn hin schmaler. Man hält in der Familie große Stücke auf seine Meinung, denn bevor er ein

Wettbüro für Pferderennen aufmachte, war er im Journalismus tätig. Auch jetzt wollte er sofort von interessanten Neuigkeiten berichten, die er «aus sicherer Quelle» hatte und als «absolut glaubwürdig» bezeichnete. Er setzte sich in einen Lehnstuhl, das schlimme Bein steif weggestreckt, rieb sich mit einem trockenen Rascheln die Hände aneinander und teilte uns mit, daß «in unserer Situation demnächst eine grundlegende Wende zu erwarten» sei, weil «geheime Verhandlungen» unseretwegen begonnen hätten, und zwar «zwischen den Deutschen und den alliierten Mächten, mit neutraler Vermittlung». Die Deutschen hätten nämlich, nach Onkel Vilis Erklärungen, ihre hoffnungslose Lage an allen Fronten «nun bereits selbst erkannt». Er war der Ansicht, wir, «das Judentum Budapests», kämen ihnen geradezu «wie gerufen», um «auf unserem Rücken Vorteile bei den Alliierten herauszuschinden», die dann natürlich für uns alles tun würden, was getan werden könnte; und hier erwähnte er einen nach seiner Meinung «wichtigen Faktor», den er noch von seiner journalistischen Tätigkeit her kannte und den er «die Weltöffentlichkeit» nannte; er sagte, diese letztere sei «erschüttert» von den Geschehnissen, die uns beträfen. Es gehe natürlich hart auf hart – so meinte er weiter –, und gerade das erkläre die augenblickliche Schärfe der Maßnahmen, die gegen uns ergriffen würden; doch das seien lediglich die natürlichen Folgen «des großen Spiels, in dem wir im Grunde nur das Werkzeug für ein riesiges internationales Erpressungsmanöver sind»; er sagte jedoch, daß er, der durchaus wisse, was unterdessen «hinter den Kulissen geschieht», das alles in erster Linie für «spektakulären Bluff» halte, des höheren Preises wegen, und er bat uns nur um ein wenig Geduld, bis «die Dinge ihren Lauf nehmen». Worauf mein Vater ihn gefragt hat, ob das noch für morgen zu erwarten sei oder ob er seine Einberufung auch als bloßen «Bluff» betrachten und morgen vielleicht gar nicht erst ins Arbeitslager einrücken solle. Da ist Onkel Vili ein bißchen verlegen geworden. Er sagte: «Nun ja, das nicht, natürlich nicht.» Doch er sagte auch, er sei da ganz ruhig, mein Vater würde bald wieder zu Hause sein. «Es ist fünf vor zwölf», hat er gesagt und sich dabei in einem fort die Hände gerieben. Und er hat auch noch hinzugefügt: «Wäre ich doch bloß bei einem einzigen meiner Renn-Tips so sicher gewesen wie bei dieser Sache, dann wäre ich jetzt nicht ein so armer Schlucker!» Er wollte noch fortfahren, aber meine Stiefmutter und ihre Mama waren gerade fertig mit dem Rucksack, und mein Vater erhob sich von seinem Platz, um das Gewicht auszuprobieren.

Als letzter kam der älteste Bruder meiner Stiefmutter, Onkel Lajos. Er nimmt in unserer Familie irgendwie eine wichtige Stellung ein, obwohl ich nicht ganz genau angeben könnte, welche. Er wünschte sogleich, mit meinem Vater unter vier Augen zu sprechen. Ich konnte sehen, daß dies meinem Vater auf die Nerven ging und daß er, wenn auch sehr taktvoll, versuchte, es schnell hinter sich zu bringen. Danach hat Onkel Lajos überraschend mich in die Zange genommen. Er sagte, er möchte mit mir «ein bißchen plaudern». Er hat mich in eine verlassene Ecke des Zimmers geschleppt und, Auge in Auge mit ihm, gegen einen Schrank gestellt. Er fing damit an, ich wisse ja, daß mein Vater «uns morgen verläßt». Ich sagte, ich wisse es. Dann wollte er hören, ob er mir hier fehlen werde. Ich antwortete, wobei seine Frage mir doch etwas auf die Nerven ging: «Selbstverständlich.» Und weil mir das irgendwie zuwenig schien, habe ich gleich noch hinzugefügt: «Sehr.» Worauf er eine Zeitlang bloß genickt hat, mit klagender Miene.

Daraufhin habe ich aber ein paar interessante und überraschende Dinge von ihm erfahren. Zum Beispiel, daß ein bestimmter Abschnitt meines Lebens, den er «die sorglosen, glücklichen Kinderjahre» nannte, mit dem heutigen traurigen Tag nunmehr für mich zu Ende sei. Gewiß, so sagte er, hätte ich in dieser Form noch gar nicht darüber nachgedacht. Ich mußte zugeben: nein. Doch sicher – fuhr er fort – würden seine Worte mich trotzdem nicht ganz überraschen. Ich sagte wieder: nein. Darauf hat er mich wissen lassen, daß meine Stiefmutter nach dem Weggang meines Vaters ohne Stütze sei, und auch wenn die Familie «ein Auge auf uns haben wird», so bliebe doch ich von nun an ihre Hauptstütze. Bestimmt – sagte er – würde ich vor der Zeit erfahren, «was Sorge und Verzicht ist». Denn es sei ganz klar, daß ich es von nun an nicht mehr so gut haben könnte wie bisher – und das wolle er mir auch nicht verheimlichen, da wir ja nun «unter Erwachsenen» sprächen. «Jetzt», so sagte er, «hast auch du Anteil am gemeinsamen jüdischen Schicksal», und dann ist er noch weiter darauf eingegangen, wobei er etwa erwähnte, daß dieses Schicksal «seit Jahrtausenden aus unablässiger Verfolgung besteht», was die Juden jedoch «mit Ergebenheit und opferwilliger Geduld auf sich zu nehmen haben», da Gott ihnen dieses Schicksal um ihrer einstigen Sünden willen zuteil werden lasse, und gerade deswegen könnten sie auch nur von Ihm Barmherzigkeit erwarten; Er hingegen würde von uns erwarten, daß wir in dieser schweren Zeit an unserem Platz bleiben, an dem Platz, den Er uns zugeteilt hat, «je nach unseren Kräften und Fähigkeiten». Ich zum Beispiel – so habe ich von ihm erfahren – müsse künftig in der Rolle des Familienoberhaupts an meinem Platz bleiben. Und er wollte wissen, ob ich die Kraft und die Bereitschaft dazu in mir fühle. Ich hatte zwar seinem Gedankengang bis dahin nicht ganz folgen können, vor allem da nicht, als er das von den Juden, ihren Sünden und ihrem Gott gesagt hatte, aber irgendwie war ich von seinen Worten doch ergriffen. So habe ich eben gesagt: ja. Er schien zufrieden. Gut, sagte er. Er habe schon immer gewußt, daß ich ein verständiger Junge sei, der «über tiefe Gefühle und ein ernstes Verantwortungsbewußtsein» verfüge; und das sei bei den vielen Schicksalsschlägen ein gewisser Trost für ihn – so war seinen Worten zu entnehmen. Und dann hat er mir mit seinen Fingern, die außen mit Haarbüscheln bedeckt und innen leicht feucht waren, unters Kinn gegriffen, hat mein Gesicht angehoben und mit leiser, leicht zitternder Stimme gesagt: «Dein Vater steht vor einer großen Reise. Hast du schon für ihn gebetet?» In seinem Blick war etwas Strenges, und vielleicht hat das in mir das peinliche Gefühl geweckt, ich hätte meinem Vater gegenüber etwas versäumt, weil ich, nun ja, von mir aus tatsächlich nicht daran gedacht hätte. Doch nun, da er dieses Gefühl in mir geweckt hatte, fing ich an, es als Belastung zu empfinden, als eine Art Schuld, und um mich davon zu befreien, habe ich ihm gestanden: «Nein.» «Komm mit», sagte er.

Ich mußte ihm in unser Zimmer auf der Hofseite folgen. Hier, umgeben von ein paar verschlissenen, nicht mehr benutzten Möbeln, beteten wir. Onkel Lajos hat zunächst ein kleines, rundes, seidig glänzendes schwarzes Käppchen genau da auf seinen Kopf gesetzt, wo sein spärliches graues Haar eine kleine Lichtung bildet. Auch ich hatte meine Mütze aus dem Flur mitnehmen müssen. Dann hat er aus der Innentasche seiner Jacke ein Büchlein mit schwarzem Einband und rotem Rand und aus der Brusttasche seine Brille hervorgeholt. Danach begann er mit dem Vorlesen des Gebets, und ich mußte ihm immer so viel Text nachsprechen, wie er mir jeweils vorsprach. Am Anfang ging es gut, aber bald fand ich diese Anstrengung ermüdend, und mich störte auch einigermaßen, daß ich kein Wort von dem verstand, was wir zu Gott sagten, da wir Ihn ja auf hebräisch anrufen müssen und ich diese Sprache gar nicht kenne. Daher mußte ich, um trotzdem folgen zu können, unablässig auf die Mundbewegungen von Onkel Lajos achtgeben, so daß mir von dem Ganzen eigentlich nur der Anblick der feucht zuckenden, fleischigen Lippen geblieben ist und das unverständliche Geräusch der fremden, von uns selbst gemurmelten Sprache. Ja, und dann noch der Anblick, den ich über die Schultern von Onkel Lajos hinweg durch das Fenster hatte: gegenüber eilte gerade die größere der Schwestern über den Gang im Stockwerk über uns zu ihrer Wohnung. Ich glaube, ich verhedderte mich im Text ein bißchen. Doch am Schluß des Gebets schien Onkel Lajos zufrieden, und auf seinem Gesicht war ein Ausdruck, daß auch ich schon beinahe das Gefühl hatte: tatsächlich, wir haben etwas für meinen Vater getan.

Und das war am Ende wirklich besser als zuvor, mit diesem belastenden und fordernden Gefühl.

Wir kehrten in das Zimmer auf der Straßenseite zurück. Es dämmerte. Wir haben die mit Verdunklungspapier verklebten Fensterflügel vor dem bläulichen, dunstigen Frühlingsabend draußen geschlossen. Damit waren wir ganz im Zimmer eingesperrt. Der viele Lärm ermüdete mich. Und auch der Zigarettenrauch biß mir schon in die Augen. Ich mußte viel gähnen. Die Mama meiner Stiefmutter hat den Tisch gedeckt. Sie selbst hatte das Abendessen mitgebracht, in ihrer großen Handtasche. Sie hatte sogar Fleisch dazu besorgt, auf dem Schwarzmarkt. Das hatte sie erzählt, als sie ankam. Mein Vater hat ihr das Geld dafür bezahlt, aus seiner ledernen Brieftasche. Wir saßen schon alle beim Abendessen, als auf einmal auch noch Herr Steiner und Herr Fleischmann gekommen sind. Auch sie wollten sich von meinem Vater verabschieden. Herr Steiner fing gleich damit an, «daß sich keiner stören lassen» solle. Er sagte: «Gestatten, Steiner. Bitte sitzen zu bleiben.» An den Füßen hatte er auch jetzt die zerschlissenen Pantoffeln, unter der offenen Weste wölbte sich sein Bauch, und auch den ewigen, übelriechenden Zigarrenstummel hatte er im Mund. Er hat einen großen roten Kopf, auf dem die kindlich gescheitelte Frisur seltsam wirkt. Herr Fleischmann verschwand fast daneben, denn er seinerseits ist winzig, von sehr gepflegtem Äußeren, und er hat weißes Haar, eine gräuliche Haut, eine eulenartige Brille und einen immer etwas besorgten Ausdruck im Gesicht. Er machte an Herrn Steiners Seite wortlos Verbeugungen und rang die Hände, als wolle er sich entschuldigen, für Herrn Steiner, so schien es. Da bin ich allerdings nicht sicher. Die beiden Alten sind unzertrennlich, auch wenn sie sich fortwährend in den Haaren liegen, denn es gibt keine Frage, in der sie sich einig wären. Sie haben nacheinander meinem Vater die Hand gedrückt. Herr Steiner hat ihm auch noch auf die Schulter geklopft. Er nannte ihn «alter Junge», und dann hat er seinen alten Kalauer losgelassen: «Nur immer den Kopf runter und nie die Verzagtheit verlieren.» Und er sagte – worauf auch Herr Fleischmann heftig nickte –, daß sie sich weiterhin um mich und die «junge Frau» (wie er meine Stiefmutter nannte) kümmern würden. Er zwinkerte mit seinen winzigen Äuglein. Dann hat er sich meinen Vater an den Bauch gedrückt und ihn umarmt. Als sie weg waren, ist alles im Geklapper der Bestecke, im Gemurmel der Stimmen, im Dunst der Speisen und dichten Tabakrauch erstickt. Jetzt drangen nur noch hin und wieder zusammenhanglose Bruchstücke von Gesichtern und Gebärden zu mir, die sich sozusagen aus dem Nebel um mich herauslösten, insbesondere der zittrige, knochige gelbe Kopf der Mama meiner Stiefmutter, wie sie auf jeden Teller aufpaßt; dann die abwehrend erhobenen Hände von Onkel Lajos, der kein Fleisch will, weil es vom Schwein ist und die Religion das verbietet; die Pausbacken der Schwester meiner Stiefmutter, ihre mahlenden Kiefer und tränenden Augen; dann taucht unerwartet der kahle, rosige Schädel von Onkel Vili in den Lichtkreis der Lampe, und ich höre Fetzen von neuen zuversichtlichen Erklärungen; des weiteren erinnere ich mich an die feierlichen, in völliger Stille aufgenommenen Worte von Onkel Lajos, mit denen er

Gottes Hilfe in der Angelegenheit erbittet, daß «wir in Bälde alle wieder gemeinsam am Familientisch sitzen dürfen, in Frieden, Liebe und Gesundheit». Meinen Vater sah ich kaum einmal, und auch von meiner Stiefmutter drang nur eben so viel zu mir durch, daß man sich sehr viel und aufmerksam um sie kümmerte, fast schon mehr als um meinen Vater, und daß ihr einmal der Kopf weh tat und mehrere sie fragten, ob sie vielleicht eine Tablette möchte oder eine Kompresse: sie wollte aber weder das eine noch das andere. Hingegen wurde ich in unregelmäßigen Abständen wegen meiner Großmutter aufmerksam: wie sie den anderen die ganze Zeit in die Quere kam, wie man sie dauernd zu ihrem Kanapee zurückführen mußte und wegen ihrer vielen Klagen und ihrer nichts mehr sehenden Augen hinter den dicken, von Tränen beschlagenen Vergrößerungsgläsern – wie zwei seltsame, Schweiß absondernde Insekten. Irgendwann sind dann alle vom Tisch aufgestanden. Da begann das letzte Abschiednehmen. Meine Großmutter und mein Großvater sind allein, etwas früher als die Familie meiner Stiefmutter gegangen. Und vielleicht das merkwürdigste Erlebnis dieses ganzen Abends war für mich die einzige Regung, mit der mein Großvater sich bemerkbar gemacht hat: er preßte seinen scharfen kleinen Vogelkopf für einen einzigen Augenblick, aber auf eine ganz wilde, fast schon verrückte Art an die Jacke meines Vaters, an seine Brust. Sein ganzer Körper zuckte wie im Krampf. Dann ist er schnell hinausgeeilt, meine Großmutter am Ellbogen führend. Alle haben ihnen Platz gemacht. Dann haben einige auch mich umarmt, und ich habe auf meinem Gesicht die klebrige Spur ihrer Lippen gespürt. Dann war es mit einemmal endlich still, alle waren gegangen.

Und da habe auch ich von meinem Vater Abschied genommen. Oder eher er von mir. Ich weiß gar nicht recht. Ich erinnere mich auch nicht genau an die Umstände: mein Vater war wohl mit den Gästen hinausgegangen, denn eine Weile blieb ich allein am Tisch mit den Trümmern des Abendessens, und ich bin erst aufgeschreckt, als mein Vater zurückkam. Er war allein. Er wollte sich von mir verabschieden. Morgen früh ist dafür keine Zeit mehr – so hat er gesagt. Im großen und ganzen hat auch er über meine Verantwortung und mein Erwachsenwerden etwa das gleiche aufgezählt, was ich am Nachmittag schon einmal von Onkel Lajos gehört hatte, bloß ohne Gott, nicht mit so schönen Worten und viel kürzer. Er hat auch meine Mutter erwähnt: er war der Ansicht, sie könnte jetzt vielleicht versuchen, «mich von zu Hause wegzulocken». Wie ich sah, bereitete ihm dieser Gedanke ziemliche Sorgen. Die beiden hatten nämlich lange um den Besitz meiner Person gestritten, bis dann schließlich das Gerichtsurteil meinen Vater begünstigte: und nun wollte er nicht, das fand ich auch verständlich, nur wegen seiner nachteiligen Lage sein Anrecht auf mich verlieren. Doch er hat sich nicht auf das Gesetz, sondern auf meine Einsicht berufen und auf den Unterschied zwischen meiner Stiefmutter, die für mich «ein warmes, familiäres Zuhause geschaffen hat», und meiner Mutter, die ihrerseits mich «verlassen» habe. Ich horchte auf, da ich von meiner Mutter über diesen Punkt anders unterrichtet worden war: ihrer Meinung nach war mein Vater der Schuldige. Deshalb war sie auch gezwungen gewesen, einen anderen Mann zu finden, einen gewissen Onkel Dini (eigentlich: Dénes), der übrigens gerade letzte Woche abgereist ist, ebenfalls ins Arbeitslager. Genaueres aber hatte ich eigentlich nie erfahren, und auch jetzt kam mein Vater gleich wieder auf meine Stiefmutter zurück und erwähnte, daß ich es ihr verdanke, nicht mehr im Internat sein zu müssen, und daß mein Platz «hier zu Hause, an ihrer Seite» sei. Er sprach noch lange von ihr, und jetzt dämmerte mir schon, warum meine Stiefmutter nicht dabei war: es wäre ihr bestimmt peinlich gewesen, das zu hören. Mich hingegen begann es einigermaßen zu ermüden. Und ich weiß gar nicht mehr, was ich meinem Vater alles versprochen habe, als er es dann von mir verlangt hat. Im nächsten Augenblick jedoch habe ich mich plötzlich in seinen Armen wiedergefunden, und es hat mich irgendwie unerwartet und unvorbereitet getroffen, von ihm so gedrückt zu werden nach diesen Worten. Ich weiß nicht, ob mir die Tränen deshalb gekommen sind oder einfach aus Erschöpfung oder vielleicht, weil ich mich seit dem ersten morgendlichen Hinweis durch meine Stiefmutter irgendwie darauf vorbereitet hatte, daß sie mir in diesem bestimmten Augenblick unbedingt kommen müßten: aber warum auch immer, es ist ja recht, daß es so geschehen ist, und ich hatte das Gefühl, es hat meinem Vater auch gutgetan, das zu sehen. Dann hat er mich zu Bett geschickt. Ich war ja auch sehr müde. Aber wenigstens – so dachte ich – konnten wir den Armen mit der Erinnerung an einen schönen Tag ins Arbeitslager ziehen lassen.

2

Jetzt ist es schon zwei Monate her, daß wir von Vater Abschied genommen haben. Der Sommer ist da. Im Gymnasium sind jedoch schon lange Ferien, seit dem Frühling schon. Sie haben sich darauf berufen, daß Krieg ist. Auch Flugzeuge kommen oft und bombardieren die Stadt, und für Juden gibt es seither neue Gesetze. Seit zwei Wochen bin auch ich zur Arbeit verpflichtet. Man hat mich mit einem amtlichen Schreiben benachrichtigt: «Ihnen wird ein ständiger Arbeitsplatz zugewiesen.» Adressiert war es: «An den zum Hilfsarbeiter auszubildenden Heranwachsenden Köves György», und so habe ich gleich gesehen, daß das Jungvolk die Hände im Spiel hat. Ich hatte allerdings auch schon gehört, daß jetzt in Fabriken oder an ähnlichen Orten auch diejenigen beschäftigt würden, die altersmäßig noch nicht ganz vollwertig sind für den Arbeitsdienst, so wie ich zum Beispiel. Mit mir sind noch etwa achtzehn Jungen dort, aus ähnlichen Gründen, ebenfalls um die Fünfzehn. Der Arbeitsplatz ist in Csepel, bei einer Aktiengesellschaft, die sich «Shell Erdölraffinerie» nennt. So bin ich auch zu einem gewissen Privileg gekommen, weil es sonst verboten ist, mit dem gelben Stern das Stadtgebiet zu verlassen. Mir hingegen wurde ein ordnungsgemäßer Schein ausgehändigt, sogar versehen mit dem Stempel des Kommandanten der Rüstungsindustrie, und da ist verfügt, daß ich «die Zollgrenze nach Csepel überschreiten» darf.

Die Arbeit selbst kann man nicht besonders anstrengend nennen, und so, mit den Jungen zusammen, ist sie sogar ganz vergnüglich: sie besteht in Hilfsarbeiten im Aufgabenbereich des Maurers. Die Anlage ist nämlich einem Bombenangriff zum Opfer gefallen, und mit unseren Bemühungen sollen die von den Flugzeugen angerichteten Schäden wieder behoben werden. Auch der Polier, dem wir unterstellt sind, ist mit uns ganz gerecht: er zahlt uns am Wochenende sogar einen Lohn aus, genauso wie seinen richtigen Arbeitern. Doch meine Stiefmutter hat sich vor allem über den Ausweis gefreut. Bis dahin hat sie sich jedesmal, wenn ich irgendwohin gehen wollte, die größten Sorgen darüber gemacht, wie ich mich ausweise, falls das einmal vonnöten sein sollte. Jetzt braucht sie sich diese Sorgen nicht mehr zu machen, denn der Ausweis bescheinigt mir ja, daß ich nicht einfach nur so dahinlebe, sondern in der Industrie kriegswichtige Arbeit leiste, und das untersteht selbstverständlich einer ganz anderen Beurteilung. Das sieht auch die Familie so. Bloß die Schwester meiner Stiefmutter hat ein bißchen die Hände gerungen, daß ich solche körperliche Arbeit verrichten muß, und, schon am Rand der Tränen, gefragt: bist du dafür aufs Gymnasium gegangen? Ich habe ihr gesagt, meiner Meinung nach ist das nur gesund. Auch Onkel Vili hat mir gleich recht gegeben, und Onkel Lajos hat gemahnt: wir müssen hinnehmen, was Gott für uns beschlossen hat; darauf war sie dann still. Dann hat mich Onkel Lajos beiseite genommen und noch ein paar ernstere Worte mit mir gewechselt: unter anderem hat er mich ermahnt, nicht zu vergessen, daß ich an meinem Arbeitsplatz nicht nur mich selbst, sondern die «gesamte Gemeinschaft der Juden» zu vertreten und deshalb auch ihretwegen auf mein Benehmen zu achten habe, da es nunmehr im Hinblick auf sie, auf sie alle, beurteilt werde. In der Tat, daran hätte ich gar nicht gedacht. Aber ich habe eingesehen, daß er natürlich recht haben kann.

Von meinem Vater kommt regelmäßig Post aus dem Arbeitslager: er ist gesund, Gott sei Dank, er erträgt die Arbeit gut, und auch die Behandlung – so schreibt er – ist menschlich. Die Familie ist zufrieden mit dem Inhalt der Briefe. Und Onkel Lajos ist der Ansicht: «Bisher ist Gott mit deinem Vater» und hat mich ermahnt, täglich zu beten, daß Er ihm weiterhin beistehe, weil Er ja mit Seiner Macht über uns allen walte. Und Onkel Vili hat uns versichert, wir hätten sowieso nur noch «eine kurze Übergangszeit» durchzustehen, denn – so erläuterte er – die Landung der Alliierten habe «das Schicksal der Deutschen endgültig besiegelt».

Mit meiner Stiefmutter bin ich bis jetzt auch ohne jegliche Meinungsverschiedenheit ausgekommen. Im Gegensatz zu mir ist sie jetzt zum Faulenzen gezwungen: es ist nämlich angeordnet worden, das Geschäft sei zu schließen, da niemand Handel treiben darf, der nicht reinen Blutes ist. Aber es scheint, daß mein Vater mit Herrn Sütő auf die richtige Karte gesetzt hat, denn dieser bringt uns jede Woche getreulich, was meiner Stiefmutter vom Ertrag unseres Holzlagers zusteht, das jetzt bei ihm ist, so, wie er es meinem Vater versprochen hat. Auch letztesmal war er pünktlich und hat uns, wie mir schien, eine hübsche Summe auf den Tisch gezählt. Er hat meiner Stiefmutter die Hand geküßt, und auch für mich hatte er ein paar freundliche Worte. Er hat sich auch eingehend nach dem Befinden des «Herrn Direktors» erkundigt, wie gewohnt. Als er schon dabei war, sich zu verabschieden, ist ihm noch etwas in den Sinn gekommen. Er holte ein Päckchen aus seiner Aktentasche hervor. In seinem Gesicht war eine gewisse Verlegenheit. «Ich hoffe, gnädige Frau», sagte er, «es kann im Haushalt von Nutzen sein.» In dem Päckchen waren Fett, Zucker und noch andere Sachen dieser Art. Ich habe den Verdacht, daß er sie auf dem Schwarzmarkt besorgt hat, bestimmt deswegen, weil er die Verfügung gelesen hat, nach der jüdische Personen auf dem Gebiet der Lebensmittelversorgung von nun an mit kleineren Rationen auskommen müssen. Meine Stiefmutter hat sich zuerst ein wenig geziert, aber Herr Sütő bestand sehr darauf, und schließlich konnte sie ja an dieser Aufmerksamkeit nichts aussetzen. Als wir wieder unter uns waren, hat sie auch mich noch gefragt, ob sie meiner Meinung nach richtig daran getan habe, es anzunehmen. Ich fand, ja, denn sie konnte Herrn Sütő ja nicht dadurch verletzen, daß sie es nicht annahm. Schließlich hatte er es ja nur gut gemeint. Das war auch ihre Meinung, und sie sagte, sie glaube, auch mein Vater würde ihr Vorgehen billigen. In der Tat, das konnte ich mir auch nicht anders vorstellen. Und überhaupt, das weiß sie im allgemeinen besser als ich.

Ich gehe auch meine Mutter zweimal wöchentlich besuchen, an den ihr zustehenden Nachmittagen, wie gewohnt. Mit ihr habe ich schon mehr Probleme. So wie mein Vater es vorausgesagt hat, ist sie überhaupt nicht imstande, sich damit abzufinden, daß mein Platz an der Seite meiner Stiefmutter ist. Sie sagt, ich «gehöre» zu ihr, meiner leiblichen Mutter. Aber soviel ich weiß, hat das Gericht mich eben meinem Vater zugesprochen, und demzufolge hat sein Beschluß doch Gültigkeit. Trotzdem hat mich meine Mutter auch diesen Sonntag wieder darüber ausgefragt, wie ich selbst leben möchte – denn nach ihrer Meinung zählt einzig mein Wille – und ob ich sie liebe. Darauf habe ich ihr gesagt, aber natürlich! Doch meine Mutter hat erklärt, jemanden zu lieben bedeute, daß wir «an ihm hängen», und ich hinge, wie sie es sieht, an meiner Stiefmutter. Ich habe versucht, ihr beizubringen, daß sie das falsch sähe, denn schließlich hinge nicht ich an meiner Stiefmutter, sondern – wie sie ja wisse – habe mein Vater so über mich verfügt. Aber sie hat darauf geantwortet, daß es hier um mich gehe, um mein Leben, und darüber müsse ich selbst entscheiden, und außerdem werde Liebe «nicht durch Worte, sondern durch Taten bezeigt». Ich bin ziemlich bekümmert von ihr weggegangen: ich kann natürlich nicht zulassen, daß sie wirklich noch denkt, ich liebte sie nicht – andererseits kann ich doch auch nicht ganz ernst nehmen, was sie über die Wichtigkeit meines Willens gesagt hat und darüber, daß ich in meiner eigenen Angelegenheit selbst entscheiden müsse. Schließlich ist das ja ihre Auseinandersetzung. Und es wäre mir peinlich, wenn ich da urteilen müßte. Und überhaupt, ich kann doch nicht meinen Vater bestehlen, und das gerade jetzt, wo der Arme im Arbeitslager ist. Aber ich bin doch mit einem unbehaglichen Gefühl in die Straßenbahn gestiegen, denn es ist ja klar, daß ich an meiner Mutter hänge, und es hat mich gekränkt, daß ich auch heute wieder nichts für sie tun konnte.

Möglich, daß dieses ungute Gefühl der Grund war, warum ich es nicht so eilig hatte, mich von meiner Mutter zu verabschieden. Sie hat dann beharrt: es werde spät – mit Rücksicht darauf, daß man sich mit dem gelben Stern nur bis abends acht Uhr auf der Straße blicken lassen darf. Ich habe ihr aber erklärt, daß ich es jetzt, im Besitz des Ausweises, nicht mehr mit jeder einzelnen Vorschrift so fürchterlich genau nehmen muß.

Ich bin dann doch auf die allerhinterste Plattform im letzten Straßenbahnanhänger gestiegen, ordnungsgemäß nach der entsprechenden Vorschrift. Es ging auf acht Uhr, als ich nach Hause kam, und obwohl der Sommerabend noch hell war, wurden da und dort die Fenster schon mit den schwarzen und blauen Holztafeln verdunkelt. Auch meine Stiefmutter war schon ungeduldig, doch schon eher aus Gewohnheit, da ich ja schließlich den Ausweis habe. Den Abend haben wir wie gewohnt bei den Fleischmanns verbracht. Den beiden Alten geht es gut, sie liegen sich nach wie vor oft in den Haaren, aber daß ich arbeiten gehe, haben sie beide gleicherweise begrüßt, auch sie natürlich wegen des Ausweises. In ihrem Eifer haben sie sich aber dann doch noch ein bißchen gestritten. Meine Stiefmutter und ich kennen uns nämlich in der Gegend von Csepel nicht aus, und so haben wir beim ersten Mal bei ihnen nachgefragt. Der alte Fleischmann hat die Vorort-Straßenbahn empfohlen, während sich Herr Steiner für den Autobus ausgesprochen hat, weil dieser, wie er sagte, unmittelbar bei der Ölraffinerie halte, wohingegen man von der Straßenbahn aus noch ein Stück zu Fuß gehen müsse – und das ist auch so, wie sich inzwischen herausgestellt hat. Da aber konnten wir das noch nicht wissen, und Herr Fleischmann war sehr aufgebracht: «Immer müssen Sie recht haben», polterte er.

Schließlich mußten die beiden dicken Ehefrauen einschreiten. Annamaria und ich haben ganz schön über sie gelacht.

Mit ihr bin ich übrigens in eine komische Situation geraten. Es hat sich Freitagnacht während des Fliegeralarms zugetragen, im Luftschutzraum, genauer, in einem dunklen, verlassenen Kellergang, der von dort abgeht. Ursprünglich hatte ich ihr nur zeigen wollen, daß es von da aus viel interessanter ist, zu verfolgen, was draußen geschieht. Als wir dann aber nach einer kleinen Weile nicht weit entfernt eine Bombe hörten, da hat sie angefangen, am ganzen Körper zu zittern. Ich konnte es gut spüren, denn sie hat sich vor Schreck an mich geklammert, die Arme um meinen Hals, das Gesicht an meine Schulter gepreßt. Und dann erinnere ich mich nur noch daran, daß ich irgendwie ihren Mund suchte. Ich spürte eine lauwarme, feuchte, einigermaßen klebrige Berührung. Ja, und dann war es auch so eine Art freudige Verwunderung, weil das eben doch mein erster Kuß mit einem Mädchen war und weil ich gerade da überhaupt nicht damit gerechnet hatte.

Gestern, im Treppenhaus, hat sich dann herausgestellt, daß auch sie ziemlich überrascht war. «Die Bombe ist an allem schuld», meinte sie. Im Grunde genommen hat sie ja recht. Danach haben wir uns wieder geküßt, und da habe ich von ihr gelernt, auf welche Weise man das Erlebnis noch eindringlicher gestalten kann, indem man nämlich bei dieser Gelegenheit auch der Zunge zu einer gewissen Rolle verhilft.

Auch heute abend bin ich mit ihr in dem anderen Zimmer gewesen, um die Zierfische von Fleischmanns anzuschauen: die betrachten wir nämlich auch sonst oft. Jetzt sind wir natürlich nicht nur ihretwegen hinübergegangen. Auch unsere Zungen haben Verwendung gefunden. Aber wir sind bald zurückgegangen, denn Annamaria hatte Angst, Onkel und Tante könnten von der Sache noch Wind bekommen. Später habe ich im Gespräch noch einige interessante Dinge von ihr erfahren, was ihre Gedanken über mich angeht: sie sagte, sie habe sich nie vorgestellt, daß ich «einmal mehr für sie sein könnte» als einfach nur «ein guter Freund». Als sie mich kennenlernte, habe sie mich bloß als so einen Halbwüchsigen betrachtet. Später, so hat sie mir verraten, habe sie mich genauer beobachtet, und da sei bei ihr ein gewisses Verständnis für mich erwacht, vielleicht – so meint sie – weil wir beide ein ähnliches Schicksal mit unseren Eltern haben; und aus der einen oder anderen meiner Bemerkungen habe sie auch geschlossen, daß wir in gewissen Dingen ähnlich denken; aber mehr als das habe sie sich damals überhaupt nicht vorstellen können. Sie hat noch eine Weile darüber nachgesonnen, wie seltsam das sei, und dann sagte sie: «Offenbar hat es so sein müssen.» Sie hatte einen merkwürdigen, fast schon strengen Ausdruck im Gesicht, und ich habe ihre Ansicht auch gar nicht bestritten, obwohl ich eher mit dem einverstanden bin, was sie gestern gesagt hat, nämlich daß die Bombe schuld war. Aber natürlich kann ich das nicht wissen, und mir schien, so gefiel es ihr besser. Wir sind dann bald gegangen, weil ich ja morgen zur Arbeit muß, und als ich dem Mädchen die Hand gab, hat sie mir mit dem Fingernagel einen scharfen kleinen Schmerz versetzt. Ich verstand, sie meinte unser Geheimnis, und ihr Gesicht schien zu sagen: «Alles in Ordnung.»

Am nächsten Tag hat sie sich jedoch ziemlich sonderbar benommen. Am Nachmittag nämlich, nachdem ich von der Arbeit nach Hause gekommen war und mich gewaschen, Hemd und Schuhe gewechselt und mit einem nassen Kamm auch mein Haar in Ordnung gebracht hatte, sind wir zu den Schwestern gegangen – denn Annamaria hat es inzwischen bewerkstelligt, mich dort einzuführen, wie sie schon damals vorgehabt hatte. Auch ihre Mutter hat mich freundlich empfangen. (Ihr Papa ist im Arbeitsdienst.) Sie haben eine ganz ansehnliche Wohnung, mit einem Balkon und Teppichen, einigen größeren Zimmern und einem separaten kleineren für die Mädchen. Es ist mit einem Klavier, zahlreichen Puppen und anderen Dingen nach Mädchengeschmack ausgestattet. Meistens spielen wir Karten, aber heute hatte die ältere Schwester keine Lust dazu. Sie wollte zuerst mit uns über ein Problem sprechen, über eine Frage, die sie neuerdings sehr beschäftigt: es ist nämlich so, daß ihr der gelbe Stern einiges Kopfzerbrechen bereitet. Eigentlich habe erst «der Blick der Leute» sie auf die Veränderung aufmerksam gemacht – denn sie findet, daß die Leute sich ihr gegenüber verändert haben, und sieht in ihren Blicken, daß sie von ihnen «gehaßt» wird. Auch heute vormittag habe sie es so empfunden, als sie im Auftrag ihrer Mutter einkaufen ging. Nun, also mir scheint, sie sieht das auf eine etwas übertriebene Art. Meine Erfahrungen zumindest sind nicht die gleichen. So gibt es auch am Arbeitsplatz unter den Maurermeistern solche, von denen jeder weiß, daß sie Juden nicht ausstehen können: trotzdem haben sie sich mit uns Jungen ganz gut angefreundet. Gleichzeitig ändert das natürlich noch gar nichts an ihrer Einstellung. Dann ist mir noch das Beispiel des Bäckers eingefallen, und ich habe versucht, dem Mädchen zu erklären, daß in Wirklichkeit nicht sie selbst gehaßt werde, also nicht sie als Person – denn schließlich kennt man sie ja gar nicht –, sondern eher die Idee «Jude». Da hat sie erklärt, eben darüber habe auch sie gerade nachgedacht, weil sie im Grunde gar nicht recht wisse, was das ist. Annamaria hat ihr zwar gesagt, das wisse doch jeder: eine Religion. Aber daran war sie nicht interessiert, sondern am «Sinn». «Schließlich muß man doch wissen, wofür man gehaßt wird», so meinte sie. Sie hat zugegeben, daß sie zu Beginn das Ganze überhaupt nicht verstanden habe und sehr betroffen gewesen sei, daß man sie verachte, «einfach nur, weil ich Jüdin bin»: da habe sie zum erstenmal gefühlt, daß – so sagte sie – sie etwas von den anderen Menschen trenne und daß sie anderswo hingehöre als sie. Dann habe sie nachzudenken begonnen, auch durch Bücher und Gespräche versucht, hinter die Sache zu kommen, und dabei habe sie erkannt: gerade deswegen werde sie gehaßt. Sie ist nämlich der Ansicht, daß «wir Juden anders sind als die anderen», daß diese Verschiedenheit das Wesentliche ist und die Juden deshalb von den Menschen gehaßt würden. Sie sagte auch noch, wie eigenartig es für sie sei, im «Bewußtsein dieser Verschiedenheit» zu leben, und daß sie deswegen manchmal eine Art Stolz, dann wieder eher irgendwie Scham empfinde. Sie wollte von uns wissen, wie wir es mit unserer Verschiedenheit hielten, ob wir stolz darauf seien oder uns eher schämten. Ihre Schwester und Annamaria wußten es nicht so recht. Auch ich habe bis jetzt noch keinen Anlaß für solche Gefühle gesehen. Und überhaupt, man kann doch diesen Unterschied nicht einfach selbst bestimmen: schließlich ist ja genau dafür der gelbe Stern da, soviel ich weiß. Das habe ich ihr auch zu bedenken gegeben. Aber sie hat sich darauf versteift: «Den Unterschied tragen wir in uns.» Meines Erachtens ist dagegen das wichtiger, was wir außen tragen. Wir haben lange darüber debattiert, warum weiß ich nicht, denn um die Wahrheit zu sagen, ich sah nicht recht ein, warum die Frage so wichtig war. Aber es war etwas an ihrem Gedankengang, das mich irgendwie ärgerte: meiner Meinung nach ist das alles viel einfacher. Na ja, und dann wollte ich bei dieser Auseinandersetzung auch gewinnen, natürlich. Auch Annamaria schien hin und wieder etwas sagen zu wollen, aber dann ist sie keinmal dazu gekommen, weil wir beide sie nicht mehr richtig beachtet haben.

Schließlich habe ich ein Beispiel gemacht. Zuweilen, zum bloßen Zeitvertreib, hatte ich auch schon über die Sache nachgedacht, und deshalb kam es mir jetzt in den Sinn. Ich hatte vor kurzem ein Buch gelesen, eine Art Roman: ein Bettler und ein Prinz, die sich, von diesem Unterschied abgesehen, von Antlitz und Gestalt auffällig, bis zum Verwechseln ähnlich waren, vertauschten aus reiner Neugier ihr Schicksal, bis dann schließlich aus dem Bettler ein richtiger Prinz und aus dem Prinzen ein richtiger Bettler wurde. Ich habe dem Mädchen gesagt, sie solle versuchen, sich das für ihren eigenen Fall vorzustellen. Das ist natürlich nicht sehr wahrscheinlich, aber schließlich ist ja vieles möglich. Nehmen wir an, es sei ihr als ganz kleinem Kind passiert, wenn man weder sprechen noch sich erinnern kann, und egal wie, aber – nehmen wir einmal an – man hat sie eben irgendwie vertauscht, oder irgendwie hat sich ergeben, daß sie mit dem Kind einer anderen Familie verwechselt wurde, einer Familie, deren Papiere in rassischer Hinsicht einwandfrei sind: nun, in diesem angenommenen Fall würde jetzt das andere Mädchen die Verschiedenheit spüren und natürlich auch den gelben Stern tragen, während sie, aufgrund der Angaben, die über sie vorhanden sind, sich genauso sehen würde – und natürlich auch von den anderen so gesehen würde – wie die übrigen Menschen und nicht die leiseste Ahnung von dieser ganzen Verschiedenheit hätte. Das hat ziemlich auf sie gewirkt, soviel ich sah. Zuerst hat sie bloß nichts mehr gesagt, dann haben sich nach und nach, aber so sacht, daß ich es fast schon spüren konnte, ihre Lippen voneinander gelöst, als ob sie etwas sagen wollte. Dann ist aber doch nicht das geschehen, sondern etwas anderes, viel Merkwürdigeres: sie ist in Tränen ausgebrochen. Sie vergrub das Gesicht in der Beuge ihres Ellbogens auf dem Tisch, und ihre Schultern zuckten in einem fort. Ich war höchst überrascht, denn das war ja nicht meine Absicht gewesen, und dann hat mich auch der Anblick irgendwie verwirrt. Ich habe mich über sie gebeugt, ihr Haar, ihre Schultern und den Arm ein wenig zu berühren versucht und dabei gebeten, daß sie nicht weinen soll. Doch sie rief bitter und mit immer wieder versagender Stimme so etwas wie: wenn es nichts mit unserer Eigenart zu tun habe, dann sei ja das alles nur reiner Zufall, und wenn sie auch eine andere sein könnte, als die sie sein muß, dann «hat das alles keinen Sinn», und das sei ein Gedanke, der ihrer Meinung nach «unerträglich ist». Es war mir peinlich, denn schließlich war ich schuld, aber ich hatte ja nicht wissen können, daß ihr dieser Gedanke so wichtig war. Mir lag schon auf der Zunge, ihr zu sagen, sie solle sich nichts daraus machen, denn in meinen Augen habe das alles überhaupt keine Bedeutung, ich verachte sie nicht für ihre Rasse; doch dann habe ich gleich gespürt, daß es ein bißchen lächerlich wäre, wenn ich das sagte, und so habe ich nichts gesagt. Nur, es war mir eben doch nicht recht, daß ich es nicht sagen konnte, denn in dem Augenblick empfand ich es wirklich so, ganz unabhängig von meiner eigenen Situation, um nicht zu sagen ganz frei. Es ist zwar schon möglich, daß in einer anderen Situation vielleicht auch meine Meinung anders wäre. Ich weiß es nicht. Ich sah auch ein, daß es mir nicht möglich ist, das auszuprobieren. Und doch, irgendwie war es mir unbehaglich. Und ich weiß nicht recht, aus welchem Grund, aber jetzt passierte es mir zum erstenmal, daß ich etwas fühlte, das, glaube ich, doch so etwas wie Scham war.

Doch erst im Treppenhaus ist mir dann noch zur Kenntnis gebracht worden, daß ich mit jener Empfindung andererseits wohl Annamaria verletzt habe, so schien es mir jedenfalls: da war es nämlich, daß sie sich so sonderbar benahm. Ich sagte etwas zu ihr, und sie antwortete nicht einmal. Ich versuchte, sie am Arm festzuhalten, aber sie hat sich losgerissen und mich auf der Treppe stehenlassen.

Auch am nächsten Nachmittag habe ich vergeblich gewartet, daß sie den Kontakt mit mir aufnimmt. So konnte ich auch nicht zu den Schwestern gehen, weil wir ja bisher immer zusammen dorthin gegangen sind, und sie hätten bestimmt Fragen gestellt. Und überhaupt: ich verstand nun schon besser, wovon das Mädchen am Sonntag gesprochen hatte.

Am Abend, bei Fleischmanns, ist sie dann doch erschienen. Anfangs hat sie sich nur auf wenige Worte mit mir eingelassen, und ihre Züge haben sich erst wieder ein bißchen gelöst, als ich ihr auf die Bemerkung, sie hoffe, ich hätte mit den Schwestern einen angenehmen Nachmittag verbracht, gesagt habe, daß ich nicht oben gewesen sei. Sie wollte wissen, warum nicht, worauf ich wahrheitsgemäß sagte, ich hätte ohne sie nicht hingehen mögen: mir schien, auch diese Antwort gefiel ihr. Nach einiger Zeit war sie sogar bereit, mit mir die Fische anzuschauen – und von dort sind wir dann schon ganz versöhnt zurückgekommen. Später, im Lauf des Abends, hat das Mädchen nur noch eine Bemerkung zu dieser Angelegenheit gemacht: «Das war unser erster Streit», so sagte sie.

3

Am nächsten Tag passierte mir eine kuriose Geschichte. Ich bin früh am Morgen aufgestanden und habe mich wie immer auf den Weg zur Arbeit gemacht. Es versprach ein heißer Tag zu werden, und der Autobus war wie üblich mit Menschen vollgestopft. Wir hatten schon die Häuser der Vorstadt hinter uns gelassen und die kurze, schmucklose Brücke überquert, die auf die Insel

Csepel führt: von da an verläuft die Straße eine Weile über offenes Gelände, Felder, links ein flaches, hangarartiges Gebäude, rechts verstreut die Treibhäuser von Gärtnereien, und dort passierte es, daß der Autobus ganz plötzlich bremste, dann hörte ich von draußen eine kommandierende Stimme hereindringen, Fetzen, die dann vom Schaffner und mehreren Fahrgästen in meine Richtung weitergegeben wurden, nämlich: falls sich jüdische Fahrgäste im Wagen befänden, sollten sie aussteigen. Na, dachte ich, sie wollen gewiß die Sache mit dem Überschreiten der Stadtgrenze kontrollieren, anhand der Papiere.

Tatsächlich, auf der Straße fand ich mich einem Polizisten gegenüber. Ohne ein Wort zu sagen, habe ich ihm dann auch gleich meinen Ausweis hingestreckt. Doch er schickte zuerst den Autobus weiter, mit einer knappen Handbewegung. Ich dachte schon, daß er vielleicht den Ausweis nicht richtig verstand, und wollte ihm gerade erklären, daß ich – wie er sehen könne – ein Mitglied der Rüstungsindustrie sei und keine Zeit hätte, mich lange aufhalten zu lassen; aber da war die Straße plötzlich von Stimmen erfüllt und mit den Jungen bevölkert, meinen Kameraden von der Shell. Sie kamen hinter der Böschung hervor. Es stellte sich heraus: der Polizist hatte sie bereits in den vorherigen Autobussen hier erwischt, und sie lachten sehr darüber, daß nun auch ich eingetroffen war. Sogar der Polizist mußte ein wenig lächeln, so als würde er, zwar mit größerem Abstand, aber doch bis zu einem gewissen Grad an der Belustigung teilnehmen; ich habe gleich gesehen, daß er nichts gegen uns hatte – das konnte er ja gar nicht. Ich habe die Jungen dann doch gefragt, was das Ganze soll, aber das wußten sie fürs erste auch nicht.

Darauf hat der Polizist auch alle folgenden Autobusse angehalten, die aus der Stadt kamen, und zwar so, daß er in einem bestimmten Abstand vor sie hintrat, während er die Hände in die Höhe warf: uns schickte er jedesmal hinter die Böschung. Dann hat sich immer die gleiche Szene wiederholt: die erste Überraschung der neu hinzugekommenen Jungen, die sich schließlich in Lachen auflöste. Der Polizist schien zufrieden. Eine Viertelstunde, ungefähr, ist so vergangen. Es war ein klarer Sommermorgen, an der Böschung – das spürten wir, wenn wir uns hineinlegten – erwärmte die Sonne schon das Gras. Weiter weg, durch den bläulichen Dunst hindurch, waren die dicken Behälter der Raffinerie deutlich zu sehen. Weiter hinten Fabrikschornsteine und noch weiter weg, schon verschwommen, die spitze Silhouette irgendeines Kirchturms. Aus den Autobussen kamen, in Gruppen oder einzeln, immer mehr Jungen zum Vorschein. Zum Beispiel ein lebhafter sommersprossiger Junge mit stachelig geschnittenem schwarzem Haar, der sehr beliebt ist: der «Zierlederer», wie ihn alle nennen – denn im Unterschied zu den anderen, die meist aus verschiedenen Schulen kommen, hat er dieses Handwerk gewählt. Dann der ewig rauchende Bursche: man sieht ihn praktisch nie ohne Zigarette. Im allgemeinen rauchen zwar auch die anderen, und um nicht hinter ihnen zurückzubleiben, habe auch ich mich neuerdings darin versucht; aber ich habe festgestellt, daß er dieser Gewohnheit ganz anders, mit einer geradezu schon fieberhaften Gier nachgeht. Auch seine Augen haben diesen merkwürdigen fiebrigen Ausdruck. Er ist eher von wortkarger, irgendwie schwer zugänglicher Natur; im Kreis der Jungen ist er nicht sonderlich beliebt. Aber ich habe ihn doch einmal gefragt, was er an dem vielen Rauchen finde. Worauf er kurz und bündig geantwortet hat: «Billiger als Essen.» Ich war ein bißchen verdutzt, auf den Gedanken wäre ich nicht gekommen. Aber noch mehr hat mich der spöttische, fast schon verurteilende Ausdruck seiner Augen überrascht, als er meine Verlegenheit bemerkte; es war unangenehm, und da habe ich ihn nicht länger ausgefragt. Aber danach verstand ich schon besser, warum sich die anderen irgendwie vor ihm in acht nehmen. Einen anderen haben sie dann schon gelöster mit ihrem Geschrei empfangen: er wird von allen seinen engeren Kameraden immer nur der «Halbseidene» genannt. Ich fand diese Bezeichnung auch durchaus treffend, wegen seines glatten, glänzenden dunklen Haars, seiner großen grauen Augen und überhaupt wegen der liebenswürdigen Geschmeidigkeit seines ganzen Wesens; erst nachträglich habe ich dann gehört, daß der Ausdruck in Wirklichkeit auch noch etwas anderes bedeutet und daß er den Namen deshalb erhalten hat, weil er sich in seinem Leben daheim anscheinend recht geschickt bei den Mädchen umtut. Einer der Autobusse hat dann auch «Rosi» gebracht: in Wirklichkeit heißt er Rosenfeld, aber sein Name wird eben von allen so abgekürzt. Aus irgendeinem Grund genießt er bei den Jungen Ansehen, und in Fragen, die alle angehen, richten wir uns jeweils nach seiner Meinung; auch beim Polier vertritt stets er uns. Wie ich gehört habe, geht er auf die Handelsschule. Mit seinem intelligenten, wenn auch ein wenig zu langen Gesicht, dem blonden welligen Haar und den etwas starr blickenden wasserblauen Augen erinnert er an die alten Gemälde in den Museen, solche, bei denen sich immer Aufschriften wie «Infant mit Windhund» und so ähnliche finden. Dann ist auch Moskovics eingetroffen, ein winzig kleiner Junge mit einem schon etwas weniger ebenmäßigen, um nicht zu sagen ziemlich häßlichen Gesicht und dazu einer dicken, lupenartigen Brille auf der breiten, stumpfen Nase, so eine wie die von meiner Großmutter – und so weiter, alle anderen. Im allgemeinen waren sie der Ansicht, der auch ich etwa war, nämlich daß die Angelegenheit im ganzen betrachtet etwas ungewöhnlich sei, daß es sich da aber bestimmt um ein Mißverständnis oder so etwas handeln müsse. «Rosi» ging dann auch, nachdem ihm einige der Jungen zugeredet hatten, zu dem Polizisten hinüber und wollte wissen, ob es denn nichts machen würde, wenn wir uns bei der Arbeit verspäten, und überhaupt, wann er die Absicht habe, uns weiterzulassen, zu unserem Tagewerk. Der Polizist war wegen der Frage kein bißchen böse, er hat aber geantwortet, das hänge nicht von ihm, von seiner Entscheidung ab. Es stellte sich heraus, daß er eigentlich auch nicht viel mehr wußte als wir: er erwähnte einen «neuen Befehl», der dann an die Stelle des vorherigen treten werde, so daß sowohl er wie auch wir vorläufig warten müßten – so ungefähr hat er es erklärt. Das alles hörte sich, wenn auch nicht ganz verständlich, so doch – wie die Jungen und ich selbst auch fanden – im wesentlichen akzeptabel an. Und überhaupt schuldeten wir dem Polizisten schließlich Gehorsam. Nun ja, und das fiel uns um so leichter, als wir im Besitz des Ausweises sowie des amtlichen Stempels der Rüstungsindustrie keinen Anlaß dafür sahen, den Polizisten besonders ernst zu nehmen, versteht sich. Er dagegen hatte den Eindruck – so war seinen Worten zu entnehmen –, daß er es «mit vernünftigen Jungen» zu tun habe, auf deren «Disziplin», so fügte er hinzu, hoffentlich auch weiterhin zu zählen sei; soviel ich sehen konnte, gefielen wir ihm. Er selbst wirkte sympathisch: es war ein ziemlich kleiner Polizist, weder alt noch jung, mit klaren, ganz hellen Augen im sonnengegerbten Gesicht. Aus einigen seiner Worte schloß ich, daß er vom Land stammen mußte.

Es war sieben Uhr: um diese Zeit beginnt in der Raffinerie die Arbeit. Die Autobusse brachten keine Jungen mehr, und da hat der Polizist gefragt, ob noch einer von uns fehle. «Rosi» hat die Zählung vorgenommen und dann dem Polizisten gemeldet: alle da. Darauf meinte der Polizist, wir sollten doch nicht hier am Straßenrand warten. Er schien besorgt, und ich hatte irgendwie das Gefühl, daß er eigentlich auf uns genausowenig vorbereitet war wie wir auf ihn. Er hat dann auch gefragt: «Und was soll ich nun mit euch?» Aber da konnten wir ihm natürlich auch nicht helfen. Wir standen ganz lokker um ihn herum, so ein bißchen lachend, genauso wie bei einem Ausflug um den Lehrer, und er stand mitten in unserer Gruppe, machte ein ratloses Gesicht und strich sich übers Kinn. Schließlich schlug er vor, wir sollten ins Zollhaus gehen.

Wir folgten ihm zu einem alleinstehenden, heruntergekommenen einstöckigen Gebäude, gleich da an der Straße: das war das «Zollhaus» – wie auch eine verwitterte Aufschrift kenntlich machte. Der Polizist zog einen Schlüsselbund hervor und suchte aus zahlreichen klingelnden Schlüsseln den heraus, der ins Schloß paßte. Drinnen fanden wir eine angenehm kühle, ziemlich große, wenn auch kahle Räumlichkeit, ausgestattet mit ein paar Bänken und einem langen, uralten Tisch. Der Polizist hat noch eine andere Tür geöffnet, zu einem viel kleineren Raum, einer Art Büro. Durch den Türspalt konnte ich darin einen Teppich, einen Schreibtisch und darauf einen Telefonapparat sehen. Wir hörten auch, wie der Polizist kurz telefonierte, konnten seine Worte allerdings nicht verstehen. Aber ich glaube, er versuchte, den Befehl schneller zu erhalten, denn als er herauskam (die Tür hat er sorgfältig hinter sich abgeschlossen), hat er gesagt: «Nichts. Wir müssen einfach warten.» Er hat uns aufgefordert, es uns bequem zu machen, und er fragte sogar, ob wir nicht irgendein Gesellschaftsspiel wüßten. Ein Junge, der «Zierlederer», wenn ich mich recht erinnere, hat Schinkenklopfen vorgeschlagen. Das war aber nicht so ganz nach dem Geschmack des Polizisten, und er hat gesagt, er hätte von uns, «so vernünftigen Jungen», mehr erwartet. Eine Weile scherzte er mit uns herum, wobei ich dauernd das Gefühl hatte, daß er sich alle Mühe gab, uns irgendwie zu unterhalten, vielleicht, damit uns keine Zeit blieb, die Disziplin zu verlieren, wovon er ja schon auf der Landstraße gesprochen hatte; aber er erwies sich in solchen Dingen als ziemlich ungeschickt. Er hat uns dann auch bald darauf uns selbst überlassen, nachdem er zuvor erwähnt hatte, er müsse nach seiner Arbeit schauen. Als er hinausging, hörten wir, wie er die Tür von außen abschloß.

Über das, was dann folgte, wüßte ich nicht mehr viel zu berichten. Es schien, daß wir noch lange auf den Befehl würden warten müssen. Doch unsererseits fanden wir die Sache überhaupt nicht dringend: schließlich verschwendeten wir ja nicht unsere eigene Zeit. Darin waren wir uns alle einig: hier in der Kühle war es angenehmer als draußen bei der Arbeit, im Schweiße unseres Angesichts. Auf dem Raffineriegelände gibt es nicht viel Schatten. «Rosi» hatte beim Polier denn auch durchgesetzt, daß wir das Hemd ausziehen durften. Das ist allerdings nicht gerade im Einklang mit der Vorschrift, da so ja kein gelber Stern an uns sichtbar ist, aber der Polier hat dann doch eingewilligt, aus Menschlichkeit. Bloß Moskovics' papierartiger weißer Haut ist die Sache einigermaßen schlecht bekommen, weil sie auf seinem Rükken im Nu krebsrot wurde, und wir lachten dann viel über die langen Fetzen, die er sich hinterher abschälte.

Wir haben es uns also bequem gemacht, auf den Bänken oder einfach so, auf dem nackten Boden des Zollhauses: doch womit wir dann die Zeit verbracht haben, könnte ich nicht mehr recht sagen. Auf jeden Fall sind eine Menge Scherze gemacht worden; Zigaretten machten die Runde, ja und dann allmählich auch die Jausenpakete. Auch der Polier kam zur Sprache, daß er heute morgen bestimmt erstaunt gewesen ist, als wir nicht zur Arbeit erschienen. Auch die Hufnägel wurden hervorgeholt, für das sogenannte Stier-Spiel. Das hatte ich schon dort, bei den Jungen, gelernt: man wirft einen der Nägel in die Höhe, und derjenige gewinnt, der am meisten von den übrigen, vor ihm liegenden packen kann, bevor er den anderen, einzelnen wieder aufgefangen hat. Der «Halbseidene» hat mit seinen langen Fingern und schlanken Händen jedes Spiel gewonnen. Und «Rosi» brachte uns ein Lied bei, das wir dann auch mehrere Male gesungen haben. Das Besondere daran ist, daß man den Text in drei Sprachen übersetzen kann, allerdings immer nur mittels der gleichen Wörter: hängt man die Endung *-es* an, klingen sie deutsch, mit der Endung *-io* italienisch und mit der Endung *-taki* japanisch. Das ist natürlich alles nur so Unsinn, aber ich fand es doch unterhaltend.

Dann habe ich mir ein bißchen die Erwachsenen angeschaut. Auch die hatte der Polizist aus den Autobussen herausgeholt, genau wie uns. So ist mir dann auch klargeworden, daß er, wenn er nicht bei uns war, auf der Landstraße stand und der gleichen Tätigkeit nachging wie am Morgen. Allmählich sind auf diese Art etwa sieben, acht Leute zusammengekommen, alles Männer. Aber wie ich sah, haben sie dem Polizisten schon mehr Mühe gemacht: sie verstanden die Sache nicht, schüttelten den Kopf, erklärten fortwährend irgend etwas, holten immer wieder ihre Papiere hervor, belästigten ihn mit Fragen. Auch uns fragten sie aus: wer wir seien, woher wir kämen. Dann aber sind sie eher unter sich geblieben; wir haben ihnen ein paar Bänke überlassen, und darauf hockten sie oder standen ungeduldig darum herum. Sie redeten viel, aber ich habe nicht so richtig darauf achtgegeben. Vor allem rätselten sie herum, was wohl der Grund für das Vorgehen des Polizisten sein und welche Folgen der Vorfall für sie haben könnte; nur hatte darüber, wie ich hörte, ungefähr jeder eine andere Ansicht. Alles in allem, so schien es mir, hing das zur Hauptsache davon ab, mit welchen Dokumenten sie ausgerüstet waren, denn wie ich hörte, hatten auch sie natürlich irgendwelche Papiere, die sie berechtigten, nach Csepel zu fahren, einige in privaten Angelegenheiten, andere in öffentlichem Auftrag, so wie wir auch.

Einige der interessanteren Gesichter habe ich mir aber doch gemerkt. So ist mir zum Beispiel aufgefallen, daß einer sich an ihren Gesprächen nicht beteiligte; er las statt dessen die ganze Zeit in einem Buch, das er offenbar gerade bei sich hatte. Es war ein großer, hagerer Mann in einem gelben Wettermantel mit einem stoppelbärtigen Gesicht und einem scharfgeschnittenen Mund zwischen zwei tiefen, übellaunig wirkenden Falten. Er hatte sich einen Platz ganz am Ende einer Bank gesucht, am Fenster, die Beine übereinandergeschlagen und sich halb von den anderen abgewandt: vielleicht kam er mir deshalb irgendwie wie ein erfahrener Reisender in einem Eisenbahnabteil vor, der jedes Wort, jede Frage oder das unter zufälligen Reisegefährten übliche Bekanntwerden für unnötig hält und mit gelangweiltem Gleichmut die Warterei erträgt, bis man am Ziel ist – diesen Eindruck hat er jedenfalls auf mich gemacht.

Auf einen gepflegten, schon etwas älteren Mann mit silbernen Schläfen und kahlem Scheitel war ich gleich, als er hereinkam – etwa am späten Vormittag –, aufmerksam geworden: er war nämlich höchst aufgebracht, als ihn der Polizist hereinkomplimentierte. Er fragte, ob es hier ein Telefon gebe und ob er es «in Anspruch nehmen» dürfe. Der Polizist hat ihm jedoch zu verstehen gegeben, daß er sehr bedaure, aber der Apparat sei «ausschließlich für den dienstlichen Gebrauch bestimmt»; da hat der Mann ärgerlich mit dem Gesicht gezuckt und ist verstummt. Später habe ich seiner wenn auch knappen Antwort auf die Nachfrage der anderen entnehmen können, daß er, ähnlich wie wir, zu einem der Fabrikunternehmen in Csepel gehört: er bezeichnete sich als «Experten», hat das aber nicht weiter ausgeführt. Im übrigen zeigte er sich sehr selbstsicher, und wie mir schien, hatte er im großen und ganzen die gleiche Einstellung wie wir, bloß mit dem Unterschied, daß er durch das Aufgehaltenwerden anscheinend eher beleidigt war. Ich habe die Beobachtung gemacht, daß er sich über den Polizisten immer herablassend und irgendwie verächtlich äußerte. Er sagte, seines Erachtens habe der Polizist «offenbar irgendeine allgemeine Anweisung», die er wohl «übereifrig ausführt». Er meinte jedoch, letztlich würden die «Zuständigen» in der Sache tätig werden, was – so fügte er hinzu – hoffentlich bald geschehe. Dann habe ich seine Stimme kaum noch gehört und ihn auch bald vergessen. Erst gegen Nachmittag hat er vorübergehend wieder meine Aufmerksamkeit auf sich gezogen, doch da war ich selbst schon müde und habe bloß bemerkt, wie ungeduldig er anscheinend war: einmal setzte er sich hin, einmal stand er wieder auf, einmal verschränkte er die Arme über der Brust, einmal auf dem Rücken, und dann wieder schaute er auf die Uhr.

Dann war da noch ein seltsames Männchen mit einer eigentümlichen Nase, einem großen Rucksack, einer sogenannten «Golfhose» und riesengroßen Stiefeln; selbst der gelbe Stern schien an ihm größer als üblich. Er machte sich schon mehr Sorgen. Er jammerte vor allem über sein «Pech». Ich habe mir seinen Fall ungefähr gemerkt, weil es eine einfache Geschichte war und er sie mehrere Male erzählt hat. Er habe seine «schwerkranke» Mutter in der Gemeinde Csepel besuchen wollen, so sagte er. Dafür hatte er sich bei den Behörden eigens eine Genehmigung beschafft, da, er zeigte sie. Die Bewilligung lautete auf den heutigen Tag, bis nachmittags zwei Uhr. Doch da war ihm etwas dazwischengekommen, eine Angelegenheit, die er als «unaufschiebbar» bezeichnete, «im Interesse des Betriebs», wie er hinzufügte. Auf dem Amt jedoch seien noch andere vor ihm drangewesen, und so sei er erst spät an die Reihe gekommen. Er habe schon die ganze Reise gefährdet gesehen, sagte er. Er ist dann aber doch noch zur Straßenbahn geeilt, um nach seinem ursprünglichen Plan zur Bus-Endstation zu gelangen. Unterwegs hatte er die voraussichtliche Dauer von Hin- und Rückweg mit der bewilligten Zeit verglichen und ausgerechnet, daß es tatsächlich schon riskant war loszufahren. An der Endstation hat er dann jedoch gesehen, daß der Mittagsbus gerade noch dastand. Und da, so ließ er uns wissen, hat er dann gedacht: «Wieviel Scherereien ich doch wegen dieses Stückchens Papier hatte ... Und» – so hat er hinzugefügt – «das arme Mütterchen wartet.» Er erwähnte, daß die alte Frau ihm und seiner Frau allerdings schon einige Probleme gemacht habe. Sie hätten sie schon lange angefleht, zu ihnen zu ziehen, in die Stadt. Doch die Mutter habe sich so lange gesträubt, bis es zu spät geworden sei. Er schüttelte vorwurfsvoll den Kopf, denn er meinte, die alte Frau hinge nur «um jeden Preis» an ihrem Haus. «Obwohl es nicht einmal Komfort hat», bemerkte er. Aber nun ja, so fuhr er fort, er müsse sie verstehen, da sie doch seine Mutter sei. Und die Arme sei krank, hat er noch hinzugesetzt, und alt sei sie auch schon. Und er sagte, er habe gewußt, daß er es sich «vielleicht nie verzeihen» könnte, wenn er diese einzige Gelegenheit verpassen würde. Und so sei er eben doch in den Autobus gestiegen. An diesem Punkt ist er für einen Augenblick verstummt. Er hat die Hände hochgehoben und sie dann langsam wieder sinken lassen, mit einer ratlosen Bewegung, während sich auf seiner Stirn gleichzeitig Hunderte von winzigen fragenden Fältchen bildeten: er glich ein wenig einem traurigen, in die Falle geratenen Nagetier. Was sie meinten, hat er dann die anderen gefragt, ob ihm jetzt aus der Angelegenheit Schwierigkeiten erwachsen könnten. Und ob man in Betracht ziehen würde, daß die Überschreitung des eingeräumten Zeitpunkts nicht sein Verschulden war. Und was wohl seine Mutter denke, die er von seinem Kommen benachrichtigt hatte, und daheim seine Frau mit den beiden kleinen Kindern, wenn er um zwei Uhr nicht nach Hause komme. Hauptsächlich, das merkte ich an der Richtung seiner Blicke, schien er von dem erwähnten, würdevoll aussehenden Mann, dem «Experten», eine Meinungsäußerung zu diesen Fragen zu erwarten. Ich sah aber, daß dieser ihn kaum beachtete: er hatte gerade eine Zigarette in der Hand, die er kurz zuvor hervorgeholt hatte, und klopfte mit ihrem Ende auf den mit erhabenen Buchstaben und Linien verzierten Deckel seiner silbrig glänzenden Zigarettendose. Auf seinem Gesicht lag ein versunkener Ausdruck, und mir schien, er war in irgendwelchen fernen Gedanken verloren und hatte von der ganzen Geschichte überhaupt nichts mitbekommen. Dann hat der andere von neuem von seinem Pech angefangen: wäre er nur fünf Minuten später an der Endstation angekommen, dann hätte er den Mittagsbus nicht mehr erreicht, und wenn der nicht mehr dort gewesen wäre, hätte er nicht mehr auf den nächsten gewartet und dann – vorausgesetzt, all das wäre «um fünf Minuten verschoben» abgelaufen – würde er jetzt «nicht hier sitzen, sondern zu Hause», so hat er immer von neuem erklärt.

Na und dann erinnere ich mich noch an den Mann mit dem Seehundgesicht: er war beleibt, trug einen dichten schwarzen Schnurrbart und eine Brille mit Goldrand und wollte fortwährend den Polizisten «sprechen». Es ist mir auch nicht entgangen, daß er das immer separat, in einiger Entfernung zu den anderen zu bewerkstelligen versuchte, nach Möglichkeit in einer Ecke oder bei der Tür. «Herr Kommissar», so vernahm ich hin und wieder seine erstickte, leicht krächzende Stimme, «könnte ich Sie mal sprechen?» Oder: «Ich bitte sehr, Herr Kommissar... nur auf ein Wort, mit Verlaub...» Schließlich hat der Polizist dann auch einmal gefragt, was er denn wünsche. Da aber schien er zu zögern. Er ließ seine Brille mißtrauisch in die Runde blitzen. Und obwohl sie diesmal in einer Ecke des Raums standen, die ziemlich in meiner Nähe war, habe ich dem dumpfen Gemurmel dann doch nichts entnehmen können: irgend etwas schien er immer wieder zu beteuern. Dabei erschien so ein vertrauliches, süßliches Lächeln auf seinem Gesicht. Gleichzeitig neigte er sich erst ein bißchen, dann stufenweise immer mehr und schließlich ganz zu dem Polizisten hin. Dazwischen, noch immer zur gleichen Zeit, sah ich ihn auch eine seltsame Geste machen. Die Angelegenheit war mir nicht ganz klar: zunächst kam es mir vor, als wollte er eigentlich in seiner Innentasche nach etwas greifen. Ich dachte noch angesichts dieser offenbar irgendwie bedeutsamen Bewegung, er wollte vielleicht dem Polizisten ein wichtiges Schriftstück, irgendein außerordentliches oder besonderes Dokument vorweisen. Doch ich habe vergeblich darauf gewartet, was da zum Vorschein kommen würde, weil er dann die Bewegung doch nicht ganz ausgeführt hat. Er hat sie aber auch nicht ganz abgebrochen; er ist eher steckengeblieben, hat sie vergessen und sie auf einmal, gewissermaßen auf dem Höhepunkt, irgendwie in der Schwebe gelassen. Und so tastete, lief und kratzte seine Hand eine Zeitlang bloß von außen auf seiner Brust herum wie eine spärlich behaarte große Spinne oder besser, ein kleineres Meeresungeheuer, das einen Spalt sucht, um ihm unter die Jacke zu schlüpfen. Er selbst sprach unterdessen noch immer, und auch das gewisse Lächeln war fortwährend auf seinem Gesicht. Das Ganze hat nur ein paar Sekunden gedauert, so ungefähr. Darauf hat der Polizist dem Gespräch mit auffallender Entschiedenheit sofort ein Ende bereitet, ja, soviel ich sah, war er sogar etwas ungehalten; und in der Tat, auch wenn ich das Ganze eigentlich nicht recht verstanden habe, so hatte das Verhalten des Mannes auf eine schwer bestimmbare Weise auch für mich einen etwas verdächtigen Anstrich.

An die anderen Gesichter und Vorkommnisse erinnere ich mich nicht mehr so recht. Und überhaupt, meine Beobachtungen wurden mit der Zeit immer weniger scharf. So viel kann ich noch sagen, daß der Polizist gegenüber uns Jungen nach wie vor sehr aufmerksam war. Mit den Erwachsenen war er allerdings, das fiel mir auf, irgendwie eine Nuance weniger herzlich. Doch bis zum Nachmittag schien auch er schon erschöpft. Da kam er schon oft ins Kühle, zu uns oder in sein Zimmer, ohne sich um die vorbeifahrenden Autobusse zu kümmern. Wie ich hörte, versuchte er es auch immer wieder mit dem Telefon, und manchmal meldete er auch das Resultat: «Noch immer nichts» – das aber doch schon fast mit offensichtlicher Unzufriedenheit auf dem Gesicht. Ich erinnere mich auch noch an einen anderen Moment. Es hatte sich noch vorher, etwas nach Mittag, zugetragen: ein Kamerad hatte ihn besucht, ein anderer Polizist, mit einem Fahrrad. Das hatte er zuvor hier draußen an die Wand gelehnt. Dann haben sie sich im Zimmer unseres Polizisten vorsorglich eingeschlossen. Sie kamen erst nach ziemlich langer Zeit wieder heraus. Zum Abschied schüttelten sie sich an der Tür lange und ausführlich die Hände. Sie sagten nichts, nickten aber und schauten sich dabei auf eine Art an, wie ich es früher, im Büro meines Vaters, manchmal bei Kaufleuten gesehen habe, wenn sie gerade die schweren Zeiten und den flauen Gang der Geschäfte erörtert hatten. Es war mir natürlich schon klar, daß das nicht sehr wahrscheinlich ist, unter Polizisten, aber ihre Gesichter haben in mir eben doch diese Erinnerung aufkommen lassen: die gleiche bekannte, einigermaßen sorgenvolle Unlust und das gleiche erzwungene Sichabfinden mit, ja, sagen wir, mit dem unabänderlichen Lauf der Dinge. Aber ich war allmählich schon recht müde; von der noch verbliebenen Zeit weiß ich nur noch, daß mir heiß war, daß ich mich langweilte und daß ich auch ein bißchen schläfrig war.

Alles in allem, das kann ich sagen, ist so der ganze Tag

vergangen. Zu guter Letzt ist dann auch der Befehl gekommen, ungefähr um vier Uhr, genau so, wie es der Polizist versprochen hatte. Er lautete dahingehend, daß wir uns zur «vorgesetzten Behörde» zu begeben hatten, zwecks Vorweisung unserer Papiere – so hat es uns der Polizist mitgeteilt. Er seinerseits muß die Anweisung über das Telefon erhalten haben, denn zuvor hatten wir schon geschäftige Laute aus seinem Zimmer vernommen, die auf eine Veränderung hindeuteten: das wiederholte, drängende Klingeln des Apparats, dann, wie er selbst Verbindungen wählte und ein paar Angelegenheiten kurz und knapp erledigte. Der Polizist hat dann noch gesagt, daß man es ihm zwar auch nicht genau mitgeteilt habe, daß es sich aber seines Erachtens um nichts als eine kurze Formalität handeln könne, zumindest in Fällen, die vom gesetzlichen Standpunkt gesehen so klar und unzweifelhaft seien wie beispielsweise der unsrige.

Der Zug hat sich in Dreierreihen formiert und in Bewegung gesetzt, wieder zur Stadt zurück, von allen Grenzübergängen der Gegend gleichzeitig – wie ich unterwegs dann feststellen konnte. Als wir nämlich die Brücke hinter uns gelassen hatten, sind wir hier und da, in einer Kurve oder an einer Kreuzung, mit anderen Gruppen zusammengetroffen, die sich ebenfalls aus soundso viel Leuten mit gelbem Stern und einem, zwei, ja in einem Fall sogar drei Polizisten zusammensetzten. Bei einer solchen Gruppe habe ich auch den Polizisten mit dem Fahrrad erkannt. Ich habe auch bemerkt, daß sich die Polizisten bei dieser Gelegenheit immer nur ganz knapp, sozusagen dienstlich begrüßten, so als ob sie schon vorher mit dem Treffen gerechnet hätten, und erst da habe ich die geschäftlichen telefonischen Erledigungen unseres Polizisten von vorhin verstanden: sie hatten also wohl jeweils die Zeitpunkte festgelegt, scheint mir. Schließlich fand ich mich inmitten einer schon recht ansehnlichen Marschkolonne, und zu beiden Seiten flankierten Polizisten in eher kürzeren Abständen unseren Zug.

So sind wir, immer auf der Fahrbahn, ziemlich lange marschiert. Es war ein schöner, klarer Sommernachmittag, auf den Straßen eine bunte Menge, wie immer um diese Stunde; doch ich nahm das alles ein bißchen verwischt wahr. Ich habe dann auch bald die Orientierung verloren, da wir zumeist auf Chausseen und Straßen gingen, die ich nicht recht kannte. Und dann wurden es ja ständig mehr Straßen, und der Verkehr und vor allem das beschwerliche Vorwärtskommen, wie das bei einer geschlossenen Marschkolonne unter solchen Umständen nun einmal ist, haben meine Aufmerksamkeit ziemlich in Anspruch genommen und bald erschöpft. Was ich von dem ganzen langen Weg noch weiß, ist eigentlich nur diese hastige, zögernde, in gewisser Weise fast schon verstohlene Neugier, mit der die Fußgänger von den Gehsteigen auf unseren Zug blickten (zu Beginn amüsierte es mich, mit der Zeit achtete ich dann kaum noch darauf) – ja und dann noch ein späterer Moment, der einigermaßen verworren ist. Wir waren gerade auf einer breiten, äußerst belebten Vorortstraße unterwegs, überall um uns herum ein dichter, unerträglich lärmender Verkehrsstrom; ich weiß gar nicht, wie sich an einer bestimmten Stelle, nicht weit vor mir, eine Straßenbahn in unseren Zug hatte hereinkeilen können. Uns blieb nichts übrig, als stehenzubleiben, um sie durchzulassen – und da wurde ich auf das plötzliche Aufblitzen eines gelben Kleidungsstücks aufmerksam, da vorn, in einer Wolke von Staub, Lärm und Ausdünstung: der «Reisende» war es. Ein einziger langer Satz, und schon war er untergetaucht, seitlich irgendwo, im Strudel der Menschen und Wagen. Ich war ganz verblüfft: das alles paßte irgendwie nicht so recht zu seinem Verhalten im Zollhaus, fand ich. Aber gleichzeitig empfand ich noch etwas anderes, ich war irgendwie angenehm überrascht, wie einfach diese Handlung war: und tatsächlich, dann sah ich, wie ein, zwei unternehmungslustige Geister dort vorn gleich loszogen, ihm nach. Auch ich habe mich umgeschaut, zwar eher, wie soll ich sagen, des Spieles halber – denn schließlich sah ich ja keinen Grund, mich aus dem Staub zu machen –, und ich glaube, ich hätte sogar genug Zeit dazu gehabt: aber dann hat sich der Anstand in mir doch als stärker erwiesen. Danach sind die Polizisten auch gleich eingeschritten, und die Reihen um mich herum haben sich wieder geschlossen.

Eine Zeitlang sind wir noch weitermarschiert, und dann ist alles ganz schnell, unerwartet und ein wenig überraschend abgelaufen. Wir sind irgendwo abgebogen, und wie ich sah, mußten wir am Ziel angekommen sein, denn die Straße führte zwischen den weit offenen Flügeln eines Tors hindurch. Erst dann bemerkte ich, daß hinter dem Tor anstelle der Polizisten bereits andere an unsere Seite getreten waren, gekleidet wie Soldaten, aber mit bunten Federn an den Schirmmützen: Gendarmen. Sie führten uns durch ein Labyrinth von grauen Gebäuden, immer weiter hinein, bis zu einem sich plötzlich öffnenden, mit weißem Schotter bestreuten riesigen Platz – eine Art Kasernenhof, wie mir schien. Und zugleich erblickte ich die hohe, gebieterisch aussehende Gestalt eines Mannes, der vom gegenüberliegenden Gebäude her direkt auf uns zukam. Er trug hohe Stiefel und eine enganliegende Uniform mit goldenen Sternen und einen Lederriemen quer über der Brust. In einer seiner Hände sah ich ein dünnes Stöckchen, von der Art, wie man sie beim Reiten benutzt, mit dem er sich fortwährend gegen den lackglänzenden Stiefelschaft klopfte. Einen Moment später, als wir schon reglos in Reih und Glied standen, konnte ich auch sehen, daß er auf seine Art ein schöner Mann war, mit abgehärteten und gewinnend männlichen Zügen, alles in allem ein bißchen an die Helden im Film erinnernd, mit einem modisch geschnittenen, schmalen braunen Schnurrbart, der sehr gut zu dem sonnengebräunten Gesicht paßte. Als er herangekommen war, hat uns ein Befehl der Gendarmen alle starr stehen lassen. Von allem, was danach kam, sind mir bloß zwei schnell aufeinanderfolgende Eindrücke geblieben: die krächzende, mehr oder weniger an einen Marktschreier erinnernde Stimme des Gestiefelten, die mich bei seinem sonst so gepflegten Äußeren dermaßen verblüfft hat, daß ich mir vielleicht schon deswegen nicht viel von seinen Worten gemerkt habe. Soviel jedenfalls habe ich verstanden, daß er die «Untersuchung» – diesen Ausdruck hat er verwendet – in unserer Angelegenheit erst morgen durchzuführen gedachte, darauf hat er sich sogleich an die Gendarmen gewandt und ihnen mit einer über den ganzen Platz tönenden Stimme befohlen, sie sollten «dieses ganze jüdische Gesindel» dorthin bringen, wo es seiner Meinung nach eigentlich hingehöre, nämlich in den Pferdestall, und es dort über Nacht einsperren. Und der zweite Eindruck war das unübersichtliche, von lauten Befehlen erfüllte Durcheinander, das sofort darauf eintrat, die gebrüllten Anweisungen der plötzlich in Schwung versetzten Gendarmen, die uns wegtrieben. Ich wußte auf einmal gar nicht mehr, wo mir der Kopf stand, und ich erinnere mich nur daran, daß ich die ganze Zeit fast auch ein bißchen lachen mußte, einerseits vor Staunen und Verlegenheit, aus dem Gefühl, plötzlich in irgendein sinnloses Stück hineingeraten zu sein, in dem ich meine Rolle nicht recht kannte, andererseits wegen einer flüchtigen Vorstellung, die mir gerade so durch den Sinn huschte: das Gesicht meiner Stiefmutter, wenn sie heute abend merken würde, daß sie mit dem Abendessen umsonst auf mich wartete.

4

Am meisten mangelte es in der Eisenbahn an Wasser. Lebensmittel schienen, alles eingerechnet, für lange Zeit zur Genüge vorrätig zu sein; aber wir hatten eben nichts zum Trinken dazu, und das war doch recht unangenehm. Die in der Eisenbahn haben gleich gesagt: der erste Durst, das ist bald vorüber. Schließlich hätte man ihn schon fast vergessen: erst da trete er von neuem auf – bloß lasse er dann kein Vergessen mehr zu, erklärten sie. Sechs, sieben Tage – behaupteten die Sachverständigen –, das sei die Zeit, die man im Notfall, und auch das warme

Wetter eingerechnet, ohne Wasser überstehen könne, vorausgesetzt, man sei gesund, verliere nicht zu viel Schweiß und esse kein Fleisch und keine Gewürze. Vorläufig – so redeten sie uns zu – hätten wir noch Zeit; alles hinge davon ab, wie lange die Reise dauern werde, sagten sie noch. Tatsächlich war ich selbst auch neugierig darauf: in der Ziegelei hatten sie das nicht mitgeteilt. Insgesamt hatten sie nur so viel verlauten lassen, daß jeder, der Lust habe, sich zur Arbeit melden könne, und zwar in Deutschland. Den Gedanken fand ich, genauso wie die übrigen Jungen und viele andere in der Ziegelei, sofort reizvoll. Überhaupt – so sagten es die durch Armbinden kenntlich gemachten Leute von einer gewissen Körperschaft, die sich «Judenrat» nannte – so oder so, willig oder nicht willig, wir alle würden auf jeden Fall früher oder später aus der Ziegelei nach Deutschland ausgesiedelt, und denen, die sich als erste freiwillig meldeten, würde ein besserer Platz zuteil, und dazu noch die Vergünstigung, daß sie insgesamt zu sechzig in einem Wagen reisen könnten, während später wenigstens achtzig Platz finden müßten, wegen der ungenügenden Anzahl von Zügen, die zur Verfügung standen – wie sie es jedermann erklärten: das ließ der Überlegung in der Tat nicht mehr viel Raum, wie auch ich fand.

Aber auch die Richtigkeit der anderen Gründe hätte ich nicht anfechten können, welche sich auf die engen Verhältnisse in der Ziegelei, ihre Folgen auf dem Gebiet der Gesundheit sowie die wachsenden Probleme in der Lebensmittelversorgung bezogen: es war so, das konnte auch ich bezeugen. Schon als wir, von der Gendarmerie kommend, dort eintrafen (von den Erwachsenen hatten verschiedene festgestellt, daß die Kaserne «Gendarmeriekaserne Andrássy» hieß), fanden wir jeden Winkel der Ziegelei mit Menschen vollgestopft, sowohl Männer als Frauen, Kinder jeden Alters und zahllose Alte beiderlei Geschlechts. Wohin ich auch trat, stolperte ich über Decken, Rucksäcke, allerlei Koffer, Packen, Bündel. Das alles, und dann auch die vielen kleinen Klagen, Bosheiten und Keifereien, die offenbar mit einem solchen gemeinschaftlichen Leben unvermeidlich einhergehen, haben mich natürlich bald ermüdet. Dazu kam die Untätigkeit, das dumme Gefühl des Stillstands, ja und dann die Langeweile; deshalb erinnere ich mich an die fünf Tage, die ich hier verbracht habe, auch nicht einzeln, doch selbst im ganzen weiß ich von ihnen nur noch ein paar wenige Einzelheiten. Auf jeden Fall das noch, die Erleichterung, daß auch die Jungen da waren: «Rosi», der «Halbseidene», der «Zierlederer», der ewige Raucher, Moskovics und all die anderen. Wie mir schien, fehlte keiner: auch sie waren also alle anständig geblieben. Mit den Gendarmen hatte ich in der Ziegelei kaum noch zu tun: ich sah sie eher auf der anderen Seite des Zauns, wo sie Wache hielten, da und dort vermischt mit Polizisten. Von diesen war dann in der Ziegelei die Rede, nämlich daß sie mehr Einsehen hätten als die Gendarmen und auch ganz gern zu Menschlichkeit neigten, und zwar nach vorheriger Vereinbarung, sei es in Form von Geld oder sonst irgendeiner Wertsache. Hauptsächlich – so hörte ich – erhielten sie zahlreiche Aufträge zum Weiterleiten von Briefen und Botschaften, ja, es eröffneten sich dank ihrer sogar, so wollten einige durchaus wissen, auch im Bereich der Flucht gewisse –

allerdings, wie hinzugefügt wurde: seltene und riskante – Gelegenheiten; etwas ganz Genaues darüber zu erfahren wäre für mich schwer gewesen. Aber ich glaube, da habe ich ein bißchen genauer verstanden, worüber der Mann mit dem Seehundgesicht im Zollhaus so dringend mit dem Polizisten sprechen wollte. Und so habe ich dann auch in Erfahrung gebracht, daß unser Polizist demnach anständig gewesen war. Dieser Sachverhalt erklärt sich aus dem Umstand, daß ich in der Ziegelei, während ich auf dem Hof herumhing oder in der Nähe der Kantine Schlange stand, unter den vielen durcheinanderwogenden fremden Gesichtern ein-, zweimal auch den Mann mit dem Seehundgesicht wiedererkannt habe.

Von den Zollhäuslern habe ich auch noch den Pechvogel wiedergesehen: er saß oft bei uns, der «Jugend», um sich «ein bißchen aufzuheitern» – wie er sagte. Er hatte dort irgendwo, in unserer Nähe, eine Unterkunft gefunden, in einer der zahlreichen gleichförmigen Baulichkeiten auf dem Hof, die mit Ziegeln gedeckt, sonst aber nach allen Seiten offen waren und, wie ich hörte, ursprünglich eigentlich zum Trocknen der Ziegel dienten. Er schien ein bißchen mitgenommen, mit Schwellungen und den mehrfarbigen Flecken von Prellungen im Gesicht, und wir haben dann von ihm erfahren, daß das alles noch von der Untersuchung auf der Gendarmerie herstammte: man hatte nämlich in seinem Rucksack Medikamente und Lebensmittel gefunden. Umsonst habe er zu erklären versucht, es handle sich um Ware aus alten Beständen und sei ausschließlich für seine schwerkranke Mutter bestimmt: sie hatten ihn beschuldigt, daß er ganz offensichtlich damit auf dem Schwarzmarkt Handel treibe. Es nützte nichts, daß er seine Bewilligung hatte, und es nützte auch nichts, daß er noch nie auch nur gegen einen Buchstaben des Gesetzes verstoßen hatte, wie er erzählte. «Haben Sie etwas gehört? Was geschieht mit uns?» pflegte er sich zu erkundigen. Er brachte auch wieder seine Familie zur Sprache, ja, und auch wieder sein Pech. Wie lange hatte er sich um die Bewilligung bemüht und wie sehr hatte er sich über sie gefreut – erinnerte er sich mit bitterem Kopfschütteln; das hätte er gewiß nicht gedacht, daß die Sache «ein solches Ende» nehmen würde. An jenen fünf Minuten habe alles gelegen. Wenn er nicht das Pech gehabt hätte... wenn der Bus nicht... solche Überlegungen vernahm ich von ihm. Mit der Züchtigung hingegen schien er im großen und ganzen eher zufrieden. «Ich war am Schluß dran, und das war vielleicht ein Glück», erzählte er, «da hatten sie es schon eilig.» Alles in allem «hätte es ihm auch übler ergehen können» – so hat er es zusammengefaßt und hinzugefügt, er habe auf der Gendarmerie «Schlimmeres gesehen», und das stimmte auch, wie ich mich selbst erinnerte. Niemand solle glauben – so hatten die Gendarmen am Vormittag der Untersuchung gewarnt –, daß er etwas vor ihnen verbergen könnte, weder seine Schuld noch Geld oder Gold- und Wertsachen. Auch ich mußte – als ich an der Reihe war – Geld, Uhr, Taschenmesser und alles sonstige vor ihnen auf einen Tisch legen. Ein stattlicher Gendarm hat mich mit schnellen und irgendwie fachgerecht wirkenden Bewegungen abgetastet, von den Achselhöhlen bis zu den Beinen meiner kurzen Hose. Hinter dem Tisch sah ich auch den Oberleutnant – wie ich bis dahin bereits den Worten entnommen hatte, die die Gendarmen untereinander wechselten, hieß der Gestiefelte in Wirklichkeit Oberleutnant Szakál. Zu seiner Linken bemerkte ich sogleich noch einen schnauzbärtigen, metzgerhaften Gendarmen in Hemdsärmeln, der sich dort auftürmte, in der Hand ein rollenförmiges und im Grunde etwas lächerliches, weil an das Nudelholz einer Köchin erinnerndes Instrument. Der Oberleutnant war ganz freundlich: er fragte, ob ich Papiere besitze, dann konnte ich allerdings kein Anzeichen, nicht einmal ein Aufblitzen, von der Wirkung meines Ausweises bei ihm feststellen. Ich war überrascht, doch dann – vor allem auch in Anbetracht einer zum Gehen auffordernden und widrigenfalls ein unmißverständliches Versprechen andeutenden Gebärde des schnurrbärtigen Gendarmen – habe ich es vernünftiger gefunden, keine Einwände zu machen, versteht sich.

Darauf wurden wir alle von den Gendarmen aus der Kaserne hinausgeführt und zunächst in einen Sonderzug der Straßenbahn gestopft, an einem Platz am Donauufer auf ein Schiff verladen und nach dem Anlegen dann eine Wegstrecke zu Fuß weitergeführt – und so eigentlich bin ich in die Ziegelei gekommen, genauer, wie ich dann an Ort und Stelle erfahren habe, in die «Ziegelei Budakalász».

Ich habe am Anmeldungsnachmittag dann noch viele andere Dinge über die Reise erfahren. Auch die Leute mit den Armbinden waren überall und gaben auf jede Frage bereitwillig Auskunft. Allen voran suchten sie die Jungen, Unternehmungslustigen und Alleinstehenden. Doch wie ich hörte, versicherten sie auf Fragen hin, daß auch Frauen, Kinder und Alte Platz finden würden und daß sie auch ihr gesamtes Gepäck mitnehmen durften. Ihrer Ansicht nach war die Frage aber vor allem, ob wir die Angelegenheit unter uns und auf diese Weise so menschlich wie möglich erledigen oder ob wir lieber abwarten wollten, bis die Gendarmen den Beschluß an uns vollziehen würden. Wie sie nämlich erläuterten, mußte der Transport auf jeden Fall vollzählig sein, und sollten ihre Listen nicht voll werden, dann würden die Gendarmen unsere Musterung vornehmen: und so waren die meisten, wie ich selbst auch, der Ansicht, es liege auf der Hand, daß wir natürlich im ersteren Fall besser dran seien.

Auch über die Deutschen sind mir sogleich viele verschiedene Meinungen zu Ohren gekommen. So bekannten sich zahlreiche, und zwar vor allem ältere Leute, die schon über Erfahrungen verfügten, zu der Ansicht, die Deutschen seien, was immer ihre Auffassung von den Juden sein möge, im Grunde genommen – wie das im übrigen jedermann wisse – saubere, anständige Menschen, die Ordnung, Pünktlichkeit und Arbeit liebten und es auch bei anderen zu ehren wüßten, wenn sie bei ihnen die gleichen Eigenschaften feststellten; im großen und ganzen entsprach das in der Tat ungefähr dem, was auch ich von ihnen wußte, und ich dachte, ich könnte bei ihnen dann wohl auch einen Nutzen daraus ziehen, daß ich mir am Gymnasium ihre Sprache bis zu einem gewissen Grad angeeignet hatte. Vor allem aber würde ich von der Arbeit endlich geordnete Verhältnisse, Beschäftigung, neue Eindrücke, einen gewissen Spaß, also insgesamt eine sinnvollere und mir passendere Lebensweise als die hiesige erwarten dürfen, so wie das ja auch versprochen worden war und wie wir Jungen es uns untereinander ausmalten, natürlicherweise; und außerdem ging mir noch kurz durch den Kopf, daß ich auf diese Weise ein Stückchen von der Welt sehen könnte. Und um die Wahrheit zu sagen: wenn ich an einiges dachte, was in den vergangenen Tagen vorgefallen war, etwa an die Gendarmerie, vor allem aber an meinen rechtmäßigen Ausweis und überhaupt an die Gerechtigkeit, so hielt mich auch Vaterlandsliebe nicht zurück, wenn ich dieses Gefühl noch in Betracht ziehen wollte.

Dann gab es auch Mißtrauischere, die anders informiert waren und von anderweitigen Eigenschaften der Deutschen zu wissen meinten; wieder andere, die also in diesem Fall einen besseren Rat von ihnen haben wollten; und wieder andere, die sich anstelle solchen Gezänks für die Stimme der Vernunft, für ein beispielhaftes Verhalten und würdiges Auftreten vor den Behörden aussprachen – und all diese Argumente und Gegenargumente, aber auch zahlreiche weitere Neuigkeiten, Informationen und Hinweise wurden auf dem Hof ringsum unablässig diskutiert, in kleineren oder größeren Gruppen, die sich fortwährend auflösten und dann wieder von neuem bildeten. Ich hörte, daß unter anderem sogar Gott erwähnt wurde, «Sein unergründlicher Ratschluß» – wie es einer von ihnen formulierte. Wie einst Onkel Lajos, so sprach auch er von Schicksal, vom Schicksal der Juden, und er war, gleicherweise wie Onkel Lajos, der Ansicht, wir seien «vom Herrn abgefallen», und das sei die Erklärung für die Heimsuchungen, die uns ereilten. Er hat dann doch ein wenig meine Aufmerksamkeit auf sich gezogen, denn er war ein kraftvoll auftretender und auch körperlich so beschaffener Mann, mit einem ziemlich ungewöhnlichen Gesicht, das von einer schmalen, aber weit ausholend gebogenen Nase geprägt wurde, sehr glänzenden, feucht blickenden Augen, einem schönen, grau durchzogenen Schnurrbart und einem damit zusammengewachsenen kurzen runden Kinnbart. Ich sah, daß immer viele um ihn herumstanden und gespannt seinen Worten lauschten. Erst später habe ich erfahren, daß er Geistlicher war, denn ich hörte, wie man ihn mit «Herr Rabbi» anredete. Ich habe mir auch ein paar seiner besonderen Worte oder Ausdrücke gemerkt, so zum Beispiel die Stelle, wo er zugab – «denn das Auge, das sieht, und das Herz, das fühlt» gäben ihm Anlaß zu diesem Zugeständnis –, daß «wir hienieden das Maß der Strafe vielleicht in Frage stellen mögen» – und seine sonst klare, tragende Stimme versagte ihm hier für einen Augenblick, während seine Augen noch feuchter wurden als sonst. Ich weiß nicht, warum ich da das merkwürdige Gefühl hatte, er habe ursprünglich eigentlich etwas anderes sagen wollen und seine Worte hätten ihn selbst ein bißchen überrascht. Doch er fuhr dann fort und gestand, «er wolle sich über nichts hinwegtäuschen». Er wisse schon, er müsse sich «an diesem Ort der Pein und unter diesen gequälten Gesichtern» ja nur umschauen – wie er sagte, und ich war von seinem Mitleid etwas überrascht, denn schließlich war er selber ja auch hier –, um zu sehen, wie schwer seine Aufgabe sei. Doch sein Ziel sei es nicht, «Seelen zu gewinnen für den Allmächtigen», denn das sei nicht nötig, da ja unser aller Seelen Ihm entspringen, wie er sagte. Dabei rief er uns aber auf: «Hadert nicht mit dem Herrn!», und zwar gar nicht einmal nur deshalb, weil das eine Sünde wäre, sondern weil dieser Weg «zur Verneinung des hohen Sinns des Lebens» führen würde und wir seiner Meinung nach «mit dieser Verneinung im Herzen» nicht leben könnten. Ein solches Herz möge wohl leicht sein, aber nur, weil es leer sei, gleich der Ödnis der Wüste, sagte er; schwer sei es hingegen und doch der einzige Weg der Tröstung, auch in den Heimsuchungen die unendliche Weisheit des Allmächtigen zu erkennen, denn, wie er wörtlich fortfuhr: «die Stunde Seines Sieges wird kommen, und sie werden eins sein in Reue, und aus dem Staub werden sie Ihn anrufen, die Seine Herrschaft vergessen haben.» Und wenn er also jetzt schon sage, daß wir an das Kommen Seines künftigen Erbarmens glauben müssen («und dieser Glaube möge in dieser Stunde der Prüfung unsere Stütze und der unerschöpfliche Quell unserer Kraft sein»), so habe er damit auch schon die einzige Art und Weise bezeichnet, wie wir überhaupt leben könnten. Und diese Art und Weise nannte er die «Verneinung der Verneinung», da wir ohne Hoffnung «verloren» seien – während wir Hoffnung einzig aus dem Glauben schöpfen könnten und aus dem unverbrüchlichen Vertrauen, daß sich der Herr unser erbarmen werde und wir Seiner Gnade zuteil würden. Seine Beweisführung, ich mußte es zugeben, schien klar, wobei mir doch auffiel, daß er alles in allem nicht sagte, wie wir da eigentlich etwas Konkreteres tun könnten, und er war auch nicht recht imstande, denen mit einem guten Rat zu dienen, die ihn um seine Meinung angingen: ob sie sich jetzt schon für die Reise melden oder lieber noch dableiben sollten. Auch den Pechvogel habe ich da gesehen, und zwar gleich mehrere Male: einmal tauchte er bei der einen Gruppe auf, dann bei der anderen. Ich habe aber bemerkt, daß er unterdessen seine winzigen, noch ein wenig blutunterlaufenen Augen immerzu unruhig und unermüdlich auch über andere Leute und Gruppen schweifen ließ. Hin und wieder vernahm ich auch seine Stimme, wenn er da und dort jemanden anhielt und von ihm mit krampfhaft forschendem Gesicht, während er sich die Finger zerrte und knetete, wissen wollte: «Verzeihung, reisen Sie auch?» und: «Warum?» und: «Ist das Ihres Erachtens besser, gestatten Sie die Frage?»

Gerade da – erinnere ich mich – ist ein anderer Bekannter aus dem Zollhaus, der «Experte», gekommen, um sich anzumelden. Ich habe ihn in der Ziegelei-Zeit auch sonst öfter gesehen. Seine Kleidung war zwar zerknittert, seine Krawatte verschwunden und sein Gesicht voller grauer Stoppeln, aber im großen und ganzen waren an ihm auch so noch alle die unzweifelhaften Anzeichen einer Respektsperson zu erkennen. Seine Ankunft hatte sofort Aufsehen erregt, denn es war ein Kreis von aufgeregten Menschen um ihn herum, und er vermochte die vielen Fragen, mit denen sie ihn bestürmten, kaum zu beantworten. Wie nämlich auch ich sehr bald erfuhr, war es ihm möglich gewesen, geradewegs mit einem deutschen Offizier zu sprechen. Das Ereignis hatte sich vorn, bei den Büros der Kommandantur, der Gendarmerie und anderer Untersuchungsbehörden, zugetragen, wo ich in diesen Tagen auch hin und wieder das schnelle Verschwinden oder Auftauchen einer deutschen Uniform feststellen konnte. Zunächst – so war seinen Worten zu entnehmen – hatte er es mit den Gendarmen versucht. Er hatte sich, wie er sagte, bemüht, «Verbindung mit der Firma aufzunehmen». Doch wie wir nun erfuhren, hatten ihm die Gendarmen dieses Recht «beharrlich verweigert», obwohl «es sich um die Rüstungsindustrie handelt» und «die Leitung der Produktion ohne ihn undenkbar ist», was auch die Behörden erkannt hatten, wenn er freilich des dahin lautenden Dokuments ebenso wie alles übrigen auf der Gendarmerie «verlustig gegangen» sei: all das konnte ich nur eben so schlecht und recht mitverfolgen, weil er es bruchstückhaft erzählte, während er die vielen durcheinander gestellten Fragen beantwortete. Er schien recht aufgebracht. Doch er wolle nicht, so bemerkte er, «auf Einzelheiten eingehen». Im übrigen hatte er sich eben deswegen an den deutschen Offizier gewandt. Der Offizier sei im Begriff gewesen wegzugehen. Zufällig, so haben wir von ihm erfahren, hatte sich auch der «Experte» gerade in der Nähe aufgehalten. «Ich habe mich ihm in den Weg gestellt», sagte er. Übrigens waren mehrere Zeugen des Vorfalls zugegen, und sie erwähnten denn auch seine Waghalsigkeit. Darauf hat er aber mit den Schultern gezuckt und gesagt, wer nichts wagt, der gewinnt nichts, und er habe auf jeden Fall «endlich mit jemand Zuständigem» sprechen wollen. «Ich bin Ingenieur», fuhr er fort, «und ich beherrsche das Deutsche perfekt», fügte er hinzu. Das alles habe er auch dem deutschen Offizier gesagt. Er habe ihm zur Kenntnis gebracht, daß «man ihm seine Arbeit hier moralisch und auch de facto unmöglich macht», und zwar, in seinen Worten: «ohne jedwede Rechtskraft und Berechtigung, selbst im Rahmen der gegenwärtig bestehenden Verfügungen». «Wer hat denn davon etwas?», so habe seine Frage an den deutschen Offizier gelautet. Er habe ihm, so wie er nun auch uns wissen ließ, gesagt: «Ich suche nicht um Vorteile oder Privilegien nach. Aber ich bin jemand, und ich kann etwas: ich möchte meinen Fähigkeiten gemäß arbeiten, das ist mein ganzes Bestreben.» Der Offizier hatte ihm daraufhin geraten, sich unter die Freiwilligen zu reihen. Er habe ihm, wie er sagte, keine «großartigen Versprechungen» gemacht, ihm aber versichert, daß Deutschland bei seiner gegenwärtigen Kraftanstrengung einen jeden brauche, ganz besonders aber die Sachkenntnis von fachlich Ausgebildeten. Und wie wir von ihm erfuhren, hatte er deshalb, wegen dieser «Sachlichkeit» des Offiziers, das Gefühl, daß das, was dieser gesagt habe, «korrekt und real» sei – mit diesen Worten hat er es bezeichnet. Er hat auch noch eigens die «Manieren» des Offiziers erwähnt: im Gegensatz zur «Ungeschlachtheit» der Gendarmen beschrieb er ihn als «nüchtern, gemäßigt und in jeder Hinsicht einwandfrei». Auf eine andere Frage räumte er ein, es gebe «keine weitere Garantie» als lediglich diesen seinen Eindruck von dem Offizier; doch er sagte auch, im Augenblick müsse er sich damit begnügen und er glaube nicht, sich geirrt zu haben. «Vorausgesetzt», sagte er noch, «daß mich meine Menschenkenntnis nicht trügt» – aber doch eher so, daß jedenfalls auch ich diese Möglichkeit als einigermaßen unwahrscheinlich empfand.

Als er dann gegangen ist, sah ich auf einmal – hopp! – den Pechvogel aus der Gruppe schnellen, wie den Teufel aus der Kiste, und dem Experten nach, genauer: vor ihn hin eilen. Ich dachte mir noch, in Anbetracht der Aufregung und auch einer gewissen Entschlossenheit auf seinem Gesicht: na, diesmal wird er ihn ansprechen, nicht so wie im Zollhaus. Dann aber ist er in der Eile in einen beleibten, ellenlangen Mann mit Armbinde hineingestolpert, der mit Liste und Bleistift daherkam. Der hielt ihn auch gleich auf, trat zurück, musterte ihn von Kopf bis Fuß, beugte sich vor und fragte ihn etwas – und was dann geschehen ist, weiß ich nicht, da «Rosi» gerade herüberrief, daß wir an der Reihe seien.

Dann erinnere ich mich nur noch daran, wie ich mit den Jungen wieder zurückgegangen bin, zu unserer Unterkunft, und daß die Sommerdämmerung, die den Himmel über den Hügeln schon rötlich färbte, besonders friedlich und warm war an diesem letzten Tag. Auf der anderen Seite, in Flußrichtung, sah ich über dem Rand des Lattenzauns gerade die Wagendächer des grünen Vorortzuges fahrplanmäßig vorübereilen. Ich war müde und, na ja, nachdem ich nun angemeldet war, natürlich auch ein bißchen neugierig. Die Jungen schienen im großen und ganzen auch zufrieden. Und auch der Pechvogel ist irgendwie bei uns aufgetaucht und hat mit einem insgesamt feierlichen, freilich irgendwie forschenden Gesichtsausdruck gesagt, auch er sei schon auf der Liste. Wir hießen es gut, und wie mir schien, befriedigte ihn das – dann aber habe ich ihm nicht mehr recht zugehört. Hier, im hinteren Bereich der Ziegelei, war es ruhiger. Ich sah zwar auch hier kleinere Gruppen von Leuten, die beratschlagten, einige bereiteten sich auch schon für die Nacht vor oder aßen ihr Mahl, hüteten ihr Gepäck oder saßen einfach da, schauten schweigend in den Abend hinaus. Zufällig sind wir bei einem Ehepaar stehengeblieben. Ich hatte sie oft gesehen, und so vom Sehen kannte ich sie schon gut: eine kleine, zerbrechliche Frau mit feinen Zügen und ein magerer Mann mit Brille und etlichen Zahnlücken, ständig mit Schweiß auf der Stirn, ständig hin und her hetzend, ständig alarmbereit. Auch jetzt war er sehr beschäftigt: er kauerte am Boden und sammelte, von seiner Frau eifrig unterstützt, in großer Eile das Gepäck zusammen, um das er einen Riemen schnallte, und er schien sich ausschließlich um diese Arbeit zu kümmern und um nichts anderes. Doch da ist der Pechvogel hinter ihm stehengeblieben, anscheinend kannte er ihn auch, denn gleich darauf hat er gefragt, ob sie sich auch für die Abreise entschieden hätten. Auch da hat der Mann nur für einen Augenblick über seine Brille hinweg aufgeschaut, blinzelnd, schwitzend, das Gesicht allein schon des Abendlichts wegen angestrengt zusammengezogen, und hat nur die eine erstaunte Frage zur Antwort gegeben: «Gehen müssen wir ja, oder?» Und so einfach sie war, so richtig schien mir im Grunde genommen diese Feststellung.

Am anderen Morgen haben sie uns schon früh auf die Reise geschickt. Der Zug fuhr, bei strahlendem Sommerwetter, vor dem Tor auf dem Geleise der Vorortbahn ab – so ein Güterzug aus lauter ziegelroten, oben und an den Seiten geschlossenen Wagen. In diesen waren wir zu sechzig, dazu das Gepäck, ja und das, was uns die Armbinden-Leute für die Fahrt mitgegeben hatten: Stapel von Broten und große Fleischkonserven – erlesene Ware für Bewohner der Ziegelei, wie ich zugeben mußte. Aber ich hatte schon am Tag zuvor festgestellt, wie aufmerksam, wie zuvorkommend wir Abreisenden im allgemeinen behandelt wurden, sozusagen schon mit einer gewissen Achtung, und auch diese Großzügigkeit mochte vielleicht Ausdruck dessen sein, so empfand ich es. Auch die Gendarmen waren da, bewaffnet, mürrisch, zugeknöpft bis zum Kinn – so als müßten sie auf eine begehrte Ware aufpassen, an der sie sich jedoch kaum noch vergreifen dürften, und zwar gewiß, wie ich mir denken konnte, weil es eine Macht gab, die noch über ihnen stand: die Deutschen. Dann haben sie die Schiebetür hinter uns zugemacht und draußen noch irgendwie daran herumgehämmert, dann sind Signale gegeben worden, Pfiffe, so wie bei der Eisenbahn üblich, dann ein Ruck: wir fuhren ab. Die Jungen und ich haben es uns bequem gemacht, dort im vordersten Wagendrittel, das wir gleich beim Einsteigen besetzt hatten, zusammen mit einigen recht hochliegenden, sorgsam mit stachligem Draht überzogenen, fensterartigen Öffnungen zu beiden Seiten. Bald ist in unserem Wagen dann die Frage des Wassers und damit auch die der Reisedauer aufgeworfen worden. Im übrigen kann ich von der Reise insgesamt nicht viel sagen. Genauso wie im Zollhaus oder zuletzt in der Ziegelei mußten wir uns auch in der Eisenbahn die Zeit irgendwie vertreiben. Das war hier vielleicht doch so viel schwieriger, als sich aus den Umständen ergab, natürlich. Andererseits half das Wissen um das Ziel, der Gedanke, daß alles, eine jede, wenn auch mit noch so viel ermüdendem Gerumpel, Rangieren und Stillstand zurückgelegte Wegstrecke uns ihm näher brachte, über die Probleme und Schwierigkeiten hinweg. Die Jungen und ich verloren die Geduld nicht. «Rosi» redete uns immer wieder zu: die Fahrt dauere nur so lange, bis wir angekommen wären. Der «Halbseidene» wurde viel geneckt wegen eines Mädchens, das – wie die Jungen zu wissen meinten – mit den Eltern hier war und das er noch in der Ziegelei kennengelernt hatte; ihr zuliebe verschwand er, besonders am Anfang, häufig im Inneren des Waggons, was unter den Jungen viel zu reden gab. Und auch der Dauerraucher war da: sogar hier noch kam aus seinen Taschen ab und zu irgend etwas Krümeliges, Seltsames, Zusammengeklaubtes zum Vorschein, irgendwelche Papierfetzen und das eine oder andere Streichholz, über dessen Flamme sich sein Gesicht mit der Gier eines Raubvogels beugte, manchmal sogar nachts. Von Moskovics (von dessen Stirn sich unablässig Bäche über die Brille, die stumpfe Nase, den wulstigen Mund ergossen, Bäche aus Schweiß und Ruß – wie übrigens bei allen von uns, auch bei mir, selbstverständlich) und von all den anderen hörte ich auch noch am dritten Tag hin und wieder ein fröhliches Wort, eine lustige Bemerkung, vom «Zierlederer» ab und zu, wenn auch mit stockender Zunge vorgebracht, einen matten Scherz. Ich weiß nicht, wie es einige Erwachsene fertiggebracht hatten, auszutüfteln, daß das Ziel unserer Reise ein Ort war, der sich «Waldsee» nannte: wenn ich Durst hatte, wenn mir heiß war, verschaffte allein schon das Versprechen, das in diesem Namen lag, sofortige Erleichterung. Die, die sich über den Platzmangel beklagten, wurden, zu Recht, von vielen anderen erinnert: sie sollten daran denken, die nächsten würden schon zu achtzig sein. Und wenn ich es mir im Grunde recht überlegte, so hatte ich ja schließlich schon engere Verhältnisse erlebt: so etwa im Pferdestall der Gendarmerie, wo wir das Platzproblem nur durch die Übereinkunft hatten lösen können, daß wir uns alle auf den Boden kauerten, nach dem Muster des «Türkensitzes». In der Eisenbahn saß ich viel bequemer. Und wenn mir danach zumute war, konnte ich auch aufstehen, ja sogar ein paar Schritte machen – zum Beispiel zum Kübel: der hatte nämlich seinen Platz in der rechten hinteren Ecke des Waggons. Zunächst hatten wir den Beschluß gefaßt, ihn nach Möglichkeit nur für das kleine Geschäft zu benutzen. Doch nun, mit der Zeit, mußten eben viele von uns die Erfahrung machen, daß das Gebot der Natur stärker war als unser Gelöbnis, und es blieb uns nichts übrig, als demgemäß zu handeln, wie etwa wir Jungen das taten und die Männer, ja und dann auch etliche Frauen, das läßt sich ja verstehen, natürlich.

Auch der Gendarm hat schließlich keine größeren Unannehmlichkeiten bereitet. Zuerst war ich über ihn etwas erschrocken: sein Gesicht ist ganz plötzlich gerade über meinem Kopf, in der linken Fensteröffnung aufgetaucht, und er hat auch noch mit der Taschenlampe zu uns hereingeleuchtet, am Abend, oder eher schon in der Nacht, nach dem ersten Tag, während eines erneuten längeren Halts. Aber wie sich bald herausstellte, kam er in guter Absicht: «Leute», nur diese Mitteilung wollte er machen, «ihr seid an der ungarischen Grenze angelangt!» Bei dieser Gelegenheit wolle er einen Aufruf, man könnte fast sagen, eine Bitte an uns richten. Sein Wunsch war, daß, sollten bei irgend jemandem von uns noch Geld oder sonstige Wertsachen verblieben sein, wir ihm diese aushändigten. «Da, wo ihr hingeht», meinte er, «werdet ihr keine Wertsachen mehr brauchen.» Und was wir noch bei uns hätten, das würden uns die Deutschen sowieso alles abnehmen, versicherte er. «Warum sollte es dann», so fuhr er dort oben in der Fensteröffnung fort, «nicht lieber in ungarische Hände gelangen?» Und nach einer kurzen Pause, die ich irgendwie als feierlich empfand, fügte er mit einer auf einmal wärmeren, ganz vertraulichen Stimme, als wolle er alles mit Vergessen überdecken, alles verzeihen, hinzu: «Schließlich seid auch ihr ja eigentlich Ungarn!» Eine Stimme, eine tiefe Männerstimme irgendwo aus dem Wageninneren, ließ dann, nach einigem Getuschel, einigem Beratschlagen, verlauten, daß dieses Argument in der Tat einleuchte, freilich nähme man an, daß wir dafür vom Gendarmen Wasser bekämen, und auch dazu zeigte sich dieser bereit, obwohl es, wie er sagte, «gegen die Vorschrift» sei. Dann aber haben sie sich doch nicht einigen können, weil die Stimme zuerst das Wasser, der Gendarm hingegen zuerst die Gegenstände ausgehändigt haben wollte und keiner von seiner Reihenfolge abwich. Schließlich war der Gendarm dann recht erbost: «Ihr Saujuden, ihr würdet noch aus den heiligsten Dingen ein Geschäft machen!» – so sah er es. Und mit einer nur so vor Empörung und Gehässigkeit erstickten Stimme hat er uns auch noch mit dem Wunsch bedacht: «Dann krepiert doch vor Durst!» Was später übrigens geschah – zumindest hieß es so in unserem Wagen. Tatsache ist, daß ich so ungefähr vom Nachmittag des zweiten Tages an nicht mehr umhinkonnte, immer deutlicher eine gewisse Stimme aus dem Waggon hinter uns zu vernehmen – nicht gerade sehr angenehm.

Die alte Frau – so sagte man in unserem Waggon – sei krank und, so sei zu vermuten, zweifellos infolge des Dursts wahnsinnig geworden. Die Erklärung schien mir glaubwürdig. Erst jetzt sah ich ein, daß einige zu Beginn der Reise zu Recht festgestellt hatten, was für ein glücklicher Umstand es sei, daß sich in unserem Waggon weder ganz Kleine noch ganz Alte und hoffentlich auch keine Kranken befänden. Am Vormittag des dritten Tages ist die alte Frau dann endlich verstummt. Und da hieß es bei uns: sie ist gestorben, weil sie kein Wasser bekommen konnte. Aber wir wußten ja: sie war krank und alt gewesen, und so fanden alle, auch ich selbst, den Fall doch verständlich, letzten Endes.

Ich kann sagen: die Warterei ist der Freude nicht zuträglich – zumindest war das meine Erfahrung, als wir endlich ankamen. Mag sein, daß ich auch müde war, ja und dann hatte ich vielleicht das Ziel allzu heftig herbeigesehnt und es gerade darüber ein bißchen aus den Augen verloren: irgendwie war ich eher gleichgültig. Und dann habe ich das ganze Ereignis auch ein bißchen verpaßt. Daran erinnere ich mich, daß ich plötzlich erwacht bin, vermutlich von dem rasenden Gekreisch von Sirenen ganz in der Nähe; das von draußen hereinsikkernde schwache Licht zeigte schon die Morgendämmerung des vierten Tages an. Mich schmerzte ein bißchen mein Rückgrat, dort, wo es mit dem Boden in Berührung gewesen war. Der Zug stand still, wie sonst oft und immer bei Fliegeralarm. Auch die Fenster waren besetzt, ebenfalls wie immer in einem solchen Augenblick. Alle meinten etwas zu sehen – und auch das war wie sonst. Nach einiger Zeit habe auch ich einen Platz gefunden:

doch ich sah nichts. Die Morgenfrühe draußen war kühl und wohlriechend, über den weiten Feldern graue Nebelschwaden, dann kam plötzlich, gleichsam wie ein Trompetenstoß, von hinten ein scharfer, dünner roter Strahl hervor, und ich begriff: ich sah die Sonne aufgehen. Es war schön und im großen und ganzen interessant: zu Hause schlief ich um diese Zeit immer noch. Ich nahm dann noch ein Gebäude wahr, eine gottverlassene Station oder vielleicht den Vorboten eines größeren Bahnhofs, gleich links von mir. Es war winzig, grau und noch völlig menschenleer, mit geschlossenen kleinen Fenstern und mit dem lächerlich steilen Dach, wie ich es in dieser Gegend schon am Vortag gesehen hatte: vor meinen Augen verfestigte es sich im nebligen Dämmerlicht zunächst zu einem wirklichen Umriß, das Grau ging in Violett über, und gleichzeitig blitzten die Fenster rötlich auf, als die ersten Strahlen darauf fielen. Andere hatten das Gebäude gleichfalls wahrgenommen, und auch ich sagte etwas darüber zu den Neugierigen hinter mir. Sie fragten, ob ich nicht auch einen Ortsnamen daran ausmachen könne. Das konnte ich, und zwar gleich zwei Wörter, im Frühlicht, an der schmalen, unserer Fahrtrichtung entgegengesetzten Seite des Gebäudes, auf dem obersten Teil der Wand: «Auschwitz-Birkenau» – stand dort, in der spitzen, schnörkeligen Schrift der Deutschen, verbunden durch ihren doppelt gewellten Bindestrich. Aber was mich betrifft, so versuchte ich vergeblich, in meinen Geographie-Kenntnissen nachzuforschen, und auch andere haben sich nicht als kundiger erwiesen. Dann habe ich mich wieder hingesetzt, weil man hinter mir um meinen Platz bat, und da es noch früh und ich müde war, bin ich auch wieder eingeschlafen.

Das nächste Mal bin ich erwacht, weil da eine Aufregung, eine Geschäftigkeit war. Draußen brannte jetzt schon eine strahlende Sonne hernieder. Und auch der Zug bewegte sich wieder. Ich fragte die Jungen, wo wir seien, und sie sagten, immer noch da, wir seien gerade erst wieder angefahren: anscheinend hatte mich diesmal also das Anrucken geweckt. Aber es sei kein Zweifel – fügten sie hinzu –, vor uns befänden sich Fabriken und irgendwelche Siedlungen. Gleich darauf haben die am Fenster Stehenden gemeldet – was auch ich am schnellen Wechsel des Lichts merken konnte –, daß wir unter einem torartigen Bogen hindurchglitten. Und wieder gleich darauf ist der Zug stehengeblieben, und da haben sie äußerst aufgeregt gemeldet, daß sie einen Bahnhof, Soldaten, Menschen sähen. Viele haben gleich angefangen, ihre Sachen zusammenzusuchen, sich die Kleider zurechtzuzupfen, einige, vor allem die Frauen, begannen sich schlecht und recht zu säubern, sich schönzumachen, sich zu kämmen. Von draußen hingegen vernahm ich näher kommende Schläge, das Gerassel von Türen, den einförmigen Lärm, mit dem sich Fahrgäste aus dem Zug drängen, und da habe ich mir sagen müssen, kein Zweifel, wir sind tatsächlich am Ziel. Ich freute mich natürlich, aber, so fühlte ich, anders als ich mich, sagen wir, noch gestern oder eher noch vorgestern gefreut hätte. Dann war auch an unserer Wagentür das Schlagen eines Werkzeugs zu hören, und die schwere Tür wurde von jemandem, oder eher mehreren, aufgeschoben.

Als erstes hörte ich ihre Stimmen. Sie sprachen deutsch, oder in einer sehr ähnlichen Sprache, und zwar, so klang es, alle gleichzeitig. Soweit ich es verstanden habe, wollten sie, daß wir aussteigen. Doch offenbar zwängten sie sich statt dessen selbst in den Wagen; vorläufig konnte ich aber noch nichts sehen. Doch schon ging die Nachricht herum, daß die Koffer und Pakete hierbleiben sollten. Später – so wurde erklärt, übersetzt und von Mund zu Mund weitergegeben – würden alle ihr Eigentum selbstverständlich zurückerhalten, zuvor aber erwarte die Sachen eine Desinfizierung, uns selbst aber ein Bad: das war in der Tat an der Zeit, wie ich fand. Dann erst kamen die hier ansässigen Leute in dem Gedränge näher, und ich konnte sie sehen. Ich war ziemlich überrascht, denn schließlich sah ich zum erstenmal in meinem Leben – zumindest aus solcher Nähe – echte Sträflinge, im gestreiften Anzug, mit dem kahlgeschorenen Kopf, der runden Mütze der Straftäter. Ich wich auch sofort ein wenig zurück, versteht sich. Einige beantworteten die Fragen der Leute, andere sahen sich im Wagen um, wieder andere luden, mit der Geübtheit von Trägern, schon das Gepäck aus, und all das mit einer komischen fuchsartigen Emsigkeit. Ein jeder hatte, wie ich sah, die bei Sträflingen übliche Nummer und dazu ein gelbes Dreieck auf der Brust, und obwohl es mir nicht gerade schwerfiel, die Bedeutung dieser Farbe zu erraten, war ich so plötzlich doch irgendwie überrascht; im Lauf der Reise hatte ich diese ganze Angelegenheit fast schon etwas vergessen. Auch ihre Gesichter waren nicht gerade vertrauenerweckend: abstehende Ohren, hervorspringende Nasen, tiefliegende winzige Augen, die schlau funkelten. Tatsächlich, sie sahen aus wie Juden, in jeder Hinsicht. Ich fand sie verdächtig und insgesamt fremdartig. Als sie uns Jungen bemerkten, gerieten sie, wie mir schien, ganz in Aufregung. Sie fingen sogleich ein schnelles, irgendwie gehetztes Geflüster an, und da habe ich die überraschende Entdeckung gemacht, daß die Sprache der Juden offenbar nicht nur Hebräisch ist, wie ich bis dahin geglaubt hatte: «Reds di jiddisch, reds di jiddisch, reds di jiddisch?» – so verstand ich allmählich ihre Frage. Die Jungen und ich sagten: «*Nein.*» Wie ich sah, waren sie damit nicht sehr zufrieden. Dann aber – vom Deutschen ausgehend, konnte ich es leicht verstehen – wurden sie auf einmal alle sehr neugierig auf unser Alter. Wir sagten: «*Vierzehn, fünfzehn*», je nachdem, wie alt jeder war. Da haben sie gleich sehr protestiert, mit den Händen, dem Kopf, mit dem ganzen Körper: «Seschzajn», flüsterten sie von allen Seiten, «seschzajn.» Ich wunderte mich und habe dann einen auch gefragt: «*Warum?*» «Willst di arbeiten?» hat er darauf gefragt und den irgendwie leeren Blick seiner tiefliegenden, von Falten umgebenen Augen in die meinen gebohrt. Ich sagte: «*Natürlich*», denn schließlich war ich deswegen gekommen, wenn ich es recht bedachte. Worauf er mit seiner harten, knochigen gelben Hand meinen Arm nicht nur packte, sondern kräftig schüttelte und dazu sagte: «Seschzajn... verschtajst di?... seschzajn...» Ich sah, er war böse, und dazu schien mir, daß ihm die Sache auch recht wichtig war, und nachdem ich es mit den Jungen in Eile abgesprochen hatte, ging ich, etwas erheitert, darauf ein: na gut, dann bin ich eben sechzehn. Des weiteren dürften auch – was immer gesagt würde und völlig unabhängig vom tatsächlichen Sachverhalt – keine Geschwister unter uns sein, und ganz besonders – zu meinem großen Erstaunen – keine Zwillinge; vor allem aber: «Jeder arbeiten, nischt ka mide, nischt ka krenk» – so erfuhr ich von ihnen, und zwar während jener zwei, vielleicht nicht einmal zwei Minuten, bevor ich in dem Gedränge von meinem Platz aus die Wagentür erreichte, und dort habe ich dann schließlich einen großen Satz gemacht, an die Sonne und die frische Luft hinaus.

Zuallererst erblickte ich eine weite Ebene, ein riesiges Gelände. Ich war dann auch gleich ein bißchen geblendet von dieser plötzlichen Weite, dem grellen Glanz von Himmel und Ebene, der meine Augen schmerzte. Aber ich hatte gar nicht recht Zeit, mich umzusehen: ringsumher Gewimmel, Lärm, Bruchstücke von Worten und Geschehen, das Hin und Her des Sicheinordnens. Die Frauen – so hörte ich – mußten sich jetzt für kurze Zeit verabschieden, schließlich konnten wir ja nicht unter dem gleichen Dach baden; auf die Alten, Schwachen, die Mütter mit kleinen Kindern sowie die von den Strapazen der Reise Erschöpften warteten hingegen etwas weiter entfernt Autos. Von alldem wurden wir durch weitere Sträflinge in Kenntnis gesetzt. Doch ich bemerkte, daß hier draußen jetzt schon deutsche Soldaten in grüner Mütze, mit grünem Kragen und beredten, richtungsweisenden Armbewegungen auf alles ein Auge hatten: ich war durch ihren Anblick sogar ein bißchen erleichtert, denn sie wirkten schmuck, gepflegt und als einzige in diesem ganzen Durcheinander ruhig und fest. Ich hörte dann auch gleich viele der Erwachsenen unter uns mahnen, und darin war ich mit ihnen einverstanden: daß wir uns bemühen sollten, den deutschen Soldaten zur Hand zu gehen, also Fragen und Abschiedsworte kurz zu halten, uns ihnen als vernünftige Menschen und nicht als so ein dahergelaufener Haufen vorzustellen. Vom weiteren zu berichten ist schwer: irgendein breiig brodelnder, wirbliger Strom nahm mich auf, strudelte mich hinweg, riß mich mit sich. Hinter mir kreischte fortwährend eine Frauenstimme von einem bestimmten «Täschchen», das, wie sie jemanden wissen ließ, bei ihr geblieben war. Vor mir war eine alte zerzauste Frau im Weg, und ich hörte, wie ein kleiner junger Mann erklärte: «Bitte zu gehorchen, Mama, wir sehen uns ja gleich wieder. *Nicht wahr, Herr Offizier*», damit wandte er sich mit einem vertraulichen, irgendwie sich auf Erwachsenenart verbündenden Lächeln an einen gerade dort beschäftigten deutschen Soldaten, «*wir werden uns bald wieder...*» Und schon bin ich auf ein riesiges Geschrei, auf einen verdreckten, aber sonst wie eine Schaufensterpuppe gekleideten kleinen Jungen mit Ringellokken aufmerksam geworden, der sich mit seltsamem Zerren und Rucken von den Händen einer blonden Frau, offensichtlich seiner Mutter, frei zu machen versuchte. «Ich will mit Papa gehen! Ich will mit Papa gehen!», so kreischte, brüllte und krähte er, wobei er mit seinen weißbeschuhten Füßen auf dem weißen Schotter, im weißen Staub lächerlich herumtrampelte und stampfte. Inzwischen bemühte ich mich, mit den Jungen Schritt zu halten und «Rosis» hin und wieder ertönenden Rufen und Signalen zu folgen – während ein stattliches Weib in geblümtem, ärmellosem Sommerkleid sich an uns allen vorbeidrängte, in die Richtung, wo den Angaben nach die Autos standen. Dann wurde eine Zeitlang ein ganz kleiner alter Herr mit schwarzem Hut und schwarzer Krawatte vor mir herumgewirbelt, herumgeschubst und mitgerissen, während er mit suchendem Gesicht umherspähte und hin und wieder ausrief: «Ilonka! Meine kleine Ilonka!» Dann wieder ein großgewachsener Mann mit knochigem Gesicht und eine Frau mit langem schwarzem Haar, die sich eng aneinanderschmiegten, mit dem Gesicht, den Lippen, dem ganzen Körper, und damit alle verärgerten, bis dann endlich die Frau – oder eher noch das Mädchen – durch das unablässige Anrennen des Stroms schließlich doch abgetrennt, weggeschwemmt und verschluckt wurde, obwohl ich sie hin und wieder auch noch von weiter weg sich angestrengt herausrecken und mit einer ausladenden Bewegung zum Abschied winken sah.

All diese Bilder, Stimmen und Begebenheiten haben mich einigermaßen verwirrt und schwindlig gemacht, in diesem sich am Ende zu einem einzigen Eindruck vermengenden, seltsamen, bunten, verrückten Wirbel; andere, möglicherweise wichtigere Dinge konnte ich deshalb weniger aufmerksam verfolgen. So wüßte ich nicht recht zu sagen: lag es an uns, an den Soldaten, an den Sträflingen oder war es das Ergebnis unserer gemeinsamen Anstrengung, daß sich schließlich doch eine lange Menschenkolonne ergab, jetzt schon aus lauter Männern, schon aus geordneten Fünferreihen bestehend, die sich um mich herum und mit mir langsam, aber nun doch gleichmäßig, Schritt für Schritt vorwärts bewegte. Dort vorn – so wurde erneut bekräftigt – erwartete uns das Bad, doch zuvor – wie ich erfuhr – noch eine ärztliche Untersuchung. Es wurde gesagt, und ich selbst verstand das natürlich ohne weiteres, daß es sich um so etwas wie eine Musterung, eine Art Tauglichkeitsprüfung handle, im Hinblick auf die Arbeit, ganz offensichtlich.

Bis dahin konnte ich mich ein bißchen verschnaufen. Hin und wieder riefen oder winkten die Jungen, die neben, vor und hinter mir gingen, und ich einander zu: da bin ich, alles in Ordnung. Es war heiß. Ich konnte mich auch ein wenig umschauen, mich ein bißchen darüber orientieren, wo wir eigentlich waren. Der Bahnhof war hübsch. Unter unseren Füßen der an solchen Orten übliche Schotter, etwas entfernter ein Rasenstreifen, gelbe Blumen darauf, eine sich im Unendlichen verlierende, makellos weiße Asphaltstraße. Ich habe auch bemerkt, daß diese Straße von dem dahinter beginnenden, unüberblickbaren Gelände durch eine Reihe gleichmäßig gebogener Pfeiler mit metallisch glänzendem, stacheligem Draht dazwischen abgetrennt war. Es fiel mir leicht zu erraten: dort wohnten also offensichtlich die Sträflinge. Jetzt zum erstenmal – vielleicht, weil ich zum erstenmal dafür Zeit hatte – begannen sie mich etwas mehr zu interessieren, und ich hätte gerne ihre Vergehen gekannt.

Das Ausmaß, die Ausdehnung dieser ganzen Ebene hat mich erneut überrascht, als ich mich umschaute. Obwohl ich – unter den vielen Menschen und in diesem gleißenden Licht – kein so genaues Bild davon gewinnen konnte: kaum daß ich in der Ferne irgendwelche sich am Boden duckende Bauten, da und dort ein paar Gerüste, die wie Hochsitze aussahen, ein paar Ecken, Türme, Schornsteine ausmachen konnte. Um mich herum wiesen ein paar Erwachsene und Jungen auf irgend etwas in der Luft hin – ein länglicher, unbewegter, kalt glänzender Körper, hineingebohrt in den weißen Dunst des wolkenlosen, aber doch eher fahlen Himmels. Es war ein Zeppelin, tatsächlich. In meiner Umgebung einigte man sich auf die Erklärung, es handle sich um Fliegerabwehr: mir fiel auch der frühmorgendliche Sirenenklang wieder ein. Dabei konnte ich aber an den deutschen Soldaten um uns herum nicht die geringste Spur von Verwirrung oder Angst entdecken. Ich dachte an den Schrecken, der in solchen Momenten zu Hause herrschte, und diese verächtliche Ruhe, diese Ungerührtheit ließen mich auf einmal jene Art von Respekt verstehen, mit der man zu Hause allgemein von den Deutschen gesprochen hatte. Auch sind mir erst jetzt zwei blitzförmige Striche an ihren Kragen aufgefallen. Ich konnte also feststellen, daß sie zu der berühmten Truppe der SSler gehörten, von der ich zu Hause schon viel gehört hatte. Ich darf sagen, daß ich sie überhaupt nicht gefährlich fand: sie schritten gemütlich die ganze Länge der Kolonne auf und ab, beantworteten Fragen, nickten, klopften einigen von uns herzlich auf den Rücken oder die Schultern.

Ich habe noch etwas beobachtet, in diesen Minuten untätigen Wartens. Ich hatte auch schon zu Hause oft deutsche Soldaten gesehen, versteht sich. Da aber waren sie immer in Eile gewesen, immer mit beschäftigter Miene, immer in einwandfreiem Aufzug. Hier nun bewegten sie sich anders, nachlässiger, irgendwie – das habe ich beobachtet – heimischer. Ich habe sogar ganz kleine Unregelmäßigkeiten feststellen können, Mützen, Stiefel und Uniformen, die mal schlaffer, mal steifer, mal mehr geputzt und mal nur so zur Arbeit getragen waren. Jeder hatte ein Gewehr an der Seite, und das war ja ganz natürlich, schließlich waren es Soldaten, versteht sich. Doch wie ich sah, trugen viele darüber hinaus auch noch einen Stock in der Hand, so einen gewöhnlichen Spazierstock mit abgebogenem Ende, und das überraschte mich etwas, da sie doch alle Männer im Vollbesitz ihrer Kräfte und ihrer Fortbewegungsfähigkeit waren. Dann aber habe ich diesen Gegenstand genauer, von näherem in Augenschein nehmen können. Es hatte mich nämlich stutzig gemacht, daß einer etwas weiter vorn, der mir den Rücken halb zudrehte, das Ding auf einmal waagerecht hinter die Hüften nahm, es an beiden Enden festhielt und mit gelangweilten Bewegungen auf und ab zu biegen begann. Ich rückte ihm, mit der Kolonne zusammen, immer näher. Und da erst habe ich gesehen, daß der Gegenstand nicht aus Holz, sondern aus Leder, und kein Stock, sondern eine Peitsche war. Das war ein etwas komisches Gefühl – aber schließlich konnte ich kein Beispiel dafür erblicken, daß man sie benutzte, nun, und dann waren ja auch ringsum die vielen Sträflinge, das sah ich ein.

Zwischendurch vernahm ich, auch wenn ich sie kaum beachtete, verschiedene Aufrufe, so wurden zum Beispiel – erinnere ich – Fachkräfte auf dem Gebiet der Maschinenschlosserei gebeten herauszutreten, andere Male waren es Zwillingsgeschwister, die gesucht wurden, körperlich Versehrte, ja sogar, zur allgemeinen Belustigung, Zwerge, falls solche unter uns wären, und dann auch Kinder, denn diese – so hieß es – erwarte eine besondere

Behandlung, nämlich Schule statt Arbeit und allerlei Vergünstigungen. Ein paar Erwachsene in unserer Reihe haben uns ermuntert, uns diese Gelegenheit nicht entgehen zu lassen. Aber ich hatte noch die Mahnung der Sträflinge im Ohr, nun ja, und im übrigen hatte ich natürlich eher Lust, zu arbeiten als nach Art von Kindern zu leben.

Doch mittlerweile waren wir schon ein rechtes Stück weitergerückt. Ich bemerkte, daß sich die Soldaten und Sträflinge um uns herum sehr vermehrt hatten. An einem bestimmten Punkt verwandelte sich unsere Fünferreihe in einen Gänsemarsch. Gleichzeitig wurden wir aufgerufen, Jacken und Hemden abzulegen, um mit nacktem Oberkörper vor den Arzt zu treten. Auch das Tempo, so spürte ich, beschleunigte sich. Und dann sah ich auch schon dort vorn zwei Gruppen von Menschen. Eine größere und recht gemischte Gesellschaft versammelte sich zur Rechten, und eine kleinere und irgendwie wohlgefälligere, in der ich zudem auch schon ein paar von den Jungen erblickte, zur Linken. Diese letzteren schienen – zumindest in meinen Augen – die Tauglichen zu sein. Unterdessen war ich, und zwar immer schneller, direkt dorthin unterwegs, wo im Durcheinander der vielen sich bewegenden, hin und her laufenden Gestalten jetzt schon ein fester Punkt aufschimmerte, eine makellose Uniform mit der steil aufstrebenden, geschwungenen Tellermütze der deutschen Offiziere; dann überraschte mich nur noch, wie schnell die Reihe an mir war.

Die Untersuchung selbst kann im übrigen nicht mehr als etwa zwei, drei Sekunden (annähernd) gedauert haben. Gerade war vor mir noch Moskovics an die Reihe gekommen – ihn hatte der Arzt sofort, mit gestrecktem Zeigefinger, in die andere Richtung gewiesen. Ich hörte noch, wie Moskovics zu erklären versuchte: «*Arbeiten... sechzehn...*» – aber von irgendwoher packte ihn eine Hand, und schon hatte ich seinen Platz eingenommen. Mich, so sah ich, betrachtete der Arzt schon gründlicher, mit einem abwägenden, ernsten und aufmerksamen Blick. Ich habe mich dann auch aufgerichtet, um ihm meinen Brustkasten zu zeigen, und – so erinnere ich – sogar etwas lächeln müssen, als ich so nach Moskovisc drankam. Zu dem Arzt hatte ich auch gleich Vertrauen, weil er von angenehmer Erscheinung war und ein sympathisches langes, glattrasiertes Gesicht hatte, eher schmale Lippen und blaue oder graue, auf jeden Fall helle, gütig blickende Augen. Ich konnte ihn mir gut anschauen, während er, seine behandschuhte Hand beidseits auf meine Wangen stützend, mir mit dem Daumen die Haut unter den Augen ein bißchen herunterzog – geradeso, mit dem gleichen Handgriff, wie ich es von den Ärzten zu Hause kannte. Gleichzeitig fragte er mich mit einer leisen, aber klaren Stimme, die den gebildeten Menschen verriet: «*Wie alt bist du?*» – aber irgendwie nur so nebenbei. Ich sagte: «*Sechzehn.*» Er hat leicht genickt, aber es schien eher deswegen zu sein, weil es die richtige Antwort, und nicht, weil es die Wahrheit war – jedenfalls ist es mir in der Eile so vorgekommen. Ich habe auch noch eine andere Beobachtung gemacht, oder eher eine flüchtige, vielleicht auch falsche Wahrnehmung – als hätte er irgendwie zufrieden, ja fast schon erleichtert gewirkt; mir schien, ich gefiel ihm irgendwie. Dann schob er mich weg, mit der einen Hand noch auf meinem Gesicht, während er mir mit der anderen die Richtung wies, auf die andere Seite der Straße, zu den Tauglichen. Die Jungen erwarteten mich schon triumphierend, vor Freude lachend. Und beim Anblick dieser strahlenden Gesichter war es vielleicht, daß ich den Unterschied verstand, welcher unsere Gruppe von denen auf der anderen Seite wirklich trennte: es war der Erfolg, wenn ich es richtig empfand.

So habe ich mir dann das Hemd wieder angezogen und mit den Jungen ein paar Worte gewechselt und dann wieder gewartet. Von hier aus konnte ich jetzt alles, was am anderen Ende der Straße ablief, aus einem neuen Blickwinkel sehen. Der Menschenstrom wälzte sich unablässig heran, zwängte sich in ein engeres Bett, beschleunigte sich und verzweigte sich dann vor dem Arzt. Auch die Jungen trafen einer nach dem anderen ein, und jetzt nahm auch ich schon an ihrem Empfang teil, versteht sich. Etwas weiter weg erblickte ich eine andere Kolonne: die der Frauen. Auch um sie herum Soldaten, Sträflinge, auch vor ihnen ein Arzt, und auch dort lief alles genauso ab, außer daß sie sich oben nicht ausziehen mußten, und das war ja natürlich auch verständlich, wenn ich es richtig bedachte. Alles war in Bewegung, alles funktionierte, jeder war an seinem Platz und machte das Seine, alles exakt, heiter, wie geschmiert. Auf vielen Gesichtern sah ich ein Lächeln, ob eher bescheiden oder eher selbstsicher, den Zweifel ausschließend oder das Ergebnis schon vorausahnend – es war im Grunde eigentlich doch immer das gleiche, das gleiche etwa, das auch ich zuvor auf meinem Gesicht gespürt hatte. Mit eben diesem Lächeln wandte sich dort eine braunhaarige, von hier aus sehr schön aussehende Frau mit Ohrringen, die sich den weißen Regenmantel über der Brust zusammenhielt, fragend an einen Soldaten, und mit dem gleichen Lächeln trat hier ein gutaussehender schwarzhaariger Mann vor den Arzt: tauglich. Ich habe der Arbeit des Arztes dann auch bald folgen können. Kam ein alter Mann – ganz klar: auf die andere Seite. Ein jüngerer – hier herüber, zu uns. Dann wieder ein anderer, mit Bauch, soviel er sich auch streckte und reckte: vergeblich – doch nein, der Arzt schickte ihn dennoch auf unsere Seite, da war ich nicht ganz zufrieden, denn ich meinerseits fand ihn eher etwas betagt. Ich mußte auch feststellen, daß die Männer zum größten Teil sehr stoppelbärtig waren und nicht gerade einen guten Eindruck machten. Und so, mit den Augen des Arztes, konnte ich nicht umhin festzustellen, wie viele von ihnen alt oder sonstwie unbrauchbar waren. Einer zu mager, der andere zu dick, und einen, der nach Art eines schnüffelnden Hasen fortwährend Mund und Nase verzog, befand ich als nervenkrank – obwohl auch er pflichtbewußt und bereitwillig lächelte, als er mit eifrigen und merkwürdig watschelnden Schritten hinübereilte, zu den Untauglichen. Dann wieder ein anderer – die Jacke, das Hemd schon über dem Arm, die Hosenträger über die Oberschenkel heruntergelassen, so daß man seine schlaffe, da und dort bereits herabhängende Haut gut sehen konnte. Wie er aber vor den Arzt hintrat – der ihn natürlich gleich zu den Untauglichen einwies –, da hat ein bestimmter Ausdruck auf diesem vom Bart überwucherten Gesicht, das gleiche, mir aber doch irgendwie vertrautere Lächeln auf diesen trockenen, gesprungenen Lippen meine Erinnerung in Gang gesetzt: als habe er dem Arzt noch etwas sagen wollen, so schien es mir. Bloß achtete dieser nicht mehr auf ihn, sondern schon auf den nächsten, und da riß eine Hand, vermutlich dieselbe, die zuvor schon Moskovics gepackt hatte, auch ihn aus dem Weg. Er machte eine Bewegung, drehte sich um, einen verblüfften und empörten Ausdruck auf dem Gesicht: tatsächlich, der «Experte», ich hatte mich nicht getäuscht.

Dann haben wir noch ein paar Minuten gewartet. Vor dem Arzt standen noch ziemlich viele; wir in unserer Gruppe, Jungen und Männer, waren so ungefähr zu vierzig, schätze ich, als es hieß: wir gehen baden. Ein Soldat ist zu uns getreten, so auf einmal habe ich gar nicht gesehen, woher, ein kleiner, eher schon etwas ältlicher, friedlich aussehender Mann mit einem großen Gewehr – so ein Gemeiner, wie mir schien. *«Los, ge' ma' vorne!»* hat er gesagt, oder so ähnlich, nicht eben nach den Regeln der Grammatik, wie ich feststellte. Wie auch immer, in meinen Ohren klang es angenehm, weil die Jungen und ich schon ein bißchen ungeduldig waren, nicht so sehr wegen der Seife, ehrlich gesagt, als vor allem wegen des Wassers, natürlich. Der Weg führte durch ein Tor aus Gitterdraht weiter hinein, irgendwo auf das Gelände innerhalb des Zauns, wo offenbar auch das Bad zu sein schien: wir zogen in lockeren Gruppen, ohne zu hasten, redend und lachend los, hinter uns, wortlos, trottete gleichmütig der Soldat. Unter unseren Füßen wieder eine breite, blendendweiße Straße, vor uns die ganze, einigermaßen ermüdend weite Ebene, die vor Hitze schon überall nur so zitternde und wallende Luft. Ich machte mir noch Sorgen, ob es wohl nicht zu weit sein würde, aber wie sich dann herausstellte, war das Badehaus vom Bahnhof im ganzen etwa nur zehn Gehminuten entfernt. Was ich auf diesem kurzen Weg von der Umgebung sah, fand alles in allem ebenfalls mein Gefallen. Im besonderen war ich über einen Fußballplatz sehr erfreut, auf einer gleich rechts vom Weg gelegenen großen Wiese. Ein grüner Rasen, die zum Spielen nötigen weißen Tore, weiß ausgezogene Linien – es war alles da, verlockend, frisch, in allerbestem Zustand und größter Ordnung. Wir Jungen haben dann auch gleich gesagt: na, da spielen wir nach der Arbeit Fußball. Noch größere Freude bereitete uns, was wir ein paar Schritte weiter am linken Straßenrand erblickten: ein Wasserhahn, ohne jeden Zweifel, so ein Pumpbrunnen, wie sie an Straßen stehen. Eine Tafel daneben wollte zwar mit roten Buchstaben warnen: *«Kein Trinkwasser»* – aber das konnte uns in diesem Augenblick nicht gerade zurückhalten, versteht sich. Der Soldat war ganz geduldig, und ich kann sagen, daß mir schon lange kein Wasser so gutgetan hatte, auch wenn danach ein eigenartiger, stechender und ekelerregender Chemikaliengeschmack im Mund zurückblieb. Im Weitergehen sahen wir auch Häuser, es waren die gleichen, die wir schon vom Bahnhof aus bemerkt hatten. Wirklich, auch so aus der Nähe waren es seltsame Bauwerke, lang, flach, von unbestimmter Farbe, auf den Dächern über die ganze Länge irgendwelche Lüftungs- oder Beleuchtungsanlagen. Jedes war von einem Gartenweg mit rotem Kies umgeben, und von der Straße waren sie durch ein gepflegtes Rasenstück getrennt, zwischen ihnen erblickte ich mit heiterem Erstaunen kleine Gemüsegärten, Kohlpflänzlinge, und in den Beeten wuchsen allerlei bunte Blumen. Es war alles sehr sauber, hübsch und schmuck – tatsächlich: ich mußte es zugeben, wir hatten in der Ziegelei recht gehabt. Nur eines fehlte irgendwie, und ich habe dann auch herausgefunden, was: nämlich, daß ich in der Umgebung der Häuser keine Spur von Bewegung, von Leben sah. Aber ich dachte mir dann, das dürfte ja wohl natürlich sein, schließlich war für die Bewohner Arbeitszeit.

Auch im Bad (wir fanden es, links abbiegend, hinter einem weiteren Gitterzaun und einem weiteren Gittertor, auf einem Hof) konnte ich sehen, daß sie schon auf uns vorbereitet waren, sie erklärten alles bereitwillig und weit im voraus. Zunächst sind wir in eine Art Vorraum mit Steinfußboden gekommen. Darin waren schon recht viele Leute, unter denen ich solche aus unserem Zug erkennen konnte. So wurde mir klar, daß die Arbeit anscheinend unablässig vonstatten ging, daß sie die Leute offenbar in einer Gruppe nach der anderen vom Bahnhof zum Baden brachten. Auch hier ging uns ein Sträfling zur Hand, ein – so mußte ich feststellen – ganz feiner Gefangener. Auch er trug zwar den gestreiften Sträflingsanzug, nur hatte der wattierte Schultern und war tailliert, ja, ich darf es so sagen: nach bester, beinahe schon auffälliger Mode geschnitten und gebügelt, und zudem trug er säuberlich gekämmtes, schwarzglänzendes Haar, so wie wir freien Leute. Er empfing uns stehend, am anderen Ende des Raums, rechter Hand von einem Soldaten, der seinerseits hinter einem Tischchen Platz genommen hatte. Dieser selbst war winzig klein, von gemütlichem Äußeren und recht dick, mit einem

Bauch, der schon am Hals anfing, des weiteren mit einem Kinn, das sich ringsum in Falten über den Kragen legte, und zwei lustigen Augenschlitzen in dem faltigen, bartlosen gelben Gesicht: er erinnerte ein wenig an so eine Art von Zwergen, wie man sie am Bahnhof unter uns gesucht hatte. Dabei trug er eine stattliche Mütze auf dem Kopf, vor ihm auf dem Tisch lag eine funkelnagelneue Aktentasche, daneben eine aus weißem Leder geflochtene und, wie ich im übrigen zugeben mußte, sehr schön gearbeitete Peitsche, ganz offensichtlich sein persönliches Eigentum. All das konnte ich durch die Lücken zwischen den vielen Schultern und Köpfen hindurch bequem beobachten, während auch wir Neuhinzugekommenen uns bemühten, ein Plätzchen zu finden, uns in dem jetzt bereits überfüllten Raum einzurichten. Währenddessen huschte der Sträfling durch eine gegenüberliegende Tür schnell hinaus und gleich wieder herein, um dann dem Soldaten etwas mitzuteilen, sehr vertraulich, fast ganz an sein Ohr gebeugt. Der Soldat schien zufrieden, und sogleich war auch seine dünne, scharfe und atemlose, eher an ein Kind oder vielleicht an eine Frau erinnernde Stimme zu vernehmen, wie er dem Sträfling in ein paar Sätzen antwortete. Darauf richtete sich dann der Sträfling auf, hob eine Hand und bat uns nun auf einmal um «Ruhe und Aufmerksamkeit» – und da habe ich zum erstenmal auch meinerseits jene oft beschworene Erfahrung gemacht, welche unerwartete Freude es bedeutet, in der Fremde die heimatlichen Klänge der ungarischen Sprache zu vernehmen: ich stand also einem Landsmann gegenüber. Ich hatte dann auch gleich ein bißchen Mitleid mit ihm, denn wie ich sehen konnte, war er ein noch ganz junger, intelligenter und, obwohl ein Sträfling, gewinnend aussehender Mann, wie ich zugeben mußte, und ich hätte große Lust gehabt, von ihm zu erfahren, woher und wie und um welchen Vergehens willen er wohl in Gefangenschaft geraten war; doch vorläufig ließ er uns nur wissen, daß er uns über die nun folgenden Verrichtungen zu informieren und die Wünsche des *«Herrn Oberscharführers»* an uns weiterzuleiten gedenke. Wenn auch wir uns Mühe gäben, wie man es im übrigen nicht anders von uns erwarte – so fügte er hinzu –, dann würde alles «rasch und reibungslos» vonstatten gehen, was seines Erachtens zwar hauptsächlich in unserem Interesse liege, doch, so versicherte er, gleichzeitig auch dem Wunsch des *«Herrn Ober»* entspreche – wie er ihn jetzt schon, von der offiziellen Bezeichnung etwas abweichend, kürzer und nach meinem Empfinden auch irgendwie vertraulicher nannte.

Dann haben wir von ihm ein paar einfache, in dieser Situation selbstverständliche Dinge erfahren, während der Soldat seine Worte – es waren schließlich die Worte eines Sträflings – mit lebhaftem Nicken guthieß, sie für uns gewissermaßen beglaubigte, sein freundliches Gesicht, seine fröhlichen Augen dabei einmal ihm, einmal uns zuwendend. Wir konnten zum Beispiel erfahren, daß wir uns im folgenden Raum, nämlich dem «Auskleideraum», ausziehen und alle unsere Kleider an den dort befindlichen Haken aufzuhängen hatten. An den Haken würden wir Nummern vorfinden. Während wir baden, würden unsere Kleider desinfiziert. Es sei nun wohl gar nicht nötig – so befand er, und meiner Ansicht nach hatte er recht –, uns extra zu erklären, warum es so wichtig sei, daß sich ein jeder die Nummer seines Kleiderhakens gut merke. Es fiel mir auch nicht schwer, den Nutzen jenes Vorschlags einzusehen, demgemäß es «ratsam» war, unsere Schuhe paarweise zusammenzubinden, «um jeglicher Verwechslung vorzubeugen», fügte er hinzu. Darauf würden sich, so versprach er, Friseure um uns kümmern, und dann endlich konnte das Bad folgen.

Zuvor aber – so fuhr er fort – sollten diejenigen vortreten, die noch Geld, Gold, Edelsteine oder sonstige Wertsachen bei sich hätten, und diese beim «Herrn Ober hinterlegen», da es die letzte Gelegenheit sei, sich der Sachen «noch ungestraft zu entledigen». Wie er nämlich erklärte, war der Handel, jeglicher An- und Verkauf und demzufolge auch der Besitz und das Einführen von Wertsachen strengstens verboten im *«Lager»* – diesen für mich neuen, doch sogleich leichtverständlichen Ausdruck hat er verwendet. Nach dem Bad würde jede Person «geröntgt», und zwar mit einem «eigens für diesen Zweck bereitgestellten Röntgenapparat» – so haben wir von ihm erfahren, und auch der Soldat hat mit betontem Kopfnicken, auffallend guter Laune und unmißverständlicher Zustimmung dem Wort «Röntgen», das er ja gewiß verstand, Nachdruck verliehen. Es kam mir wieder in den Sinn: offenbar war das, was der Gendarm im Zug uns gesagt hatte, also doch richtig gewesen. Von sich aus, so sagte der Sträfling, könne er noch so viel hinzufügen, daß ein jeglicher Schmuggelversuch, mit dem sich die Schuldigen im übrigen «die allerschwerste Strafe» zuziehen, wir alle jedoch unsere Ehre vor der deutschen Behörde aufs Spiel setzen würden, seiner Meinung nach «aussichts- und sinnlos» sei. Ohne Zweifel, auch wenn mich die Frage nicht weiter berührte, so fand ich doch, daß er recht haben mochte. Es ist eine kleine Stille entstanden, eine, nach meinem Empfinden, gegen Ende irgendwie fast schon ungemütliche Stille. Dann eine Unruhe vorn: jemand ließ sich Platz machen, darauf hat sich ein Mann von der Gruppe gelöst, hat etwas auf den Tisch gelegt und ist eilig wieder zurückgetreten. Der Soldat hat etwas zu ihm gesagt: es klang lobend. Den Gegenstand – etwas ganz Kleines, ich konnte es von meinem Platz aus nicht recht sehen – hat er gleich in der Schublade verschwinden lassen, nachdem er ihn vorher noch angeschaut, mit einem flüchtigen Blick gewissermaßen eingeschätzt hatte. Wie mir schien, war er zufrieden. Dann wieder eine Pause, aber kürzer als die vorherige, dann wieder Unruhe und wieder ein Mann – und dann traten sie ohne Unterbrechung, immer mutiger und immer zahlreicher vor, folgten einander zum Tisch und legten glänzende oder hart tönende, aufklingende oder raschelnde Gegenstände dorthin, auf den kleinen freien Platz zwischen der Peitsche und der Aktentasche. All das – abgesehen vom Geräusch der Schritte und der Gegenstände, nun und dann von den kurzen, hohen, gutgelaunt und ermutigend klingenden Äußerungen, die der Soldat jedesmal machte – ist in völliger Stille vor sich gegangen. Ich habe auch bemerkt, daß der Soldat bei jedem einzelnen Gegenstand das gleiche Verfahren anwandte. So begutachtete er, selbst wenn ihm jemand gleich zwei Gegenstände hinlegte, trotzdem – zuweilen unter befriedigtem Kopfnicken –

zuerst den einen, zog eigens dafür die Schublade heraus, legte ihn einzeln hinein, schob dann, zumeist mit dem Bauch, die Schublade wieder zu, um zum nächsten Stück überzugehen und mit ihm genau das gleiche zu wiederholen. Ich war ganz verblüfft, was da noch alles zum Vorschein kam, nach der Gendarmerie, wenn man es bedenkt. Aber auch diese Eile, dieser plötzliche Eifer der Leute hat mich ein wenig überrascht, nachdem sie doch bis dahin allerhand Beschwerlichkeiten auf sich genommen hatten, allerhand Sorgen, die ja mit dem Besitz dieser Gegenstände einhergegangen waren. Deshalb konnte ich wohl bei fast jedem, der vom Tisch zurückkam, den gleichen, etwas verschämten, etwas feierlichen, aber insgesamt gewissermaßen erleichterten Gesichtsausdruck sehen. Nun ja, und dann standen wir doch schließlich an der Schwelle zu einem neuen Leben, und ich sah ein, daß das letztlich eine ganz andere Situation war als auf der Gendarmerie, natürlich. Das Ganze, der ganze Vorfall, hat ungefähr so drei bis vier Minuten beansprucht, wenn ich genau sein wollte.

Von dem weiteren kann ich dann nicht mehr viel sagen: im wesentlichen ist alles nach den Weisungen des Sträflings abgelaufen. Die gegenüberliegende Tür ist aufgegangen, und wir sind in eine Räumlichkeit eingetreten, in der sich lange Bänke und darüber tatsächlich Kleiderhaken befanden. Die Nummer habe ich auch gleich gefunden und einige Male für mich wiederholt, um sie nicht etwa zu vergessen. Auch die Schuhe habe ich zusammengebunden, so wie es der Sträfling geraten hatte. Dann folgte ein großer, von Lampen sehr hell erleuchteter Raum mit niedriger Decke: ringsum die

Wände entlang waren schon die Rasiermesser eifrig am Werk, surrten die elektrisch betriebenen Haarschneidemaschinen, machten sich die Barbiere – alles Sträflinge – eifrig zu schaffen. Ich kam zu einem auf der rechten Seite. Ich solle – so sagte er vermutlich, denn ich verstand seine Sprache nicht – da vor ihm auf dem Schemel Platz nehmen. Und schon hatte er mir die Maschine an den Nacken gedrückt und das Haar abgeschnitten – aber ganz und gar, völlig kahl. Dann hat er das Rasiermesser zur Hand genommen: ich solle aufstehen und die Arme hochhalten – er machte es vor –, und darauf kratzte er mir ein bißchen unter der Achsel herum. Dann setzte er sich vor mich auf den Schemel. Er packte mich kurzerhand an dem Organ, das am empfindlichsten ist, und schabte dann mit dem Rasiermesser auch von dort die ganze Krone weg, jedes einzelne Haar, mein gesamtes bißchen männlichen Stolz, das doch vor noch gar nicht so langer Zeit erst gesprossen war. Es mag unverständlich sein, aber dieser Verlust schmerzte mich irgendwie noch mehr als der meines Kopfhaars. Ich war überrascht und auch ein wenig aufgebracht – aber ich habe dann eingesehen, daß es lächerlich gewesen wäre, sich wegen einer solchen Kleinigkeit aufzuhalten, im Grunde genommen. Und dann habe ich auch gesehen, daß es allen anderen, auch den Jungen, ähnlich erging, und der «Halbseidene» bekam es dann auch gleich zu hören: na, wie wird das jetzt sein mit den Mädchen?

Doch da hieß es, weiter: nun folgte das Bad. In der Tür drückte ein Sträfling gerade «Rosi» ein kleines braunes Stück Seife in die Hand und bedeutete: für drei Personen. Im Bad fanden wir unter unseren Füßen ein glitschiges Holzgitter vor und über unseren Köpfen ein Netzwerk aus Rohren und daran unzählige Duschen. Die Zahl der nackten und nicht gerade sehr wohlriechenden Menschen darin war schon groß. Ich fand interessant, daß das Wasser von allein und ganz unerwartet zu fließen begann, nachdem alle, auch ich selbst, vergeblich nach einem Hahn gesucht hatten. Das Wasser war nicht eben sehr reichlich, doch empfand ich seine Temperatur als erfrischend kühl, gerade das richtige in dieser Hitze. Zuallererst habe ich nach Herzenslust getrunken und bin dabei wieder dem gleichen Geschmack wie zuvor am Brunnen begegnet: erst dann ließ ich auch meine Haut ein bißchen das Wasser genießen. Auch ringsumher allerlei fröhliche Laute, ein Planschen, Niesen und Prusten: es war ein heiterer, sorgloser Augenblick. Wir Jungen hänselten einander die ganze Zeit wegen unserer kahlen Köpfe. Von der Seife hat sich herausgestellt, daß sie leider nicht sehr schäumte, dafür aber viele scharfe, Kratzer verursachende Körnchen enthielt. Trotzdem rieb sich ein dicklicher Mann in meiner Nähe – mit schwarzgekräuseltem Haar auf Brust und Rücken, das man ihm offenbar gelassen hatte – lange damit ein, mit feierlichen, ja irgendwie zeremoniellen Bewegungen. Irgend etwas – abgesehen natürlich von seinem Haar – fehlte an ihm. Da erst habe ich bemerkt, daß er am Kinn und um den Mund herum weißer als sonst und seine Haut dort auch voller frischer roter Schnitte war. Der Rabbiner aus der Ziegelei war es, ich erkannte ihn wieder: also war auch er mitgekommen. Ohne Bart erschien er mir schon nicht mehr so ungewöhnlich, ein einfacher, etwas großnasiger Mann von eigentlich ganz alltäglichem Äußeren. Er war noch mit vollem Eifer dabei, sich die Beine einzuseifen, als jetzt mit der gleichen Plötzlichkeit, mit der es zu fließen begonnen hatte, das Wasser auf einmal versiegte: da hat er überrascht aufgeschaut, dann gleich wieder an sich hinunter, aber irgendwie ergeben, wie jemand, der gleichsam das Wirken eines höheren Willens zur Kenntnis nimmt, ihn versteht und sich ihm zugleich beugt.

Aber auch mir selbst blieb nichts anderes übrig: schon wurde ich hinausgeschoben, gedrückt, gedrängt. Wir kamen in einen schlecht beleuchteten Raum, wo ein Sträfling allen, auch mir, ein Taschentuch – nein, genauer besehen, ein Handtuch überreichte und bedeutete: nach Gebrauch zurückzugeben. Gleichzeitig strich mir ein anderer mit einer Art flachem Pinsel so eine verdächtig gefärbte, Juckreiz verursachende Flüssigkeit, dem durchdringenden Geruch nach ein Desinfektionsmittel, auf den Kopf, in die Achselhöhlen und auf jene gewisse empfindliche Gegend, dies aber mit einer ganz unerwarteten, außerordentlich flinken und geschickten Bewegung. Dann folgte ein Gang, auf der rechten Seite zwei ausgeleuchtete Öffnungen, und schließlich ein dritter Raum ohne Tür: in jeder der Öffnungen stand ein Sträfling und verteilte Kleidungsstücke. Ich nahm – wie alle anderen auch – ein Hemd in Empfang, das früher bestimmt einmal blau-weiß gestreift gewesen war und am Halsausschnitt wie bei meinem Großvater weder Kragen noch Knöpfe hatte, ebenso Beinlinge, die höchstens für Greise gedacht sein konnten, mit einem Schlitz über den Knöcheln und zwei richtigen Hosenbändern, einen schon abgetragenen Anzug, jedoch genau dem der Gefangenen entsprechend, aus Drillich und mit blau-weißen Streifen – einen regelrechten Sträflingsanzug, ich konnte es drehen und wenden, wie ich wollte; und in dem dritten Raum durfte ich mir dann selbst aus einem Haufen komischer Schuhe, mit Holzsohlen und einem Leinenoberteil mit drei Knöpfen an der Seite statt Schnürsenkeln, die auswählen, die mir in der Eile so ungefähr an die Füße zu passen schienen. Und auch zwei graue Stofflappen nicht zu vergessen, offenbar Taschentücher, wie mir schien, nun ja, und dann zu guter Letzt noch ein unvermeidliches Zubehör: eine zerschlissene, weiche, gestreifte, runde Sträflingsmütze. Ich zögerte ein bißchen – doch ich konnte ja, während von allen Seiten Stimmen zur Eile mahnten, während sich alles um mich herum in fieberhafter Eile anzog, nicht einfach dastehen, wenn ich nicht hinter den anderen zurückbleiben wollte, natürlich. Die Hose mußte ich – denn sie war zu weit und ein Gurt oder irgendwelche Träger fehlten – im Laufen verknoten, während sich bei den Schuhen die unerwartete Eigenschaft herausstellte, daß die Sohlen sich nicht bogen. Und zwischendurch habe ich mir, um die Hände frei zu haben, die Mütze auf den Kopf gesetzt. Auch die Jungen waren schon alle fertig: wir konnten uns nur noch anschauen, ohne zu wissen, ob wir lachen oder eher staunen sollten. Doch für beides war keine Zeit: schon standen wir draußen, im Freien. Ich weiß nicht, wer die Anordnungen traf, auch nicht, was geschah: ich erinnere mich nur noch, wie mich irgendwie ein Druck ergriff, mich ein Schwung mitnahm und vorwärts schob und noch etwas stolpern ließ in meinen neuen Schuhen, in einer Staubwolke und unter einem seltsamen Knallen von hinten – als würde vielleicht jemand auf den Rücken geschlagen –, immer weiter, durch immer neue Höfe, zu immer neuen Toren, Hecken und Zäunen aus Draht; ein sich öffnendes und schließendes System, das zuletzt vor meinen Augen zu verschwimmen und verwirrend durcheinanderzugeraten begann.

5

Es gibt wohl keinen neuen Gefangenen, meine ich, der sich nicht zu Anfang ein wenig über diese Situation wunderte: so haben wir Jungen uns auf dem Hof, auf dem wir nach dem Bad endlich anlangten, zunächst noch lange gegenseitig betrachtet, angestaunt und hin und her gedreht. Dabei wurde ich auf einen anscheinend noch jungen Mann in meiner Nähe aufmerksam, der seine ganze Kleidung lange versunken und doch auch irgendwie zaghaft abtastete, als wollte er sich nur von der Qualität des Stoffes, gewissermaßen von seiner Echtheit überzeugen. Dann sah er auf, als wollte er gerade zu einer Bemerkung ansetzen, doch dann, als er um sich herum auf einmal nur noch solche Bekleidung erblickte, sagte er doch nichts – so war zumindest in dem Augenblick mein möglicherweise natürlich auch falscher Eindruck. Auch so, wie er jetzt war, kahlgeschoren und in einem wegen seines hohen Wuchses etwas zu kurzen Sträflingsanzug, erkannte ich ihn an seinem knochigen Gesicht als den Verliebten, der ungefähr eine Stunde zuvor – denn so viel Zeit mochte von unserer Ankunft bis zu unserer Verwandlung vergangen sein – das schwarzhaarige Mädchen nur unter solchen Schwierigkeiten losgelassen hatte. Etwas bereute ich hier aber sehr. Ich hatte zu Hause einmal aufs Geratewohl ein Buch vom Regal genommen, das, wie ich mich erinnere, etwas versteckt war und wer weiß wie lange schon ungelesen dort verstaubte. Es war von einem Gefangenen geschrieben, und ich hatte es dann nicht zu Ende gelesen, weil ich seinen Gedanken nicht so recht folgen konnte, und dann auch, weil die Personen schrecklich lange Namen hatten, meist sogar drei, die man sich nicht merken konnte, und schließlich, weil es mich überhaupt nicht interessierte, nun ja, und dann auch, weil mich vor dem Leben der Gefangenen ein bißchen schauderte: auf diese Weise war ich für den Bedarfsfall unvorbereitet geblieben. Ich habe mir von dem Ganzen nur gemerkt, daß der Gefangene, der das Buch geschrieben hat, sich angeblich an die erste, von ihm also weiter weg liegende Zeit der Gefangenschaft besser erinnern konnte als an die späteren, dem Zeitpunkt des Schreibens näher liegenden Tage. Das hielt ich damals für ein wenig zweifelhaft, sozusagen für eine Erfindung. Nun, ich glaube, er hat doch die Wahrheit geschrieben – auch ich erinnere mich nämlich am besten an den ersten Tag, tatsächlich, wenn ich's bedenke, genauer als an die folgenden. Zuerst fühlte ich mich irgendwie als Gast in der Gefangenschaft – was ja leicht erklärlich ist und im Grunde genommen der trügerischen Gewohnheit von uns allen, ja im Grunde der menschlichen Natur überhaupt entspricht, wie ich glaube. Der Hof, dieser grell von der Sonne beschienene Platz, wirkte ein wenig kahl, von Fußballplatz, Gemüsegarten, Rasen oder Blumen sah ich hier keine Spur. Alles in allem stand da nur ein schmuckloses, von außen an einen großen Schuppen erinnerndes Holzgebäude: offensichtlich unser Zuhause. Es zu betreten – so erfuhr ich – würde uns erst zur Zeit der Nachtruhe möglich sein. Davor und dahinter eine lange Reihe ähnlicher Schuppen, bis an den Horizont, und auf der linken Seite noch einmal genau die gleiche Reihe, immer mit regelmäßigen Abständen und Zwischenräumen vorn, hinten und an den Seiten. Dahinter die breite, blendende Landstraße – oder eben wieder eine solche Straße, denn auf dem Weg vom Bad hierher waren Straßen, Plätze und die gleichförmigen Gebäude in diesem ungeheuren, überall flachen Gelände nicht mehr im einzelnen auseinanderzuhalten gewesen, zumindest für meine Augen nicht. Dort, wo sich diese Ausfallstraße mit der zwischen den Schuppen verlaufenden Straße kreuzen mußte, hinderte eine spielzeugartige, sehr hübsche rotweiße Schranke am Weitergehen. Auf der rechten Seite hingegen der schon wohlbekannte stachelige Zaun, der, wie ich zu meiner Überraschung vernahm, mit elektrischem Strom geladen war, und tatsächlich, erst da entdeckte ich an den Betonpfeilern die vielen Porzellanhütchen, solche wie zu Hause an den elektrischen Leitungen oder Telegrafenmasten. Der elektrische Schlag – so wurde versichert – sei tödlich: im übrigen genüge es schon, wenn wir den losen Sand des schmalen, am Zaun entlanglaufenden Pfades beträten, um vom Wachtturm aus (sie zeigten darauf, und ich habe darin auch gleich erkannt, was ich von der Station aus für Hochsitze gehalten hatte) ohne jegliche Warnung erschossen zu werden – so warnten uns von allen Seiten eifrig und wichtigtuerisch diejenigen, die sich bereits informiert hatten. Schon bald ist dann die Freiwilligen-Truppe eingetroffen, mit großem Geklapper, unter dem Gewicht der ziegelroten Behälter fast zusammenbrechend. Davor war nämlich das Gerücht aufgekommen und sofort auf dem ganzen Hof aufgegriffen und des langen und breiten erörtert und verbreitet worden: «Bald gibt es eine warme Suppe!» Ohne Frage, auch ich fand es an der Zeit, aber diese vielen strahlenden Gesichter, diese Dankbarkeit, diese fast schon irgendwie kindlich wirkende Freude, mit der die Nachricht aufgenommen wurde, haben mich dann doch ein bißchen erstaunt: deshalb hatte ich wohl das Gefühl, sie galten gar nicht so sehr der Suppe, sondern eher irgendwie der Fürsorge an sich, nach all den vorangegangenen Überraschungen – wenigstens hatte ich dieses Gefühl. Auch war ich ziemlich sicher, daß die Nachricht von dem Mann, dem Gefangenen stammte, der hier gleich als Vorsteher, um nicht zu sagen Hausherr, aufgetreten war. Sein taillierter Anzug, ganz ähnlich dem des Häftlings im Bad, das jetzt schon ungewohnte Haupthaar, darauf eine Kopfbedeckung aus dickem dunkelblauem Filz, die man bei uns zu Hause «Baskenmütze» nannte, die schönen gelben Halbschuhe an seinen Füßen sowie eine rote Binde um seinen Arm machten seine Würde sofort erkennbar, und ich begriff: ich mußte den Spruch, den man mir zu Hause beigebracht hatte und der besagte, «nicht die Kleider machen den Menschen aus», korrigieren. Ebenso trug er ein rotes Dreieck auf der Brust – auch das zeigte allen sofort, daß er nicht wegen seines Blutes, sondern lediglich wegen seiner Denkweise hier war, wie ich bald darauf erfahren habe. Zu uns war er, wenn auch vielleicht ein bißchen gemessen und kurz angebunden, so doch freundlich, und er erklärte auch gern alles Nötige, und daran fand ich damals auch gar nichts Besonderes, schließlich war er ja schon länger da – so dachte ich. Es war ein hochgewachsener, eher magerer Mann, mit einem etwas zerknitterten, etwas ausgemergelten, doch insgesamt sympathischen Gesicht. Ich habe auch beobachtet, daß er sich öfter ein wenig abseits hielt, und von weitem sah ich ein-, zweimal seinen irgendwie leicht befremdeten, verständnislosen Blick und in seinen Mundwinkeln so etwas wie ein, sagen wir, kopfschüttelndes Lächeln, als würde er sich ein bißchen über uns wundern, ich weiß nicht warum. Später hieß es, er komme aus der Slowakei. Einige von den Unseren sprachen seine Sprache und bildeten öfter eine kleine Gesellschaft um ihn.

Er selbst teilte uns die Suppe aus, mit einem komischen langstieligen Schöpflöffel, der mehr die Form eines Trichters hatte; zwei andere Männer, so eine Art Gehilfen, die ebenfalls nicht zu uns gehörten, händigten dazu rote Emaillenäpfe und zerbeulte Löffel aus – je einen für zwei Personen, da der Bestand knapp sei, wie sie uns mitteilten: weshalb das Geschirr – so fügten sie hinzu – sofort nach Gebrauch zurückzuerstatten sei. Nach einiger Zeit kam auch ich an die Reihe. Suppe, Napf und Löffel erhielt ich mit dem «Zierlederer» zusammen: ich war nicht gerade erfreut, da es noch nie meine Gewohnheit gewesen war, mit anderen zusammen aus ein und demselben Teller und mit ein und demselben Löffel zu essen, doch auch das, ich sah es ein, kann zuweilen im Bereich der Notwendigkeit liegen. Zuerst kostete er von der Suppe, dann reichte er sie sofort an mich weiter. Er machte ein etwas merkwürdiges Gesicht. Ich fragte ihn, wie die Suppe denn sei, aber er sagte, ich solle doch einfach mal probieren. Doch da sah ich schon, wie sich die Jungen ringsum teils entsetzt, teils prustend vor Lachen anschauten. Ich habe dann auch einen Löffel voll genommen und mußte finden, daß die Suppe in der Tat leider nicht eßbar war. Ich habe den «Zierlederer» gefragt, was wir machen sollten, und er hat gesagt, von ihm aus könne ich sie ruhig ausgießen. Zur gleichen Zeit ertönte von hinten eine heitere Stimme, die uns aufklärte: «Das ist sogenanntes *Dörrgemüse*», sagte sie. Ich erblickte einen untersetzten, schon erfahrenen Mann, unter seiner Nase die weißliche Spur eines ehemaligen eckigen Schnurrbarts, das Gesicht voll wohlmeinenden Wissens. Es standen noch ein paar andere um uns herum, mit angewiderter Miene Napf und Löffel festhaltend, und ihnen erzählte er, daß er schon an dem früheren, dem gegenwärtigen vorangegangenen Weltkrieg teilgenommen hatte, und zwar als Offizier. «Da hatte ich genügend Gelegenheit», so berichtete er, «dieses Essen gründlich kennenzulernen, und zwar im Kreis der deutschen Kameraden an der Front, mit denen wir uns damals gemeinsam schlugen» – so hat er es formuliert. Für ungarische Mägen sei solches gedörrtes Gemüse – so hat er mit einem irgendwie verständnisvollen, gewissermaßen nachsichtigen Lächeln hinzugefügt – natürlich ungewohnt. Doch er hat uns versichert, daß man sich daran gewöhnen könne, ja, seines Erachtens auch solle, da es viele «Nährstoffe und Vitamine» enthalte, wofür, so erklärte er, das Dörrverfahren und die Kundigkeit der Deutschen auf diesem Gebiet bürgten. «Und überhaupt», bemerkte er mit erneutem Lächeln, «für den guten Soldaten ist das erste Gebot: alles essen, was es heute gibt, denn wer weiß, ob es auch morgen etwas geben wird», das waren seine Worte. Und dann hat er tatsächlich seine Ration ausgelöffelt, gleichmäßig, ruhig, ohne eine Miene zu verziehen, bis zum letzten Tropfen. Meine Ration habe ich dann doch an der Barackenwand ausgeleert, so wie ich es von einigen Erwachsenen und Jungen gesehen hatte. Aber ich kam in Verlegenheit, weil ich von weitem den Blick unseres Vorstehers sah und besorgt war, daß es ihn vielleicht kränken könnte; doch es war da nur wieder dieser eigentümliche Ausdruck, dieses unbestimmte Lächeln auf seinem Gesicht, wie ich flüchtig festzustellen meinte. Ich habe dann das Geschirr zurückgebracht und dafür eine dicke Scheibe Brot erhalten, darauf eine weiße Masse, die einem länglichen Klotz aus dem Baukasten ähnelte und auch ungefähr so dick war: Butter – nein, Margarine, wie es hieß. Das habe ich dann verspeist, obgleich ich auch solches Brot noch niemals gesehen hatte: viereckig und als wären die Rinde und das Innere aus dem gleichen schwarzen Schlamm gebacken, mit Strohhalmen und Körnchen dazwischen, die unter den Zähnen knirschten; aber immerhin, es war Brot, und ich hatte auf der langen Reise schließlich doch Hunger bekommen. Die Margarine verstrich ich mangels eines besseren Werkzeugs mit dem Finger, so nach Robinsonart, gewissermaßen, im übrigen genau so, wie ich es bei den anderen gesehen hatte. Dann sah ich mich nach Wasser um, doch unangenehmerweise stellte sich heraus, daß es keines gab: ich war ganz schön ärgerlich, na, nun durften wir also wieder Durst haben, genau das gleiche wie in der Eisenbahn.

Zu dieser Zeit mußten wir, nun aber ganz ernsthaft, auf den Geruch aufmerksam werden. Es wäre schwer, ihn genau zu umschreiben: süßlich und irgendwie klebrig, auch das nun schon bekannte chemische Mittel darin, aber so, daß ich schon fast ein bißchen Angst hatte, das erwähnte Brot würde sich wieder in meiner Kehle zurückmelden. Es fiel uns nicht schwer festzustellen: ein Schornstein war der Sünder, auf der linken Seite, in Richtung der Landstraße, aber noch viel weiter weg. Es war ein Fabrikschornstein, das sah man gleich, und so haben es die Leute auch von unserem Vorsteher in Erfahrung gebracht, und zwar der Schornstein einer Lederfabrik, wie viele auch gleich wußten. Tatsächlich, da fiel mir wieder ein, wenn ich am Sonntag mit meinem Vater ein Fußballspiel in Újpest besucht hatte, war die Straßenbahn an einer Lederfabrik vorbeigekommen, und da mußte ich mir auch jedesmal die Nase zuhalten. Im übrigen – ging die Nachricht – würden wir zum Glück nicht in dieser Fabrik arbeiten müssen: wenn alles gut ging, wenn kein Typhus, keine Ruhr oder sonst eine Epidemie unter uns ausbrach, dann würden wir bald, so beruhigte man uns, zu einem freundlicheren Ort aufbrechen. Deshalb trügen wir auch auf den Kleidern, vor allem aber auch auf der Haut noch keine Nummer wie etwa unser Kommandant, der *«Blockälteste»*, wie man ihn jetzt schon nannte. Von dieser Nummer hatten sich übrigens viele mit eigenen Augen überzeugt: sie sei – so wurde verbreitet – mit grüner Tinte auf sein Handgelenk geschrieben und mit den Stichen einer besonderen Nadel unauslöschlich hineinpräpariert, eintätowiert, wie es hieß. Ungefähr zur gleichen Zeit ist mir auch der Bericht der freiwilligen Suppenholer zu Ohren gekommen. Auch sie hatten, in der Küche, die Nummern gesehen, und auch die waren Gefangenen, die schon länger hier weilten, in die Haut eingeritzt. Vor allem ging die Antwort von Mund zu Mund und wurde auf ihren Sinn hin untersucht und immer von neuem wiederholt, die ein Gefangener gegeben hatte, als einer unserer Leute wissen wollte, was das sei. *«Die himmlische Telefonnummer»*, soll angeblich dieser Gefangene gesagt haben. Wie ich sah, gab die Sache allen ziemlich zu denken, und obwohl ich aus diesen Worten nicht recht klug wurde, mußten sie auch mir, zweifellos, seltsam erscheinen. Auf jeden Fall haben die Leute daraufhin begonnen, sich um den Blockältesten und seine beiden Gehilfen zu scharen, hin und her zu laufen, sie auszufragen, mit Fragen zu belagern und das Erfahrene rasch untereinander auszutauschen, so zum Beispiel die Frage betreffend, ob es Epidemien gebe. «Ja», lautete die Auskunft. Und was mit den Kranken geschehe. «Sie sterben.» Und mit den Toten? «Die werden verbrannt», erfuhren wir. Genau besehen – so stellte sich allmählich heraus, ohne daß ich genau hätte verfolgen können, auf welchem Weg – war der Schornstein dort gar nicht wirklich eine Lederfabrik, sondern es war ein *«Krematorium»*, das heißt der Schornstein eines Einäscherungsofens, wie man mich über die Bedeutung des Wortes aufklärte. Da habe ich ihn mir noch etwas genauer angeschaut: es war ein gedrungener, eckiger Schornstein mit einer breiten Öffnung, oben wirkte er wie plötzlich abgeschlagen. Ich kann sagen, daß ich, abgesehen von einer gewissen Ehrfurcht – nun ja, und abgesehen vom Geruch, natürlich, in dem wir schon förmlich steckenblieben wie in irgendeinem Matsch, einem Sumpf – sonst nicht sehr viel spürte. Doch dann konnten wir zu unserer erneuten Überraschung in der Ferne noch einen, dann noch einen und dann, schon am Rand des leuchtenden Himmels, noch einen solchen Schornstein ausmachen, wobei aus zweien ähnlicher Rauch quoll wie aus dem unsrigen, und vielleicht hatten jene recht, denen auch die entfernten Rauchschwaden, die hinter einer Art kümmerlichem Wäldchen aufstiegen, allmählich verdächtig vorkamen und bei denen, meines Erachtens berechtigterweise, die Frage auftauchte, ob die Epidemie wohl solche Ausmaße habe, daß es so viele Tote gab.

Ich kann sagen, daß ich mir, noch bevor der Abend des ersten Tages herabsank, im großen und ganzen schon über alles so ziemlich genau im klaren war. Ach ja, inzwischen hatten wir auch schon die Bedürfnisanstalt-Baracke aufgesucht – eine Örtlichkeit, die über ihre ganze Länge aus drei podestartigen Erhöhungen bestand, mit je zwei, das heißt insgesamt sechs Reihen von Löchern: auf diesen mußte man sich niederlassen oder in sie hineintreffen, je nachdem, je nach Bedarf. Auf jeden Fall war nicht viel Zeit, weil es nicht lange dauerte, bis ein wütender Gefangener erschien, diesmal mit schwarzer Armbinde, in der Hand einen schweren Knüppel, und man sich entfernen mußte, so wie man eben war. Ein paar andere alteingesessene, aber einfachere Gefangene lungerten ebenfalls dort herum: sie erwiesen sich als gutmütiger und ließen sich auch gern zu ein paar Auskünften herbei.

Der Weg hin und zurück, den der Blockkommandant uns gewiesen hatte, war ziemlich lang, er führte an einer interessanten Siedlung vorbei: hinter dem Drahtzaun die üblichen Schuppen, dazwischen merkwürdige Frauen (von der einen habe ich mich schnell abgewandt, weil aus ihrem offenen Kleid gerade etwas heraushing, an das sich ein Säugling – sein kahler Schädel glänzte in der Sonne – krampfhaft klammerte) und noch merkwürdigere Männer, zumeist in abgetragenen Anzügen, aber alles in allem doch solchen, wie die Leute sie draußen trugen, in der Freiheit, wenn ich so sagen darf. Auf dem Rückweg wußte ich es dann auch schon: es war das Lager der Zigeuner. Ich war auch etwas überrascht: zu Hause hatten zwar mehr oder weniger alle, und auch ich, versteht sich, eine etwas zurückhaltende Meinung von den Zigeunern gehabt, aber bis dahin hatte ich noch nie gehört, daß sie Verbrecher seien. Gerade kam ein Fuhrwerk vorbei, das von kleineren Kindern gezogen wurde, über ihren Schultern ein Geschirr, so wie bei Ponys, und neben ihnen ging ein Mann mit einem großen Schnurrbart, in der Hand eine Peitsche. Die Ladung war von Decken verhüllt, doch durch die vielen Lumpen und Löcher guckten unverkennbar Brote hervor, und zwar weiße Laibe: auch daraus konnte ich schließen, daß sie doch irgendwie eine Stufe höher standen als wir. Noch ein anderes Bild ist mir von diesem Spaziergang im Gedächtnis geblieben: in der anderen Richtung, auf der Hauptstraße, sah ich einen Mann in weißer Kleidung gehen – an den Seiten der weißen Hose breite rote Streifen, auf dem Kopf eine große schwarze Künstlermütze, wie sie, ihren Bildern nach zu urteilen, die Maler im Mittelalter trugen, und in seiner Hand ein dicker, herrschaftlicher Stock –, der die ganze Zeit in der Gegend umherblickte, und mir fiel es ziemlich schwer zu glauben – wie jedoch behauptet wurde –, daß dieser Hochwohlgeborene auch nur ein Strafgefangener sein sollte, so wie wir auch.

Ich könnte es sogar beschwören: ich habe auf diesem Weg mit keinem einzigen fremden Menschen gesprochen. Und dennoch, tatsächlich könnte ich meine genaueren Erkenntnisse an diesen Zeitpunkt knüpfen. Da, gegenüber, verbrannten in diesem Augenblick unsere Reisegefährten aus der Eisenbahn, alle, die im Auto hatten mitfahren wollen, und all die, die sich vor dem Arzt aus Alters- oder anderen Gründen als untauglich erwiesen hatten, genauso die Kleinen und mit ihnen die Mütter und die, die es in der Zukunft geworden wären, denen man es bereits hatte ansehen können, so hieß es. Auch sie seien vom Bahnhof zum Bad gegangen. Auch sie seien über die Kleiderhaken, die Nummern, den Ablauf im Bad unterrichtet worden, genauso wie wir. Auch Friseure seien dort gewesen – so wurde behauptet –, und auch die Seife habe man ihnen ausgehändigt. Und dann seien auch sie in den Baderaum geführt worden, wo, so hörte ich, auch solche Rohre und Duschen vorhanden waren: nur, daß man aus ihnen nicht Wasser, sondern Gas auf sie herunterließ. All das habe ich nicht auf einmal, sondern eher nach und nach erfahren, durch immer neue Einzelheiten ergänzt, von denen einige angezweifelt, andere aber bestätigt, ja, sogar noch um weitere ergänzt wurden. In der Zwischenzeit – hörte ich – sei man sehr freundlich zu ihnen, sie würden liebevoll umsorgt, die Kinder sängen und spielten Ball, und der Ort, wo sie vergast wurden, sei sehr hübsch gelegen, zwischen Rasenplätzen, Wäldchen und Blumenbeeten: deshalb hatte ich schließlich den Eindruck, es sei eine Art Schabernack, irgend etwas wie ein Studentenstreich. Dazu trug, wenn ich es recht überlegte, auch bei, wie geschickt sie mich zum Beispiel in andere Kleider gesteckt hatten, einfach so, dank dieses Einfalls mit den Haken und den darauf befindlichen Nummern, oder wie sie zum Beispiel diejenigen, die noch Wertsachen besaßen, mit dem Röntgen erschreckt hatten, was ja am Ende ein leeres Wort geblieben war. Freilich – das sah ich ein – war das Ganze, von der anderen Seite gesehen, natürlich nicht nur Schabernack, denn von dem Ergebnis – um es so zu formulieren – konnte ich mich schließlich mit meinen eigenen Augen überzeugen, und vor allem durch meinen ständig aufgewühlten Magen; aber das war nun einmal mein Eindruck, und im Grunde genommen – so stellte ich es mir wenigstens vor – konnte es auch gar nicht sehr viel anders vor sich gegangen sein. Schließlich setzte man sich wahrscheinlich auch hier gemeinsam an einen Tisch, steckte sozusagen die Köpfe zusammen, auch wenn es nicht gerade Studenten waren, versteht sich, sondern gestandene erwachsene Männer, vielleicht auch, ja höchstwahrscheinlich, wenn ich es recht überlegte, Herren, in würdigem Anzug, Zigarren im Mund, Orden auf der Brust, alles sicher Befehlshaber, die nicht gestört sein wollen – so stellte ich es mir vor. Einer kommt dann auf die Idee mit dem Gas: ein anderer dann gleich auf die Idee mit dem Bad, ein dritter auf die mit der Seife, ein vierter wiederum fügt die Blumen hinzu, und so weiter. Ein paar Ideen hatten sie vielleicht etwas länger diskutiert, länger daran herumgefeilt, andere dagegen gleich freudig aufgenommen, waren von ihren Sitzen hochgeschnellt (ich weiß nicht, warum mir das wichtig war, aber sie schnellten hoch) und hatten sich an den Händen gefaßt – all das ließ sich lebhaft vorstellen, zumindest was mich angeht. Die Ideen der Befehlshaber werden dann mittels vieler emsiger Hände, eifriger Betriebsamkeit verwirklicht, und am Erfolg der Darbietung, das sah ich wohl, konnte nicht der geringste Zweifel bestehen. Also war es ganz gewiß der alten Frau so ergangen, die am Bahnhof ihrem Sohn gehorcht hatte, und auch dem weißbeschuhten kleinen Jungen und seiner blonden Mama, dem stattlichen Weib, dem alten Herrn mit dem schwarzen Hut oder dem Nervenkranken, der vor den Arzt hingetreten war. Auch der «Experte» kam mir in den Sinn: er war ganz bestimmt sehr verblüfft gewesen, der Arme. Und «Rosi» sagte dann mit bedauerndem Kopfschütteln: «Der arme Moskovics», und wir waren alle einer Meinung mit ihm. Und der «Halbseidene» schrie auf: «Jesus Maria!» Wie wir nämlich von ihm erfuhren, war die Vermutung der Jungen richtig gewesen: zwischen ihm und dem erwähnten Mädchen aus der Ziegelei war tatsächlich «alles passiert», und jetzt dachte er an die möglichen Folgen, die mit der Zeit eventuell sichtbar würden. Die Besorgnis, da pflichteten wir ihm bei, bestand zu Recht, aber auf seinem Gesicht war außer der Sorge noch irgend etwas anderes zu sehen, der Ausdruck eines schon schwerer zu bestimmenden Gefühls, und die Jungen blickten in diesem Moment auch eher mit einer Art Achtung auf ihn, was mir leicht fiel zu verstehen, natürlich.

Noch etwas anderes hat mir an diesem Tag einigermaßen zu denken gegeben: die Tatsache nämlich, daß dieser Ort – wie ich erfuhr –, diese Einrichtung, schon seit Jahren hier existierte, vorhanden war, funktionierte, Tag für Tag auf gleiche Weise, und gewissermaßen – ich sah zwar ein, daß dieser Gedanke etwas übertrieben sein mochte, aber doch: schon auf mich gewartet hatte. Auf jeden Fall – so erwähnten es gleich mehrere mit einer eigentümlichen, sozusagen schaudernden Hochachtung – war unser Blockkommandant schon vor vier Jahren hierhergekommen. Mir fiel ein, daß jenes Jahr auch für mich ziemlich bedeutsam gewesen war, denn damals war ich gerade ins Gymnasium eingetreten. Ich erinnerte mich noch sehr gut an die Eröffnungsfeier – ich selbst hatte in einem dunkelblauen, schnurbesetzten Ungarnanzug teilgenommen, der sogenannten Bocskaer-Tracht. Ich habe mir auch die Worte des Direktors gemerkt – eines würdigen Mannes mit gestrenger Brille und einem schönen weißen Schnurrbart, der, wenn ich es nun im nachhinein bedachte, auch ein bißchen etwas von einem Kommandeur hatte. Zum Schluß, so erinnere ich mich, hatte er sich auf einen Weisen der Antike berufen: «Non scolae, sed vitae discimus – Nicht für die Schule, sondern fürs Leben lernen wir», zitierte er. Dann hätte ich jedoch, das war meine Ansicht, die ganze Zeit ausschließlich für Auschwitz lernen müssen. Es wäre alles erklärt worden, offen, ehrlich, vernünftig. Bloß hatte ich während der ganzen vier Jahre in der Schule kein einziges Wort davon gehört. Aber ich sah natürlich ein, daß die Sache peinlich gewesen wäre, ja und dann gehört es auch nicht zur Allgemeinbildung, ich mußte es zugeben. Das hatte dann den Nachteil, daß ich mich erst hier belehren lassen mußte, zum Beispiel darüber, daß wir uns in einem «*Konzentrationslager*» befanden. Aber auch die seien nicht alle gleich, so wurde erklärt. Das hier zum Beispiel sei ein «*Vernichtungslager*», erfuhr ich. Etwas ganz anderes sei dagegen – so wurde gleich hinzugefügt – das «*Arbeitslager*»: dort sei das Leben leicht, die Verhältnisse und die Lebensmittelversorgung, hieß es, unvergleichlich besser, was nur natürlich ist, denn auch das Ziel war ja schließlich ein anderes. Nun, auch wir würden noch an einen solchen Ort verbracht, falls nicht irgend etwas dazwischenkäme, was – wie man um mich herum zugab – in Auschwitz durchaus möglich sei. Auf jeden Fall – erklärte man weiter – sei es keineswegs ratsam, sich krank zu melden. Das Krankenhaus-Lager befinde sich im übrigen dort, am Fuß des einen Schornsteins, von den Eingeweihteren nur noch kurz «der Zweier» genannt. Die Gefahr lauere vor allem im Wasser, in nicht abgekochtem Wasser, wie ich selbst es zum Beispiel auf dem Weg vom Bahnhof zum Bad getrunken hatte – aber das hatte ich ja schließlich nicht wissen können. Nun gut, da war die Tafel gewesen, unbestreitbar, aber immerhin, der Soldat hätte ja auch etwas sagen können, fand ich. Doch halt – fiel mir ein –, ich mußte ja das Ziel in Betracht ziehen: Gott sei Dank konnte ich feststellen, daß ich mich wohl fühlte, und auch von den Jungen hatte ich bis dahin keine Klagen gehört.

Später habe ich an diesem Tag dann noch mehr Wissenswertes erfahren, bin weiterer Dinge zum erstenmal ansichtig geworden, habe weitere Gebräuche kennengelernt. Im allgemeinen, so kann ich sagen, hörte ich am Nachmittag schon mehr Neuigkeiten, es wurde um mich herum schon mehr von unseren Zukunftsaussichten, Möglichkeiten und Hoffnungen gesprochen als von dem Schornstein hier. Zeitweise nahmen wir ihn gar nicht zur Kenntnis, so als wäre er gar nicht da, das hing ganz von der Windrichtung ab, hatten viele herausgefunden. An diesem Tag habe ich auch zum erstenmal die Frauen gesehen. Die Männer, die sich aufgeregt am Drahtzaun zusammengeschart hatten, haben sie mir gezeigt: tatsächlich, da waren sie, auch wenn es mir schwerfiel, sie zu erkennen, nun ja, sie vor allem als Frauen auszumachen, da in der Ferne, jenseits des lehmigen Feldes, das vor uns lag. Ich bin sogar ein bißchen erschrocken vor ihnen, und wie ich merkte, sind nach der ersten Aufregung, der ersten Freude an der Entdeckung auch die Männer um mich herum ziemlich still geworden. Nur eine dumpfe, etwas zittrig klingende Bemerkung in der Nähe ist an mein Ohr gedrungen: «Sie sind kahl.» Und in dieser großen Stille hörte ich nun auf einmal, wie im leichten Wind des Sommerabends eine zwar dünne, zirpende und kaum vernehmbare, eindeutig aber friedliche, fröhliche Melodie in Wellen herüberwehte, was uns – so, zusammen mit diesem Anblick – alle irgendwie ungeheuer überraschte. Des weiteren war es auch das erste Mal, daß ich in einer der hinteren Reihen des Zehnerblocks stand, in dem wir vor unserer Baracke aufgestellt wurden, damals noch ohne zu wissen, worauf wir da warteten – gleicherweise übrigens wie alle anderen Gefangenen vor allen anderen Baracken links, rechts, vorn und hinten, so weit das Auge reichte –, und es war zum erstenmal, daß ich mir, wie befohlen, die Mütze vom Kopf riß, während draußen auf der Hauptstraße, in der lauen Abendluft lautlos dahingleitend, die Gestalten von drei Soldaten auf Fahrrädern auftauchten: ein schöner – wie ich nicht umhinkonnte zu empfinden – und schneidender Anblick. Sieh an, dachte ich, wie lange habe ich eigentlich schon keine Soldaten mehr gesehen. Nur mußte ich staunen, daß es mir schwerfiel, in diesen Menschen, die sich von der anderen Seite der Schranke her so abweisend, so eisig, wie von einer unerreichbaren Höhe herab das anhörten – einer von ihnen machte darüber auch Notizen in ein längliches Buch –, was auf dieser Seite unser Blockkommandant (auch er die Mütze in der Hand haltend) zu ihnen sagte; daß es mir also schwerfiel, in diesen ohne ein Wort, einen Laut oder auch nur ein Kopfnicken auf der leeren Hauptstraße davongleitenden und irgendwie fast schon unheilverkündenden Allmächtigen Mitglieder der gesprächigen, gemütlichen Einheit zu erkennen, die uns heute morgen an der Eisenbahn begrüßt hatte. Zur gleichen Zeit vernahm ich einen leisen Laut, eine Stimme, und ich sah neben mir ein vorgestrecktes Profil, die pralle Wölbung eines Brustkastens: es war der ehemalige Offizier. Er flüsterte so, daß seine Lippen dabei kaum auch nur zitterten: «Abendliche Bestandskontrolle», und dabei nickte er ein klein wenig, mit einem Lächeln, dem wissenden Gesicht eines Menschen, für den alles ganz und gar verständlich, mit vollkommener Klarheit, in gewisser Weise fast schon zu seinem Gefallen abläuft. Und dann sah ich auch zum erstenmal – denn noch die Dunkelheit fand uns in der gleichen Stellung vor – die Farbe der hiesigen Nacht und eine ihrer

Erscheinungen: die bengalischen Feuer, ein wahres Feuerwerk aus Flammen und Funken über dem ganzen linken Rand des Himmels. Um mich herum wurde von vielen geflüstert, gemurmelt und wiederholt: «Die Krematorien!», aber doch schon eher, um es so zu sagen, irgendwie mit dem Staunen, das einer Naturerscheinung gilt. Dann: *«Abtreten»*, und ich hatte auch schon einigermaßen Hunger, doch dann erfuhr ich, daß unser Abendessen eigentlich das Brot gewesen war, und das hatte ich ja schon am Morgen gegessen. Die Baracke hingegen, der *«Block»*, erwies sich als eine innen völlig kahle Räumlichkeit, mit Zementfußboden und ohne jedes Mobiliar, ohne jede Einrichtung, ja ohne Beleuchtung, wo die Nachtruhe wiederum nur so zu bewerkstelligen war wie im Pferdestall der Gendarmerie: ich lehnte den Rücken an die Unterschenkel eines Jungen, der hinter mir saß, während sich der vor mir an meine Beine anlehnte; und da ich von den vielen neuen Erlebnissen, Eindrücken und Erfahrungen müde und schläfrig war, bin ich auch bald eingeschlummert.

Von den folgenden Tagen sind mir – ähnlich wie bei denen in der Ziegelei – schon weniger Einzelheiten in Erinnerung geblieben, sondern mehr ihre Stimmung, ein Gefühl, ein allgemeiner Eindruck sozusagen. Nur fiele es mir schwer, diesen genauer zu umschreiben. Auch in diesen Tagen gab es noch immer Neues zu erfahren, zu sehen, aufzunehmen. Hin und wieder spürte ich auch die Kälte dieses merkwürdigen fremden Gefühls, das mir zum erstenmal beim Anblick der Frauen begegnet war, und ein-, zweimal kam es auch vor, daß ich mich in einem Kreis bestürzter Menschen wiederfand, die sich mit langen Gesichtern anstarrten und einander immer von neuem fragten: «Was sagen Sie dazu? Was sagen Sie dazu?» – und die Antwort darauf war entweder Schweigen oder aber fast immer das gleiche: «Entsetzlich». Doch es ist nicht dieses Wort, nicht genau dieses Erlebnis – jedenfalls nicht für mich, versteht sich –, mit dem ich Auschwitz wirklich kennzeichnen würde. Unter den mehreren hundert Bewohnern unseres Blocks war, wie sich herausstellte, auch der Pechvogel. Er wirkte etwas seltsam in seinem zu weiten Sträflingsanzug, der zu weiten Mütze, die ihm immer wieder in die Stirn rutschte. «Was sagen Sie dazu», fragte auch er, «was sagen Sie dazu?» Aber wir konnten natürlich nicht sehr viel sagen. Ich habe seinen hastigen, wirren Worten dann nicht mehr recht folgen können. Man dürfe nicht nachdenken, behauptete er, oder doch, an eines könne und müsse man unablässig denken, an die nämlich, die er «zu Hause zurückgelassen» habe und um derentwillen er «stark sein» müsse, da sie ihn ja zurückerwarteten: seine Frau und seine beiden kleinen Kinder – das war, soviel ich verstand, ungefähr der Sinn. Und doch, die Hauptsorge war im Grunde genommen auch hier nur, genau wie im Zollhaus, in der Ziegelei, in der Eisenbahn: die Länge der Tage. Sie begannen schon recht früh, nur wenig nach dem mittsommerlichen Sonnenaufgang. Da habe ich erfahren, wie kalt die Morgen in Auschwitz sind: wir Jungen kauerten uns an die Barackenwand auf der Seite des Drahtzauns, schmiegten uns eng aneinander, wärmten einander, im Angesicht der noch schrägstehenden roten Sonne. Ein paar Stunden später hätten wir hingegen eher den Schatten gesucht. Auf jeden Fall verging die Zeit auch hier, auch hier war der «Zierlederer» bei uns, auch hier erklang hin und wieder ein Scherz, und es fanden sich wenn auch keine Hufnägel, so doch Kiesel, die uns der «Halbseidene» einen nach dem anderen wegschnappte, auch hier ließ sich gelegentlich «Rosis» Stimme vernehmen: «Und jetzt auf japanisch!» Außerdem die zwei täglichen Gänge zum Abort, morgens dazu in die Waschbaracke (ein ähnlicher Ort, bloß mit Zinktrögen auf der ganzen Länge statt Podesten und über jeder Trogreihe ein waagrechtes Eisenrohr, durch dessen viele kleine Löcher das Wasser rieselte), dann die Essensausgabe, abends der Appell, ja und dann natürlich auch die Bekanntmachungen – damit hatten wir uns zu begnügen, so war der Tag eingeteilt. Dazu kam, was man so erlebte: etwa die *«Blocksperre»* am zweiten Abend – da sah ich unseren Kommandanten zum erstenmal ungeduldig, ja, um nicht zu sagen: gereizt –, mit den Geräuschen, die in diesem Augenblick aus der Ferne hereindrangen, einem ganzen Wirrwarr von Tönen, in dem, wenn wir die Ohren spitzten, Schreie, Hundegebell und das Knallen von Schüssen auszumachen waren, in dem ziemlich stickigen Dunkel der Baracke; oder dann wieder der Anblick einer Kolonne, wieder jenseits des Drahtzauns, sie kämen von der Arbeit zurück, hieß es, und ich mußte es wohl glauben, denn auch ich sah es so, daß auf den Gestellen, die von den am Schluß Marschierenden getragen wurden, tatsächlich Tote lagen, genau so, wie es um mich herum behauptet wurde. Eine Zeitlang gab das meinem Vorstellungsvermögen immer wieder Arbeit auf, versteht sich. Aber – das darf ich sagen – doch nicht genug, um einen ganzen langen Tag des Nichtstuns auszufüllen. So habe ich dann gemerkt: selbst in Auschwitz kann man sich offenbar langweilen – vorausgesetzt, man gehört zu den Privilegierten. Wir warteten und warteten – und wenn ich es recht bedenke, so warteten wir eigentlich darauf, daß nichts geschähe. Die Langeweile, zusammen mit diesem merkwürdigen Warten: das, ungefähr dieser Eindruck, glaube ich, ja, mag in Wirklichkeit Auschwitz bedeuten – zumindest in meinen Augen.

Noch etwas muß ich gestehen: die Suppe habe ich am zweiten Tag gegessen, am dritten wartete ich sogar schon darauf. Überhaupt war ich von der Verpflegungsordnung in Auschwitz einigermaßen befremdet. Morgens kam schon bald eine bestimmte Flüssigkeit, der Kaffee, wie sie sagten. Das Mittagessen, das heißt die Suppe, brachten sie überraschend früh, schon etwa um neun Uhr. Dann aber geschah in dieser Hinsicht bis zur Abenddämmerung nichts mehr, nichts mehr bis zu Brot und Margarine vor der Zeit des Appells: so hatte ich dann bis zum dritten Tag schon eingehend Bekanntschaft mit dem ärgerlichen Gefühl des Hungers gemacht, und auch die Jungen beklagten sich alle darüber. Nur der Raucher bemerkte, dieses Gefühl bedeute für ihn gar nichts Neues, und er seinerseits vermisse eher die Zigaretten – dabei hatte er, abgesehen von seiner gewohnten, merkwürdig knappen Art, einen irgendwie fast schon befriedigten Ausdruck im Gesicht, der mich gerade da ein bißchen reizte, und das war, glaube ich, auch der Grund, warum die Jungen so rasch abwinkten.

Wie sehr es mich auch überrascht hat, als ich nachrechnete, es war tatsächlich so: in Auschwitz habe ich insgesamt eigentlich nur drei volle Tage verbracht. Am vierten Abend saß ich schon wieder in der Eisenbahn, in einem der nun schon bekannten Güterwaggons. Das Ziel – so erfuhren wir – war «*Buchenwald*», und wenn ich so vielversprechende Namen jetzt auch schon vorsichtiger aufnahm, der unmerkliche Schimmer von Freundlichkeit, ja Wärme, der Abglanz eines irgendwie zärtlichen, irgendwie träumerischen, irgendwie neidartigen Gefühls auf den Gesichtern einiger Gefangener, die uns verabschiedeten, konnten dennoch nicht reine Täuschung sein, wie mir schien. Ich bemerkte auch, daß unter ihnen viele alteingesessene, gut informierte Häftlinge waren, sogar Würdenträger, wie an den Armbinden, den Mützen und Schuhen zu sehen war. Auch an der Eisenbahn erledigten alles sie, Soldaten sah ich nur ein paar, mittleren Ranges, am Rand der Rampe, und an diesem stillen Ort, in den sanften Farben dieses friedlichen Abends erinnerte nichts, es sei denn seine Größe, an den quirlenden, vor Aufregung, Licht, Bewegung, Stimmen und Lebendigkeit bebenden, an jeder Stelle pulsierenden und vibrierenden Bahnhof, an dem ich einst, beziehungsweise genau vor dreieinhalb Tagen, ausgestiegen war.

Von der Reise kann ich nun noch weniger berichten: alles verlief in der gewohnten Weise. Jetzt waren wir nicht zu sechzig, sondern zu achtzig, wobei wir aber kein Gepäck hatten, nun, und dann brauchten wir auch nicht auf Frauen zu achten. Auch hier gab es einen Kübel, auch hier war es heiß, und wir waren durstig, dafür aber auch weniger Versuchungen ausgesetzt, ich meine, was das Essen angeht: die Rationen – ein größeres Stück

Brot als gewöhnlich, ein doppelter Streifen Margarine und dazu noch ein Stück von etwas anderem, das äußerlich einigermaßen der heimatlichen Zervelat glich und «*Wurst*» hieß – wurden am Zug ausgeteilt, und da habe ich sie auch gleich gegessen, einerseits weil ich hungrig war, andererseits weil ich sie im Zug gar nicht recht hätte verstauen können, nun ja, und dann hatten sie uns schließlich auch nicht mitgeteilt, daß die Reise auch diesmal drei Tage dauern würde.

Auch in Buchenwald kamen wir morgens an, bei sonnigem, aber von durchziehenden Wolken und leichten Windstößen aufgefrischtem, klarem Wetter. Der hiesige Bahnhof schien, zumindest nach jenem in Auschwitz, bloß so eine freundliche, ländliche Station zu sein. Der Empfang war dann schon weniger herzlich: hier schoben nicht Häftlinge, sondern Soldaten die Tür auf, und das war sogar – wie mir durch den Kopf ging – die erste wirkliche, ich könnte sagen, unverhüllte Gelegenheit, bei der ich in einen so nahen Kontakt, in so enge Berührung mit ihnen kam. Ich konnte nur noch staunen, mit welcher Geschwindigkeit, welcher korrekten Genauigkeit alles vonstatten ging. Ein paar kurze Befehle: «*Alle raus!*» – «*Los!*» – «*Fünferreihen!*» – «*Bewegt euch!*», hier und da ein Knall, mal dumpf, mal scharf, ein paar ausholende Bewegungen mit dem Stiefel, ein paar Stöße mit dem Gewehrkolben, hin und wieder ein unterdrückter Schmerzensschrei – und schon hatte sich unser Zug formiert, schon marschierte er, als würde er von einer Schnur gezogen, schon gesellte sich, am Ende des Bahnsteigs, mit der immer gleichen halben Drehung von beiden Seiten je ein Soldat dazu, immer – wie ich beobachtete – zu jeder fünften Fünferreihe beziehungsweise immer bei jedem fünfundzwanzigsten Mann im gestreiften Anzug – zwei also, so ungefähr in einem Meter Abstand von der Kolonne, den Blick nicht einen Moment abwendend, jetzt aber schon wortlos, Richtung und Tempo allein durch ihren Schritt bestimmend und so diese ganze, ein wenig der in meiner Kindheit mit Hilfe von Papierschnitzeln und Stäbchen in eine Streichholzschachtel gelenkten Raupe ähnlich, in allen ihren Gliedern sich unablässig bewegende und wellende Marschsäule gleichsam ständig am Leben erhaltend; all das hat mich ein wenig betäubt, irgendwie sogar überwältigt. Ich mußte aber auch ein bißchen lächeln, weil mir die nachlässige, sozusagen verschämte Polizeibegleitung einfiel, damals zu Hause, auf dem Weg zur Gendarmerie. Aber selbst all die von den Gendarmen verübten Übertreibungen, so mußte ich eingestehen, waren nichts als lärmende Wichtigtuerei gewesen, verglichen mit diesem schweigenden, sämtliche Einzelheiten zu vollkommener Übereinstimmung bringenden Sachverstand. Umsonst, daß ich zum Beispiel ihre Gesichter, ihre Mienen ganz genau sehen konnte, die Farbe ihrer Augen oder ihres Haars, den einen oder anderen persönlichen Zug, sogar Fehler, etwa einen Pickel auf der Haut – ich konnte mich an alldem doch nicht festhalten, ich mußte irgendwie fast schon bezweifeln, ob die, die hier neben uns marschierten, wahrhaftig und trotz allem unsereinem ähnlich waren, letzten Endes doch aus demselben menschlichen Stoff, im wesentlichen jedenfalls. Doch dann fiel mir ein, daß vielleicht meine Betrachtungsweise falsch war, denn gewiß war ich ja nicht aus demselben Stoff, natürlich.

Bei alledem beobachtete ich aber, daß wir eine allmählich mehr und mehr von Wiesen bedeckte Anhöhe hinauftrotteten, wieder auf einer ausgezeichneten, aber nicht wie in Auschwitz geraden, sondern kurvenreichen Landstraße. Ich sah in der Gegend viel natürliches Grün, hübsche Gebäude, weiter entfernt zwischen Bäumen versteckte Villen, Gärten, Parks, und die ganze Landschaft, ihre Ausmaße, alle Proportionen schienen mir gemäßigt, ja, ich darf sagen lieblich – zumindest für das an Auschwitz gewöhnte Auge. Am rechten Straßenrand überraschte uns auf einmal ein richtiger kleiner Tiergarten: Rehe, Nager und noch andere Tiere waren seine Bewohner, darunter ein etwas heruntergekommener Braunbär, der auf das Geräusch unserer Schritte hin in seinem Käfig gleich ganz aufgeregt und bettelnd Männchen machte und sogleich auch ein paar spaßige Bewegungen vorführte – wobei seine Anstrengungen aber diesmal unbelohnt blieben, wie sich versteht. Dann sind wir an einem Denkmal vorbeigekommen, das auf einer Lichtung stand, zwischen zwei sich hier verzweigenden Wegstücken. Die Figur ruhte auf einem weißen Sockel und war aus demselben weißen, weichen, körnigen und matten Stein gefertigt, ein etwas rohes, eher mit improvisierter Kunstfertigkeit ausgeführtes Werk. An den in das Gewand eingehauenen Streifen, dem kahlen Schädel, vor allem aber an ihrem Tun war sogleich ersichtlich: die Figur sollte einen Gefangenen darstellen. Der vorgestreckte Kopf, das nach hinten ausschwingende Bein ahmten den Laufschritt nach, während die Hände sich vorn unter einem gewaltigen würfelförmigen Stein anspannten. Im ersten Augenblick betrachtete ich die Figur nur mit Kunstverstand, ja – so, wie wir es in der Schule gelernt hatten – ohne jede Absicht, erst dann kam mir in den Sinn, daß sie ja bestimmt auch etwas zu bedeuten hatte und nicht gerade als ein besonders vielversprechendes Vorzeichen angesehen werden konnte, wenn man es recht bedachte. Doch dann fiel mein Blick auf dichten Gitterdraht, darauf auf ein prächtiges, sich zwischen zwei mächtigen Steinsäulen öffnendes eisernes Tor mit einem verglasten, irgendwie an die Kommandobrücke von Schiffen erinnernden Aufbau darüber, und gleich darauf schritt ich darunter auch schon hindurch: ich war im Konzentrationslager Buchenwald angekommen.

Buchenwald liegt in einer hügeligen Gegend, auf dem Rücken einer Anhöhe. Die Luft ist rein, das Auge wird von einer abwechslungsreichen Landschaft erfreut, dem Wald ringsum und den roten Ziegeldächern der Bauernhäuser im Tal. Das Bad befindet sich hier auf der linken Seite. Die Häftlinge sind größtenteils freundlich, dies aber irgendwie anders als in Auschwitz. Nach der Ankunft erwarten einen auch hier Bad, Friseur, Desinfektionsmittel und Kleiderwechsel. Die Garderobevorschriften sind im übrigen genau die gleichen wie in Auschwitz. Nur daß hier das Wasser wärmer ist, die Friseure ihre Arbeit umsichtiger verrichten und sich der Kleiderverwalter die Mühe nimmt, und sei es auch nur mit einem flüchtigen Blick, von dir Maß zu nehmen. Danach kommst du in einen Flur, vor ein Schiebefenster, und sie möchten von dir wissen, ob du nicht zufällig Goldzähne hast. Dann schreibt ein schon länger hier wohnender Landsmann von dir, der sogar über Haare verfügt, deinen Namen in ein großes Buch, händigt dir ein gelbes Dreieck aus sowie einen breiten Lappen, einen Stoffstreifen, beides aus Leinen. In der Mitte des Dreiecks kannst du, zum Zeichen, daß du ja schließlich Ungar bist, ein großes U, auf dem Stoffstreifen eine gedruckte Nummer lesen, auf meinem zum Beispiel die 64921. Es sei ratsam, erfuhr ich, die klare, deutliche und verständliche Aussprache der Zahl so schnell wie möglich auch auf deutsch zu erlernen, so: «*Vier-und-sechzig, neun, ein-und-zwanzig*», weil von nun an immer das meine Antwort zu sein habe, falls jemand wissen wolle, wer ich sei. Doch diese Nummer wird dir hier nicht in die Haut geschrieben, und stellst du noch zuvor, zur Zeit des Duschens etwa, diesbezüglich besorgte Fragen, so protestiert der alte Häftling mit hocherhobenen Händen und zur Decke verdrehten Augen: «*Aber Mensch, um Gottes willen, wir sind doch hier nicht in Auschwitz!*» Dessenungeachtet müssen sowohl Nummer wie Dreieck bis zum Abend auf der Brust des Anzugs aufgenäht sein, und zwar mit Hilfe der alleinigen Besitzer von Nadel und Faden: der Lagerschneider; solltest du des Schlangestehens bis zum Abend überdrüssig sein, kannst du ihnen mit einem bestimmten Teil deiner Ration Brot beziehungsweise Margarine etwas mehr Lust machen, wenngleich sie es auch so gern tun, denn schließlich ist es ihre Pflicht, wie es heißt. In Buchenwald ist es kühler als in Auschwitz, die Tage sind grau, und es nieselt häufig. Doch in Buchenwald kann es passieren, daß man schon zum Frühstück mit einer Art heißen Einbrennsuppe überrascht wird; wie ich im weiteren erfuhr, beträgt die Brotration normalerweise ein drittel, manchmal sogar ein halbes Brot – und nicht, wie in Auschwitz, normalerweise ein drittel, an bestimmten Tagen ein fünftel – und kann die Mittagssuppe eine Einlage und darin auch rote Fleischfasern, ja, im glücklichen Fall sogar den einen oder anderen Fleischbrocken enthalten; auch bin ich hier mit dem Begriff der *«Zulage»* vertraut geworden, die man in Form von Wurst oder einem Löffel Marmelade zusätzlich zur ständigen Margarine «fassen» kann – wie es der ebenfalls hier anwesende und bei solcher Gelegenheit höchst zufrieden wirkende Berufsoffizier ausdrückte. In Buchenwald wohnten wir in Zelten, dem sogenannten *«Zeltlager»* oder *«Kleinlager»*, und schliefen auf Stroh, zwar nicht voneinander abgesondert, sondern recht eng, aber immerhin waagerecht; der Drahtzaun war im hinteren Teil noch nicht geladen, allerdings würden auf den, der etwa nachts aus dem Zelt heraustritt, Schäferhunde gehetzt werden – so wurde gewarnt, und am Ernst der Warnung solltest du, auch wenn sie dich beim ersten Anhören überraschen mochte, nicht zweifeln. Am anderen Drahtzaun hingegen, wo das große, nach allen Seiten hin – links, rechts, den Hügel hinauf – wuchernde eigentliche Lager mit seinen gepflasterten Straßen, den schmucken grünen Baracken und flachen Steinhäuschen begann, eröffnete sich jeden Abend die Aussicht auf einen guten Gelegenheitskauf: Löffel, Messer, Näpfe, Kleidungsstücke, feilgeboten von ortsansässigen Häftlingen, die um diese Zeit hier Handel trieben; einer von ihnen bot mir einen Pullover an, für den Preis von nur einem halben Brot, wie er andeutete, vormachte, erklärte – aber ich habe ihn ihm nicht abgekauft, da ich ja im Sommer keinen Pullover brauchte und der Winter schließlich, so befand ich, noch weit entfernt war. Da habe ich auch gesehen, wie viele verschiedenfarbige Dreiecke und wieviel verschiedenerlei Buchstaben darin es gab, so daß ich mich zu guter Letzt kaum mehr auskannte, wer eigentlich woher kam. Aber auch in meiner Umgebung ließ sich manches ländlich gefärbte Wort aus der ungarischen Rede heraushören, ja, des öfteren vernahm ich auch die seltsame Sprache, die ich zuerst in Auschwitz, noch in der Eisenbahn, von den merkwürdigen Häftlingen gehört hatte, die uns in Empfang genommen hatten. In Buchenwald gibt es für die Bewohner des Zeltlagers keinen Appell, und die Waschanlage steht unter freiem Himmel, genauer, unter schattigen Bäumen: im wesentlichen die gleiche Konstruktion wie in Auschwitz, aber mit Becken aus Stein, und – vor allem – den ganzen Tag fließt, spritzt oder rieselt zumindest Wasser aus den Rohren, und zum erstenmal seit ich in die Ziegelei gekommen war, wurde ich hier des Wunders teilhaftig, daß ich trinken konnte, wenn ich Durst hatte, ja sogar dann, wenn ich einfach nur Lust dazu bekam. Auch in Buchenwald gibt es ein Krematorium, versteht sich, aber insgesamt nur eines, denn das ist hier nicht der Zweck, nicht das Wesen der Sache, nicht Seele und Sinn des Ganzen – wenn ich so sagen darf –, sondern es werden nur solche verbrannt, die im Lager verscheiden, unter den gewöhnlichen Umständen des Lagerlebens sozusagen. In Buchenwald – die Nachricht ging wahrscheinlich von den alten Häftlingen aus und drang auch bis zu mir – sei es vor allem ratsam, sich vor dem Steinbruch in acht zu nehmen, obwohl dieser – so wurde hinzugefügt – kaum noch in Betrieb sei, nicht so wie früher, zu ihrer Zeit, wie sie sagten. Das Lager besteht, wie ich erfahre, schon seit sieben Jahren, es gibt hier aber auch Leute, die aus noch älteren Lagern kommen, so zum Beispiel habe ich hier die Namen von einem gewissen «*Dachau*» sowie «*Oranienburg*» und «*Sachsenhausen*» erfahren können: da verstand ich auch das nachsichtige Lächeln, das bei unserem Anblick auf dem Gesicht manch eines von jenseits des Drahtzauns stammenden Würdenträgers erschien, der eine Zehn- oder Zwanzigtausender-Nummer trug, wenngleich es da und dort auch vier- oder dreistellige Zahlen gab. In der Nähe unseres Lagers liegt – wie ich erfahre – eine bildungsmäßig gesehen namhafte Stadt, Weimar, deren Ruhm zu Hause auch schon Lernstoff gewesen war, versteht sich: hier hatte unter anderen jener Mann gelebt und gewirkt, dessen Gedicht «*Wer reitet so spät durch Nacht und Wind*» auch ich ohne Buch auswendig kann und von dem sich hier irgendwo – wie es heißt – ein eigenhändig gepflanzter und seither tiefverwurzelter und weitverzweigter Baum, mit einer Gedenktafel versehen und vor uns Häftlingen durch einen Zaun geschützt, auf dem Lagergelände befindet – so heißt es. Alles in allem fiel es mir überhaupt nicht schwer, jene Gesichter in Auschwitz zu verstehen: ich kann sagen, auch ich habe Buchenwald bald liebgewonnen.

Zeitz, genauer: das nach dieser Ortschaft benannte Konzentrationslager, liegt eine Nachtfahrt mit dem Güterzug von Buchenwald entfernt, dann noch weitere zwanzig, fünfundzwanzig Minuten zu Fuß, im Geleit von Soldaten, auf einer von wohlbestellten Äckern und ländlicher Umgebung gesäumten Landstraße – wie ich selbst bald erfahren konnte. Wenigstens würde das nun unser endgültiger Wohnsitz sein – so wurde versichert –, zumindest für die, deren Namen im Alphabet vor dem M kommen; das Ziel der anderen hingegen sei das – aufgrund des geschichtlichen Rufs der Stadt auch für mich schon vertrauter klingende – Arbeitslager Magdeburg, so wurde uns von den verschiedenen Würdenträgern, die alle lange Listen in der Hand hielten, mitgeteilt, und zwar noch in Buchenwald, auch hier am Abend des vierten Tages, auf einem riesengroßen, mit Bogenlampen beleuchteten Platz, und mich schmerzte nur, daß ich mich auf diese Art von vielen Jungen, vor allem von «Rosi», endgültig trennen mußte, und zu guter Letzt trennte mich die Laune der Namen, denen entsprechend wir in den Zug gesetzt wurden, leider auch noch von all den anderen.

Ich muß sagen, es gibt nichts, was mühseliger und aufreibender ist als die quälenden Strapazen, die man offensichtlich jedesmal auf sich nehmen muß, wenn man wieder in ein neues Konzentrationslager kommt – jedenfalls war das nach Auschwitz und Buchenwald auch in Zeitz meine Erfahrung. Im übrigen habe ich gleich gesehen, daß ich diesmal nur in so ein kleines, armseliges, abgelegenes, sozusagen in ein Provinz-Konzentrationslager gekommen war. Ein Bad oder gar ein Krematorium – offenbar nur Bestandteile von wichtigeren Konzentrationslagern – hätte ich hier vergeblich gesucht. Auch die Gegend war wieder eine eintönige Ebene, nur vom Ende des Lagers sah man in der Ferne irgendeinen bläulichen Gebirgszug: «*den Thüringer Wald*» – wie ich jemanden sagen hörte. Der Stacheldraht, mit vier Wachttürmen an den Ecken, zog sich direkt an der Landstraße hin. Das Lager selbst hatte im übrigen die Form eines Quadrats – eigentlich war es nicht mehr als ein großer, staubiger Platz, zum Tor und der Straßenseite hin frei, auf den anderen drei Seiten umgeben von riesigen Zelten in der Größe von Flugzeughallen oder wie beim Zirkus; das lange Abzählen und Einordnen, das Gehetze und Geschiebe diente, wie sich herausstellte, nur dazu, die künftigen Bewohner eines jeden Zelts, des «Blocks», wie sie sagten, festzulegen und davor antreten zu lassen, in Zehnerreihen. Zu einem der Zelte hat es dann auch mich mitgewirbelt, um ganz genau zu sein: zu dem rechts außen in der hinteren Reihe, wenn man Richtung Tor blickt und die Zelte im Rücken hat, so wie ich auch jetzt stand – und zwar schon recht lange, bis zur Erstarrung, unter der immer unangenehmer drückenden Sonne. Vergeblich hielt ich nach den Jungen Ausschau: um mich herum lauter Unbekannte. Zu meiner Linken hatte ich einen großen, mageren, etwas seltsamen Nachbarn, der fortwährend irgend etwas murmelte und dabei den Oberkörper wiegte, rechts von mir vertrieb sich dagegen einer, der eher klein und breitschultrig war, die Zeit damit, in regelmäßigen Abständen mit kleinen Portionen Spucke spitz und genau vor sich in den Sand zu zielen. Auch er sah mich an, flüchtig zunächst, dann noch einmal, schon forschender, mit schrägen, lebhaft leuchtenden Knopfaugen. Unter ihnen erblickte ich eine lustig wirkende winzige, fast knochenlose Nase, und die Häftlingsmütze saß ihm fröhlich schief auf dem Kopf. Na – erkundigte er sich beim dritten

Mal, und mir fiel auf, daß ihm sämtliche Vorderzähne fehlten –, woher ich denn käme. Als ich sagte, aus Budapest, wurde er gleich ganz munter: ob es den Großen Ring noch gebe und die Straßenbahnlinie sechs, so, wie er es «zuletzt verlassen» habe. Ich habe gesagt, ja klar, alles vorhanden; er schien zufrieden. Er wollte auch wissen, wie ich «hierhergeraten» sei, und ich habe gesagt: «Ganz einfach. Sie haben mich aus dem Autobus geholt.» «Und?» wollte er noch wissen, und ich habe gesagt: nichts weiter, man hat mich dann hierhertransportiert. Es schien, als staune er irgendwie ein bißchen, so als sei er sich über das Leben zu Hause vielleicht nicht ganz im klaren, und ich wollte ihn schon fragen ... aber das konnte ich nicht mehr, weil ich in dem Augenblick von der anderen Seite die Ohrfeige erhielt.

Eigentlich saß ich bereits am Boden, ehe ich das Klatschen vernahm, und meine linke Wange begann auch dann erst zu brennen. Ein Mann stand vor mir, von Kopf bis Fuß in schwarzer Reitkleidung, mit einer schwarzen Künstlermütze, mit Haar, ja sogar mit einem dünnen schwarzen Schnurrbärtchen im bräunlichen Gesicht, umgeben von einem für mich überraschenden Geruch – wirklich: von einer süßlichen Wolke echten Parfüms. Seinem wirren Gebrüll konnte ich nur die mehrfache Wiederholung des Wortes «*Ruhe*» entnehmen. Ohne jeglichen Zweifel handelte es sich um eine sehr hochrangige Respektsperson, wie die vornehm niedrige Nummer sowie das grüne, mit dem Buchstaben «Z» versehene Dreieck auf seiner Brust, die andererseits ein Metallkettchen mit einer silbernen Trillerpfeife schmückte, ja und dann das weithin sichtbare weiße «LÄ» auf seinem Arm je einzeln betonten. Aber ich war trotzdem ziemlich wütend, denn schließlich war ich es nicht gewohnt, geschlagen zu werden, von wem auch immer, und ich bemühte mich, wenn auch nur im Sitzen und nur durch meine Miene, dieser Wut möglichst deutlich Ausdruck zu geben. Er hat es wohl auch gemerkt, glaube ich, denn mir fiel auf, daß seine großen, dunklen, gleichsam in Öl schwimmenden Augen allmählich einen immer sanfteren, schließlich – obwohl er noch immer brüllte – beinahe schon schuldbewußten Ausdruck annahmen, während er den Blick aufmerksam über mich gleiten ließ, von den Füßen bis zum Gesicht: ein irgendwie unangenehmes, peinliches Gefühl. Dann stürzte er davon, zwischen den Leuten, die ihm Platz machten, hindurch, mit der gleichen stürmischen Geschwindigkeit, mit der er gerade aufgetaucht war.

Als ich mich wieder hochgerappelt hatte, fragte mich mein Nachbar zur Rechten gleich, ob es weh getan habe. Ich erwiderte absichtlich ganz laut: überhaupt nicht. «Dann», meinte er, «wäre es ganz gut, du würdest dir die Nase abwischen.» Ich faßte hin: tatsächlich, meine Finger waren rot. Er zeigte mir, wie ich den Kopf in den Nacken legen sollte, um das Blut zu stillen, über den Schwarzgekleideten aber bemerkte er: «Ein Zigeuner»; und, nach kurzem Nachdenken, hat er noch festgestellt: «Ein warmer Bruder, soviel ist sicher.» Ich verstand nicht ganz, was er wohl sagen wollte, und habe ihn dann auch gefragt, was der Ausdruck bedeute. Darauf hat er ein bißchen gelacht und gesagt: «Na, eben ein Schwuler!» Da war ich mir über den Begriff schon eher im klaren, so ungefähr, glaube ich. «Übrigens», bemerkte er noch und streckte mir sogar die Hand von der Seite hin, «ich heiße Bandi Citrom», worauf auch ich ihm meinen Namen gesagt habe. Er seinerseits ist – wie ich dann von ihm erfahren habe – vom Arbeitsdienst hierhergekommen. Er war gleich einberufen worden, als sie mit dem Krieg anfingen, da er einundzwanzig war, von Alter, Blut und Gesundheit her also damals für den Arbeitsdienst tauglich, und seit vier Jahren nicht mehr daheim gewesen. Er war auch in der Ukraine gewesen, als Minensucher. Ja, und was war mit seinen Zähnen, wollte ich wissen. «Ausgeschlagen», sagte er. Ich war ziemlich erstaunt: «Wieso denn das...?», aber er nannte es nur «eine lange Geschichte» und sagte sonst nicht viel über die Angelegenheit. Auf jeden Fall sei er «mit dem Zugführer aneinandergeraten», und auch das Nasenbein habe er sich bei dieser Gelegenheit gebrochen – soviel konnte ich von ihm erfahren. Auch über das Mineneinsammeln hat er sich nur kurz geäußert: einen Spaten, ein Stück Draht, na und etwas Glück braucht man dazu, nach seinen Worten. Deshalb seien zuletzt auch nur noch ziemlich wenige in der «Strafkompanie» übriggeblieben, und anstelle der ungarischen Mannschaft seien dann Deutsche gekommen. Sie selbst seien erfreut gewesen, denn man hatte ihnen sogleich leichtere Arbeit und eine bessere Behandlung in Aussicht gestellt. Natürlich sind sie dann auch in Auschwitz aus dem Zug gestiegen.

Ich wollte ihn gerade noch weiter ausfragen, doch da sind die drei Leute zurückgekommen. Ich hatte von dem, was sich etwa zehn Minuten zuvor da vorn ereignet hatte, vor allem einen Namen mitbekommen, genauer das einhellige Schmettern mehrerer Stimmen, die alle den gleichen Namen riefen: «Doktor Kovács!», worauf bescheiden, sich zierend, gleichsam nur diesem drängenden Ruf nachgebend, ein dicklicher, weichgesichtiger, auf dem Scheitel von Natur aus und darum herum von der Haarschneidemaschine kahler Mann vortrat und dann seinerseits auf zwei andere zeigte. Darauf waren sie gleich mit dem Schwarzgekleideten weggegangen, und erst hinterher ist die Nachricht auch bis zu mir, in die hinteren Ränge, gedrungen, daß wir eigentlich einen Kommandeur, den *«Blockältesten»*, wie sie es nannten, und dazu *«Stubendienste»* gewählt hatten – Begriffe, die ich für Bandi Citrom, der kein Deutsch kann, so schlecht und recht übersetzte. Jetzt wollten sie uns einige Kommandos und die dazugehörigen Bewegungen beibringen, die uns – so waren die drei gewarnt worden und so leiteten sie es an uns weiter – nicht ein zweites Mal beigebracht würden. Einige davon, so etwa die Rufe *«Achtung!»*, *«Mützen... ab!»* und *«Mützen... auf!»*, kannte ich schon aus meiner bisherigen Erfahrung, neu war hingegen das *«Korrigiert!»* – nämlich die Mützen, versteht sich – und ebenso das *«Aus!»*, worauf die Hände – so hieß es – «stramm an die Hosennaht zu legen sind». Das haben wir dann mehrere Male geübt. Der Blockälteste hat dabei – so erfuhren wir – noch eine eigene Aufgabe: das Erstatten der Meldung, was er dann auch dort vor uns mehrmals probte, und zwar indem einer vom Stubendienst – ein untersetzter Mann mit rötlichem Haar und leicht violetten, länglichen Wangen – den Soldaten darstellte. *«Block fünf»*, hörte ich ihn sagen, *«zum Appell angetreten. Soll zweihundertfünfzig... Ist...»*, und so weiter, und dem entnahm ich, daß auch ich also Bewohner von Block fünf war, der einen Bestand von zweihundertfünfzig Mann aufwies. Nach einigen Wiederholungen war alles klar, verständlich und ohne weiteres auszuführen, wie jeder fand. Darauf folgten wieder Minuten ohne Beschäftigung, und da ich inzwischen auf eine Aufwerfung rechts von unserem Zelt mit einer langen Stange darüber und offenbar einer tiefen Grube dahinter aufmerksam geworden war, fragte ich Bandi Citrom, welchem Zweck das diene. «Die Latrine», erklärte er sofort, nach einem einzigen Blick. Er schüttelte dann ein bißchen den Kopf, als sich herausstellte, daß ich auch diesen Ausdruck nicht kannte. «Man merkt, du hast bis jetzt am Rockzipfel deiner Mutter gehangen», war seine Meinung. Dann hat er es mit einem einfachen kurzen Satz doch noch erklärt. Und er fügte noch etwas hinzu, nämlich, um seine Worte lükkenlos wiederzugeben: «Na, ehe wir die vollgeschissen haben, sind wir wieder frei!» Ich lachte, er aber blieb ernst, so als sei er wirklich davon überzeugt, um nicht zu sagen: dazu entschlossen. Doch weiter konnte er diesen Gedanken nicht ausführen, denn vom Tor her näherten sich auf einmal die strengen, eleganten Gestalten von drei Soldaten, die sich ohne alle Eile, aber offensichtlich mit großer Gelassenheit, großer Sicherheit bewegten, woraufhin der Blockälteste, in der Stimme einen irgendwie neuen, eifrigen und gellenden Ton, den ich während der Probe kein einziges Mal bemerkt hatte, losschrie: «*Achtung! Mützen... ab!*», um sich dann die Mütze vom Kopf zu reißen wie alle anderen und wie auch ich, versteht sich.

6

Erst in Zeitz bin ich dahintergekommen, daß auch die Gefangenschaft ihren Alltag hat, ja, daß echte Gefangenschaft im Grunde aus grauem Alltag besteht. Mir schien, daß ich schon einmal in einer etwa ähnlichen Lage gewesen war, und zwar in der Eisenbahn, unterwegs nach Auschwitz. Auch dort hatte alles von der Zeit abgehangen, nun ja, und dann auch von den Fähigkeiten jedes einzelnen. Nur daß ich – um bei meinem Beispiel zu bleiben – in Zeitz allmählich das Gefühl hatte: der Zug steht still. Andererseits – und auch das stimmte – raste er so schnell, daß ich den vielen Veränderungen vor mir, um mich herum, aber auch in mir selbst kaum folgen konnte. Eines kann ich zumindest sagen: ich meinerseits habe den ganzen Weg zurückgelegt, habe sämtliche Möglichkeiten, die sich auf diesem Weg ergeben, redlich ausprobiert.

Auf jeden Fall nimmt man etwas Neues überall, selbst in einem Konzentrationslager, zunächst mit gutem Willen in Angriff – ich wenigstens habe es so erlebt: fürs erste genügte es, ein guter Häftling zu werden, das weitere mochte dann die Zukunft bringen – das war im großen und ganzen meine Auffassung, darauf gründete ich meine Lebensführung, ganz genauso übrigens, wie ich das im allgemeinen auch bei den anderen sah. Ich habe natürlich bald gemerkt, daß die vorteilhafte Meinung, die noch in Auschwitz über die Einrichtung von Arbeitslagern geäußert worden war, auf einigermaßen übertriebenen Informationen beruhen mußte. Über das ganze Ausmaß dieser Übertreibung, nun ja, und dann besonders über alle die daraus entstehenden Folgen habe ich mir allerdings nicht sofort in vollem Umfang Rechenschaft gegeben – und konnte es ja schließlich gar nicht –, und auch das war wieder so, wie ich es bei anderen, ich darf sagen: bei allen anderen wahrnahm, bei allen rund zweitausend Gefangenen unseres Lagers – ausgenommen natürlich die Selbstmörder. Aber ihr Fall war selten und keineswegs die Regel, keineswegs beispielhaft, so wußten hier alle. Auch mir kam hin und wieder so ein Vorfall zu Ohren, ich hörte, wie er diskutiert, erörtert wurde, von den einen mit offener Mißbilligung, von den anderen mit mehr Verständnis, von den Bekannten mit Bedauern – insgesamt aber immer so, als versuche man sich über eine sehr seltene, sehr fernliegende, einigermaßen schwer erklärbare, vielleicht etwas leichtfertige, vielleicht auch achtunggebietende, auf jeden Fall aber voreilige Handlung ein Urteil zu bilden.

Die Hauptsache ist, sich nicht gehenzulassen: irgendwie wird es schon werden, denn es ist noch nie vorgekommen, daß es nicht irgendwie doch geworden wäre – wie mir Bandi Citrom beibrachte, der diese Weisheit seinerseits im Arbeitsdienst gelernt hatte. Das allerwichtigste ist unter allen Umständen, sich zu waschen (parallel aufgereihte Tröge mit durchlöcherten Eisenrohren unter freiem Himmel, vorn, auf der zur Straße gehenden Seite des Lagers). Ebenso wichtig ist es, die Ration – daraufhin, ob es noch eine gibt oder nicht – sparsam einzuteilen. Vom Brot – so schwer uns diese strenge Selbstmaßregelung auch fallen mag – muß noch etwas zum Frühstückskaffee des nächsten Tages übrigbleiben, ja, ein Stück sogar – dank unbestechlicher Kontrolle unserer immer wieder Richtung Jackentasche wandernden Gedanken und vor allem unserer Hände – noch bis zur Mittagspause: so und nur so können wir zum Beispiel die quälende Vorstellung vermeiden, wir hätten nichts zu essen. Daß der zu unserer Garderobe gehörende Fußlappen kein Taschentuch ist, wie ich bis dahin irrtümlich angenommen hatte; daß beim Appell oder in der Kolonne immer nur die Mitte sicher ist; daß wir bei der Suppenausgabe nicht nach vorn, sondern nach hinten streben müssen, weil da schon vom Grund des Kessels und infolgedessen aus der Einlage geschöpft wird; daß wir den Stiel unseres Löffels auf einer Seite zu einem auch als Messer verwendbaren Werkzeug zurechthämmern können: das alles und noch viel mehr, lauter nützliche Dinge auf dem Gebiet des Gefangenendaseins, lernte ich von Bandi Citrom, sah es ihm ab und versuchte, es soweit wie möglich in ähnlicher Weise anzuwenden.

Ich hätte es nämlich nie geglaubt, und doch ist es eine Tatsache: nirgends ist eine gewisse Ordnung in der Lebensführung, eine gewisse Mustergültigkeit, ja Tugend offensichtlich so wichtig wie in der Gefangenschaft. Es genügt, sich ein bißchen in der Gegend von Block eins umzuschauen, wo die Alteingesessenen wohnen. An ihrer Brust verrät das gelbe Dreieck alles Wesentliche, ein «L» darin nebenbei auch noch den Umstand, daß sie aus dem fernen Lettland kommen, um genau zu sein, aus Riga – wie ich erfuhr. Unter ihnen sind jene merkwürdigen Wesen zu sehen, die mich zuerst sogar etwas erschreckt hatten. Aus einer gewissen Entfernung wirken sie alle wie uralte Greise, und mit ihren eingezogenen Köpfen, den hervorstehenden Nasen, den von den hochgezogenen

Schultern herunterbaumelnden schmutzigen Sträflingsanzügen erinnern sie auch an den heißesten Sommertagen an ewig fröstelnde Krähen im Winter. Mit jedem einzelnen ihrer steifen, hin und wieder stockenden Schritte scheinen sie zu fragen: ist diese Anstrengung überhaupt noch der Mühe wert? Diese lebenden Fragezeichen – denn nach ihrer äußeren Erscheinung, ja und in gewisser Weise auch ihrem Umfang nach könnte ich sie nicht anders bezeichnen – sind im Konzentrationslager unter dem Namen «*Muselmänner*» bekannt, wie ich erfuhr. Bandi Citrom hat mich gleich vor ihnen gewarnt: «Wenn man sie nur anschaut, vergeht einem die Lust am Leben», meinte er, und das hatte etwas für sich, auch wenn ich mit der Zeit zu der Einsicht kam: dazu braucht es dann doch noch etwas mehr.

Nun, und dann gibt es vor allem das Mittel des Eigensinns: zwar in verschiedenen Abarten, aber ich kann doch sagen, auch daran mangelte es in Zeitz nicht, und manchmal konnte er von sehr großem Nutzen sein, merkte ich. Zum Beispiel erfuhr ich über jene seltsame Gesellschaft, Körperschaft, Sippschaft oder wie ich sie nennen soll, von der mir ein Exemplar – links in der Reihe – schon bei der Ankunft irgendwie aufgefallen war, dank Bandi Citrom noch weitere Einzelheiten. So hörte ich, daß man sie «Finnen» nennt. Wenn man sie nämlich fragt, woher sie kommen, antworten sie – falls sie einen dessen überhaupt für würdig erachten – zum Beispiel «fin Minkács», womit sie aus Munkács meinen, oder «fin Sadarada», und das heißt – man muß es erraten – aus Sátoraljaújhely. Bandi Citrom kennt ihre Brüderschaft schon vom Arbeitsdienst her und hat keine sonderlich hohe Meinung von ihnen. Überall, bei der Arbeit, beim Marschieren oder im Glied beim Appell kann man sehen, wie sie, sich im Takt hin- und herwiegend, unablässig ihre Gebete murmeln wie eine nie abzuzahlende Schuld. Wenn sie zwischendurch ihren Mund verziehen, um etwas herüberzuflüstern, zum Beispiel: «Messer zu verkaufen», dann achten wir nicht auf sie. Und noch weniger, so verlockend es auch sein mag, besonders am Morgen, wenn es heißt: «Suppe zu verkaufen», denn, seltsam genug, sie leben nicht von der Suppe, nein, nicht einmal von der gelegentlichen Wurst – von nichts, das den Vorschriften ihrer Religion nicht entspricht. Aber wovon dann, möchte man fragen, und Bandi Citrom würde darauf antworten: um die brauchst du dir keine Sorgen zu machen. Und tatsächlich, wie man sieht, leben sie. Unter sich, mit den Letten, benutzen sie die Sprache der Juden, aber sie können auch Deutsch und Slowakisch und wer weiß was alles noch: nur Ungarisch können sie nicht – außer, es geht ums Geschäft, versteht sich. Einmal – es ließ sich in keiner Weise vermeiden – wollte es das Schicksal, daß ich mich in ihrem Kommando wiederfand. «Reds di jiddisch?» war ihre erste Frage. Als ich sagte: tut mir leid, nix zu machen, waren sie mit mir fertig, ich hatte verspielt, sie behandelten mich, als ob ich Luft wäre, oder noch eher nichts. Ich versuchte, etwas zu sagen, mich bemerkbar zu machen – umsonst. «Di bist nischt ka jid, d'bist a schegetz», sagten sie, den Kopf schüttelnd, und ich konnte mich nur noch wundern, wie sie – angeblich doch im Geschäftlichen bewanderte Leute – derart unsinnig auf etwas bestanden, das ihnen ja sehr viel mehr zum Schaden gereichte und bei dem sie doch sehr viel mehr draufzahlten, als sie herausholten, alles in allem. Da, an diesem Tag, machte ich die Erfahrung wieder, daß ich bei ihnen zuweilen von dem gleichen Unbehagen, dem gleichen Juckreiz, der gleichen Unbeholfenheit befallen wurde, die ich noch von zu Hause kannte: als wäre etwas nicht ganz in Ordnung mit mir, als befände ich mich nicht mit den allgemeinen Vorstellungen im Einklang, kurzum: irgendwie so, als wäre ich ein Jude, und das war schließlich doch ein wenig merkwürdig, in dieser Situation, unter Juden, in einem Konzentrationslager, wie ich fand.

Bei anderer Gelegenheit wiederum mußte ich mich ein bißchen über Bandi Citrom wundern. Ob bei der Arbeit, ob bei der Ruhepause, immer wieder hörte ich, und lernte es auch bald von ihm, sein Lieblingslied, das er aus seiner Zeit beim Arbeitsdienst in der Strafkompanie mitgebracht hatte. «In der Ukra-ine suchen wir Mi-nen / doch Furcht kennen wir ni-i-icht» – so begann es, und vor allem seine letzte Strophe ist mir ans Herz gewachsen: «Und fällt ein Kamerad, ein guter Gefährte / so sagt denen daheim / was immer geschieht / dir, teure Heimaterde / werden wir niemals treulos sein.» Das war schön, ganz unbestreitbar, und die etwas traurige, eher schleppende und keineswegs zackige Melodie und die Worte dieses Liedes verfehlten natürlich auch bei mir ihre Wirkung nicht – nur erinnerten sie mich eben auch an den Gendarmen, damals in der Eisenbahn, der uns auf unser Ungartum hingewiesen hatte: schließlich waren auch sie von der Heimat bestraft worden, strenggenommen. Das habe ich dann Bandi Citrom gegenüber auch einmal erwähnt. Er fand zwar kein

Gegenargument, aber er schien ein bißchen verlegen, um nicht zu sagen verärgert. Am nächsten Tag fing er es dann bei der ersten besten Gelegenheit, ganz selbstvergessen, wieder zu pfeifen, zu summen, zu singen an, als ob er von nichts mehr wüßte. Ein anderer Gedanke, den er nicht selten wiederholte, war, er werde schon «das Pflaster der Nefelejts-Straße noch unter den Füßen spüren» – da wohnte er nämlich, und diese Straße, aber auch die Hausnummer, hat er so häufig und in so vielen Abwandlungen erwähnt, daß ich ihre ganze Anziehungskraft schließlich schon selbst zu fühlen begann, mich beinahe schon selbst dahin zurücksehnte, obgleich ich sie eigentlich als eine eher abgelegene Seitenstraße in Erinnerung hatte, irgendwo in der Gegend des Ostbahnhofs. Er sprach noch oft von dieser Gegend, beschwor bestimmte Ecken für mich herauf, bestimmte, allgemein bekannte Ankündigungen und Reklamezeilen, die an den Häuserfronten und in den verschiedenen Schaufenstern leuchten, mit seinen Worten: «die Lichter von Budapest», wobei ich ihn dann aber doch berichtigen und erklären mußte, daß es diese Lichter nicht mehr gab, wegen der Verdunkelungsvorschrift, und daß die Bomben in der Tat das Stadtbild da und dort schon einigermaßen verändert hatten. Er hörte mir zu, aber wie mir schien, waren diese Informationen nicht so recht nach seinem Geschmack. Am nächsten Tag fing er dann, sobald sich eine Gelegenheit bot, aufs neue von den Lichtern an.

Aber wer kennt schon alle Abarten des Eigensinns, und ich hätte in Zeitz bestimmt – wäre es möglich gewesen – noch zahlreiche andere herausfinden können. Ich hörte viel von der Vergangenheit, viel von der Zukunft, und vor allem hörte ich sehr viel, und ich kann sagen: nirgends kann man anscheinend davon so viel hören wie gerade unter Gefangenen, von der Freiheit, und das ist schließlich, so glaube ich, auch ganz verständlich. Andere wiederum schöpften eine eigentümliche Freude aus einem Spruch, einem Scherz, einer Art Witz. Ich hatte ihn natürlich auch schon gehört. Es gibt eine bestimmte Zeit des Tages, zwischen der Rückkehr aus der Fabrik und dem Abendappell, eine besondere, stets lebendige und zwanglose Stunde, die ich im Lager immer am meisten erwartete und liebte – im übrigen ist das im allgemeinen auch die Essenszeit. Ich bahnte mir gerade zwischen emsig Geschäfte machenden und tratschenden Gruppen einen Weg über den Hof, als jemand mit mir zusammenstieß, und unter der zu weiten Sträflingsmütze, über jener charakteristischen Nase, aus jenem charakteristischen Gesicht sah mich ein Paar winziger, bekümmerter Augen an; «da schau her», sagten wir beide mehr oder weniger gleichzeitig, nachdem er mich und ich ihn erkannt hatte: es war der Pechvogel. Er schien gleich sehr erfreut und erkundigte sich, wo ich untergebracht sei. Ich sagte, in Block fünf. «Schade», sagte er bedauernd, er wohne woanders. Er klagte, daß er nie Bekannte sehe, und als ich ihm sagte, ich eigentlich auch nicht, wurde er plötzlich, ich weiß nicht warum, irgendwie traurig. «Wir verlieren uns aus den Augen, wir verlieren uns alle noch», so bemerkte er, und in seinen Worten, seiner Art, den Kopf zu schütteln, war noch irgendein anderer, für mich ziemlich undurchsichtiger Sinn. Dann aber leuchtete sein Gesicht plötzlich auf, und er fragte: «Wissen Sie, was das hier» – er zeigte auf seine Brust – «bedeutet, dieses U?» Ich sagte, ja natürlich: *Ungar*. «Nein», erwiderte er, «*Unschuldig*», dann hat er auf eine bestimmte Art kurz gelacht und danach noch lange mit sinnender Miene genickt, so als sei dieser Gedanke für ihn besonders wohltuend, ich weiß auch nicht, warum. Und genau das gleiche sah ich dann bei den anderen im Lager, von denen ich, und das anfänglich ziemlich oft, diesen Witz auch noch hörte: als schöpften sie daraus irgendein wärmendes, kraftspendendes Gefühl – darauf zumindest verwies das immer gleiche Lachen, die immer gleiche Gelöstheit in den Gesichtern, dieser schmerzlich lächelnde und doch auch irgendwie entzückte Ausdruck, mit dem sie den Witz jedesmal erzählten oder anhörten, irgendwie so, wie wenn man eine sehr zu Herzen gehende Musik oder eine besonders bewegende Geschichte vernimmt.

Doch auch bei ihnen sah ich nichts anderes als das immer gleiche Bemühen, den gleichen guten Willen: auch ihnen ging es darum, gute Häftlinge zu sein. Es bestand kein Zweifel, das war unser Interesse, das verlangten die Umstände, dazu zwang uns hier, wie soll ich sagen, das Leben selbst. Waren zum Beispiel die Reihen mustergültig ausgerichtet und stimmte der gegenwärtige Bestand, dann dauerte der Appell weniger lange – anfangs zumindest. Waren wir zum Beispiel bei der Arbeit fleißig, dann konnten wir Schläge vermeiden – öfter zumindest.

Und doch, glaube ich, war es nicht allein dieser Gewinn, nicht allein dieser Nutzen, der unser aller Denken bestimmte, zumindest am Anfang nicht, das kann ich ehrlich sagen. Da war zum Beispiel die Arbeit, der erste Arbeitsnachmittag, um gleich damit anzufangen: die Aufgabe war, einen Waggon mit grauem Schotter auszuladen. Wenn Bandi Citrom, nachdem wir uns – natürlich mit Erlaubnis des Aufsehers, diesmal eines schon älteren und auf den ersten Blick eher harmlosen Soldaten – obenherum ausgezogen hatten (da sah ich zum erstenmal Bandis gelblichbraune Haut, das Spiel seiner großen, glatten Muskeln darunter und das Muttermal unter der linken Brust), wenn er also sagte: «Na, dann zeigen wir denen mal, wozu ein Budapester in der Lage ist!», dann meinte er das völlig ernst. Und ich kann sagen, in Anbetracht dessen, daß ich ja zum erstenmal in meinem Leben eine eiserne Forke in der Hand hatte, schienen sowohl unser Aufseher wie auch der hin und wieder vorbeischauende, wie eine Art Polier aussehende Mann, der wohl in der Fabrik tätig war, recht zufrieden, was unseren Schwung natürlich noch steigerte, versteht sich. Wenn aber, als sich mit der Zeit an meinen Handflächen ein Brennen bemerkbar machte und ich sah, daß die Haut unterhalb der Finger ganz blutig war, wenn da unser Aufseher herüberrief: «*Was ist denn los?*», und wenn er sich darauf, als ich ihm lachend meine Hände zeigte, auf einmal sehr verfinsterte, sogar an seinem Gewehrriemen riß und befahl: «*Arbeiten! Aber los!*», dann ist es letztlich nur natürlich, daß sich auch mein Interesse auf etwas anderes richtete. Von da an hatte ich nur noch das eine im Kopf: wie kann ich, wenn er nicht hersieht, ganz kurz ein Pause einschalten, wie kann ich möglichst wenig auf Schaufel, Forke, Spaten nehmen, und ich muß sagen, daß ich später in solchen Kniffen ziemliche Fortschritte gemacht und wenigstens auf diesem Gebiet eine viel größere Kundigkeit, Kenntnis und Übung erworben habe als bei jeder der Arbeiten, die mir aufgegeben wurden. Und wer hatte denn eigentlich etwas davon? – wie einst, ich erinnere mich, die Frage des «Experten» gelautet hatte. Ich behaupte: da stimmte etwas nicht, da war ein Fehler im Getriebe, ein Versäumnis, ein Versagen. Schon irgendein Wort, irgendein Zeichen, ein Aufblitzen der Anerkennung, nur hin und wieder ein Funken davon: mir jedenfalls hätte das mehr genützt. Denn was haben wir uns denn persönlich vorzuwerfen, wenn wir es recht bedenken? Und das Gefühl der Eitelkeit bleibt uns ja auch in der Gefangenschaft erhalten; wer hätte nicht heimlich das Bedürfnis nach ein klein wenig Freundlichkeit, und mit einsichtigen Worten kämen wir weiter, fand ich.

Aber solche Erfahrungen konnten mich im Grunde noch nicht wirklich erschüttern. Der Zug fuhr noch; wenn ich vorwärtsblickte, ahnte ich in der Ferne auch ein Ziel, und in der ersten Zeit – der goldenen, wie Bandi Citrom und ich sie später nannten – schien Zeitz bei entsprechender Lebensführung und mit ein wenig Glück ein durchaus erträglicher Ort zu sein, vorläufig, vorübergehend, bis uns, das versteht sich, die Zukunft davon erlösen würde. Zweimal wöchentlich ein halbes Brot, dreimal ein drittel und nur zweimal bloß ein viertel. Häufig Zulage. Einmal wöchentlich gekochte Kartoffeln (sechs Stück, in die Mütze abgezählt, und daß es dabei keine Zulage mehr geben kann, ist einzusehen), einmal wöchentlich Milchnudeln. Den ersten Ärger des frühen Aufstehens machen die betaute sommerliche Morgendämmerung, der heitere Himmel, nun und dann der dampfende Kaffee bald wieder wett (um diese Zeit heißt es geschickt sein in der Latrine, denn bald ertönt der Ruf: «*Appell! Antreten!*»). Der Morgenappell ist mit Sicherheit immer kurz, denn schließlich wartet, drängt ja die Arbeit. Das Seitentor der Fabrik, das auch wir Häftlinge benutzen dürfen, links von der Landstraße, auf einem sandigen Hang, ist in zehn bis fünfzehn Minuten Fußmarsch erreichbar. Schon von weitem ein Rauschen, Rasseln, Surren, Keuchen, ein paarmal das Krächzen aus eisernen Schlünden: da grüßt die Fabrik – mit dem Labyrinth ihrer Haupt- und Querstraßen, mit ihren vorwärts holpernden Kränen, den Erde fressenden Maschinen, ihren vielen Schienen, Kesseln, Rohren, Kühltürmen, Werkstätten viel eher eine richtige Stadt. Zahlreiche Krater und Gräben, Schutt und Trümmer, aufgerissene Kanäle und Mengen von hervorquellenden Kabeln deuten auf den Besuch von Flugzeugen hin. Der Name der Fabrik – so habe ich schon in der ersten Mittagspause erfahren – ist «Brabag», was eine Abkürzung für «*Braunkohle-Benzin-Aktiengesellschaft*» und so «einmal sogar an der Börse notiert» gewesen ist. Und man hat mir auch den dicken, sich mit mühsamem Schnaufen auf den Ellbogen stützenden, gerade ein angeknabbertes Brot aus der Tasche klaubenden Mann gezeigt, von dem die Information stammte und von dem man dann später, immer mit einer gewissen Heiterkeit, im Lager erzählt hat – obwohl ich es nie von ihm selbst gehört habe –, auch er sei einmal Besitzer von einigen hiesigen Aktien gewesen. Wie es heißt, bemüht man sich auch hier – und deshalb hat mich wohl der Geruch gleich an die Ölraffinerie von Csepel erinnert –, Benzin herzustellen, mit Hilfe einer Erfindung jedoch nicht aus Öl, sondern aus Braunkohle. Ich fand den Einfall interessant – allerdings erwartet man verständlicherweise nicht das von mir, das sehe ich schon ein. In welches «*Arbeitskommando*» man eingeteilt wird, ist immer eine spannende Frage. Die einen schwören auf den Spaten, die anderen auf die Spitzhacke, die einen preisen die Vorteile des Kabelverlegens, die anderen schätzen es mehr, die Mörtelmischer zu bedienen, und wer weiß, welcher heimliche Grund, welche verdächtige Vorliebe einige ausgerechnet zu den Kanalisationsarbeiten hinzieht, wo man bis zu den Hüften in gelbem Schlamm oder schwarzem Öl steht – wenn auch niemand daran zweifelt, daß ein solcher Grund existiert, da es meistens die Letten sind, nun, und dann ihre gleichgesinnten Freunde, die «Finnen». Das Wort «*Antreten*» hat nur einmal am Tag diese abfallende, wehmütig-süß in die Länge gezogene, lockende Melodie: am Abend nämlich, wenn es die Heimkehr anzeigt. In das Gewimmel bei den Waschbecken drängt sich Bandi Citrom mit einem: «Platz da, ihr Muselmänner!», und an mir ist kein Körperteil, der seinem prüfenden Blick verborgen bliebe. «Wasch dir auch den Pimmel, dort wohnen die Läuse!» sagt er, und ich gehorche ihm lachend. Jetzt beginnt jene gewisse Stunde: die der kleinen Erledigungen hier und da, der Scherze und Klagen, der Besuche, Besprechungen, des Geschäftemachens und der Nachrichten, und nur das Scheppern der Kessel, dieses alle in Bewegung setzende, alle zu raschem Handeln anspornende Signal, kann sie unterbrechen. Dann: «*Appell!*» – und wie lange der dauert, ist allein eine

Frage des Glücks. Aber nach ein, zwei, na schön, höchstens drei Stunden dann (inzwischen sind auch die Scheinwerfer angegangen) ein großes Gerenne auf dem schmalen Pfad im Zelt, den auf beiden Seiten dreistökkige Kästen, hier *«Boxen»* genannt, unsere Schlafstätten, säumen. Dann ist das Zelt eine Zeitlang voll von Dämmerlicht und Geflüster – es ist die Stunde des Erzählens, von der Vergangenheit, der Zukunft, der Freiheit. Wie ich erfahre, sind zu Hause alle beispiellos glücklich und zumeist auch noch reich gewesen. Und sogar davon kann ich mir bei solcher Gelegenheit ein Bild machen, was sie abends zu essen pflegten, ja auch von gewissen anderen, unter Männern in vertraulichem Ton erwähnten Bereichen. Da wird auch erzählt – was ich dann später nie wieder gehört habe –, daß, wie einige annehmen, die Suppe aus einem bestimmten Grund mit einer Art Beruhigungsmittel, nämlich *«Brom»*, versetzt werde – so haben sie es auf jeden Fall behauptet, einträchtig und mit einem immer etwas geheimnisvollen Gesichtsausdruck. Bandi Citrom erwähnt in solchen Momenten unweigerlich die Nefelejts-Straße, die Lichter oder – auch das eigentlich nur anfangs, und ich habe da natürlich nicht so recht mitreden können – «die Frauen von Budapest». Zu anderer Zeit werde ich auf ein verdächtiges Gemurmel, ein leises, litaneiartiges, hin und wieder lauter herausgestoßenes Singen und abgeblendetes Kerzenlicht aufmerksam, in einer Ecke des Zelts, und ich höre, daß es Freitagabend ist und der dort ein Geistlicher, ein Rabbi. Auch ich wate oben über die Pritschen hinweg, um von dort hinunterzuschauen, und tatsächlich, er ist es, inmitten einer Gruppe von Leuten, der Rabbi, den ich bereits kenne. Er hat die Andacht einfach so, in Sträflingskleidung und Mütze, verrichtet, aber ich habe nicht lange zugeschaut, weil ich mich eher nach Schlafen als nach Beten sehnte. Bandi Citrom und ich wohnen in der obersten Etage. Wir teilen die Box mit noch zwei weiteren Schlafgenossen, beide jung, freundlich und auch aus Budapest. Als Unterlage dient Holz, darauf Stroh und darauf Sackleinen. Zu zweit sind wir im Besitz einer Decke, aber es ist ja Sommer, und da ist auch das zuviel. An Platz herrscht nicht gerade Überfluß: wenn ich mich umdrehe, muß sich auch mein Nachbar umdrehen, wenn der Nachbar die Beine anzieht, muß auch ich sie anziehen, aber auch so ist der Schlummer tief und macht alles vergessen – goldene Zeiten, in der Tat.

Die Veränderungen begannen sich ein wenig später bemerkbar zu machen – vor allem auf dem Gebiet der Tagesrationen. Wir konnten uns nur noch fragen, wohin eigentlich die Zeit der halben Brote so schnell verflogen war: an ihre Stelle war unwiderruflich die Ära der Drittel und Viertel getreten, und auch die Zulage war nicht mehr immer unbedingt gewährleistet. Da hat auch der Zug begonnen, langsamer zu werden, und schließlich ist er ganz stehengeblieben. Ich versuchte vorwärtszublikken, aber Aussicht bestand immer nur auf den morgigen Tag, und der morgige Tag war derselbe Tag, oder eben ein genau gleicher Tag – wenn wir Glück hatten, heißt das. Meine Laune wurde schlechter, der Schwung ließ nach, jeden Tag stand ich mit größerer Mühe auf, jeden Abend begab ich mich etwas müder zur Ruhe. Ich war ein bißchen hungriger, ich bewegte mich ein bißchen gezwungener, irgendwie wurde alles schwerer, ja ich selbst fiel mir zur Last. Ich war, wir waren – das kann ich ruhig sagen – schon lange keine guten Häftlinge mehr, und den Beweis dafür konnten wir dann sehr bald an den Soldaten, freilich auch an unseren eigenen Amtsträgern feststellen, vor allen, schon dem Rang nach, am Lagerältesten.

Ihn sah man auch weiterhin, an jedem Ort und zu jeder Zeit, nur in Schwarz. Er gab am Morgen das Pfeifzeichen zum Wecken, er kontrollierte alles noch einmal am Abend, und von seinem Appartement irgendwo da vorn wurde einiges erzählt. Seine Sprache war Deutsch, dem Blut nach war er Zigeuner – auch wir untereinander nannten ihn nur so: «der Zigeuner» –, und das war auch der Hauptgrund, warum ihm das Konzentrationslager als Aufenthaltsort zugeteilt worden war, ein weiterer Grund: jene vom Üblichen abweichende Neigung seiner Natur, die Bandi Citrom gleich auf den ersten Blick bei ihm festgestellt hatte. Die grüne Farbe seines Dreiecks hingegen war der Hinweis für jedermann, daß er angeblich eine etwas ältere und – so heißt es – recht wohlhabende Dame ermordet und ausgeraubt hatte, der er eigentlich sein Auskommen verdankte, sagte man: auf diese Weise bekam ich zum ersten Mal in meinem Leben aus nächster Nähe auch einen Raubmörder zu Gesicht. Es war sein Amt, die Vorschriften zu pflegen, seine Arbeit, im Lager für Gerechtigkeit und Ordnung zu sorgen – keine sehr angenehme Vorstellung, so auf den ersten Blick, wie alle fanden, ich selbst auch. Andererseits werden, das mußte ich einsehen, auf einer gewissen Stufe die Nuancen austauschbar. Ich persönlich zum Beispiel hatte eher Schwierigkeiten mit einem vom Stubendienst, obwohl es ein untadeliger Mann war. Gerade deshalb hatten ihn seine Bekannten gewählt, dieselben, die auch für Doktor Kovács (der Titel bezeichnete in dem Fall – wie ich erfuhr– nicht einen Arzt, sondern einen Anwalt) gestimmt hatten und die, wie ich hörte, alle aus dem gleichen Ort kamen: vom schönen Balaton, aus der Gemeinde Siófok. Es war ein rothaariger Mann, Fodor mit Namen, wie jedermann wußte. Nun gab es, ob zu Recht oder nicht, bei allen die einhellige Meinung, daß der Lagerälteste seinen Stock oder seine Faust zum Vergnügen gebrauchte, weil ihm das, zumindest dem Lagerklatsch zufolge, angeblich eine gewisse Lust verschaffte, etwas, das damit zusammenhing – so wollten die Erfahreneren wissen –, worauf er bei Männern, bei Jungen, ja, zuweilen auch bei Frauen aus war. Für jenen hingegen war die Ordnung nicht nur ein Vorwand, sondern eine echte Voraussetzung, und er tat es – wie er nie zu erwähnen versäumte – im allgemeinen Interesse, wenn er zufällig einmal genötigt war, in gleicher Weise zu verfahren wie der Zigeuner. Andererseits war die Ordnung nie – und nun immer weniger – vollkommen. Deshalb mußte er dann mit dem langen Stiel des Schöpflöffels zwischen die Drängelnden fahren, so daß jeder von uns – falls er nicht wissen sollte, wie an den Kessel heranzutreten, wie das Geschirr an einen ganz bestimmten Punkt seines Randes zu halten war – zu den Geschädigten gehören konnte, denen bei solcher Gelegenheit Napf und Suppe aus der Hand flogen, denn – das war ja klar, und auch das zustimmende Gemurmel hinter einem belegte es – so behinderten wir seine Arbeit und infolgedessen auch die nächsten in der Reihe; deshalb zog er auch die Langschläfer an den Füßen von der Pritsche, denn schließlich büßten ja immer alle für die Vergehen eines einzelnen. Den Unterschied – ich sah das schon – mußte man natürlich in der Absicht suchen, doch wie gesagt, an einem bestimmten Punkt verwischen sich solche Feinheiten, und das Ergebnis empfand ich als das gleiche, von welcher Seite ich es auch betrachtete.

Dann war da auch noch, mit gelber Armbinde und in einem stets tadellos gebügelten gestreiften Anzug, der deutsche Kapo, den ich zum Glück nicht oft zu Gesicht bekam; und dann tauchten, zu meinem größten Erstaunen, auch in unseren Reihen hier und da schwarze Armbinden auf, mit der bescheideneren Aufschrift «*Vorarbeiter*». Ich war zufällig dabei, als ein Mann aus unserem Block, ein kräftiger und stämmiger zwar, der mir aber sonst kaum aufgefallen und, wie ich mich erinnerte, im allgemeinen auch nicht besonders beliebt oder bekannt war, zum erstenmal mit der nagelneuen Binde am Ärmel beim Abendessen erschien. Nun aber, das sah ich, war es nicht mehr der unbekannte Mann von vorher: Freunde und Bekannte fanden kaum genug Platz um ihn herum, von allen Seiten freudige Glückwünsche zu seiner Beförderung, ihm entgegengestreckte Hände, von denen er einige ergriff, andere wieder nicht, deren Besitzer sich dann, wie ich sah, eilig davonschlichen. Und danach folgte – für mein Gefühl zumindest – der feierlichste Augenblick, als er nämlich unter allgemeiner Aufmerksamkeit und in einer respektvollen, um nicht zu sagen ehrfürchtigen Stille, mit großer Würde, kein bißchen eilig, kein bißchen überstürzt, im Kreuzfeuer der bewundernden oder neidischen Blicke, ein zweites Mal vortrat, um eine zweite Portion in Empfang zu nehmen, wie es seinem Rang jetzt gebührte, eine Portion vom Kesselboden, die der Stubendienst ihm bereits mit der einem Gleichgestellten gebührenden Achtung ausschöpfte.

Ein andermal leuchteten mir die Buchstaben vom Ärmel eines mit geschwellter Brust einherstolzierenden Mannes entgegen, den ich sofort als den Berufsoffizier aus Auschwitz erkannte. Eines Tages bin auch ich ihm zwischen die Finger geraten, und wirklich, es stimmte: daß er für gute Leute durchs Feuer ging, für Taugenichtse hingegen nicht einen Kreuzer übrig hatte, schon gar nicht für solche, die sich von anderen die Kastanien aus der Glut holen ließen – wie er es selbst, mit seinen eigenen Worten, zu Beginn der Arbeit angekündigt hatte. Deshalb sind dann Bandi Citrom und ich am folgenden Tag lieber in ein anderes Kommando hinübergeschlüpft.

Noch eine Veränderung stach mir ins Auge, und zwar seltsamerweise gerade an Außenstehenden, an den Leuten von der Fabrik, an unseren Aufsehern und allenfalls noch an der einen oder anderen Exzellenz im Lager: wie ich feststellte, hatten sie sich verwandelt. Zuerst konnte ich mir die Sache nicht so recht erklären: irgendwie sahen sie auf einmal alle sehr schön aus, zumindest in meinen Augen. Dann erst bin ich, aufgrund von ein paar Anzeichen, dahintergekommen, daß wahrscheinlich wir uns verändert hatten, nur hatte ich das eben nicht so leicht wahrnehmen können. Wenn ich mir zum Beispiel Bandi Citrom anschaute, so bemerkte ich nichts Besonderes an ihm. Aber dann versuchte ich, mich zurückzuerinnern, seinen Anblick mit dem zu vergleichen, als ich ihn zum erstenmal sah, damals, als er rechts neben mir in der Reihe stand, oder das erste Mal bei der Arbeit, mit seinen auffälligen Muskeln und Sehnen, die in gewisser Weise einer naturkundlichen Darstellung glichen, sich ein- und ausgebuchtet, sich elastisch gebogen oder hart gespannt, sich auf und ab bewegt hatten, und das konnte ich nun gar nicht mehr recht glauben. Erst da begriff ich, daß die Zeit offenbar hin und wieder unsere Wahrnehmung täuschen kann. So hatte dieser – in seinem Ergebnis zwar durchaus faßbare – Prozeß auch meiner Aufmerksamkeit entgehen können, als er sich zum Beispiel an einer ganzen Familie vollzog, nämlich an der Familie Kollmann. Ein jeder im Lager kannte sie. Sie kamen aus einem gewissen Ort namens Kisvárda, aus dem auch noch viele andere hier waren, und aus der Art, wie man mit ihnen oder von ihnen sprach, schloß ich, daß sie zu Hause angesehene Leute gewesen sein mußten. Sie waren zu dritt: der kleinwüchsige, kahle Vater, ein größerer und ein kleinerer Junge, die dem Vater überhaupt nicht, einander aber – und demzufolge wahrscheinlich der Mutter, denke ich – im Gesicht auffällig ähnlich waren, die gleichen blonden Borsten, die gleichen blauen Augen. Sie gingen immer zu dritt, und wenn nur irgend möglich Hand in Hand. Nun habe ich nach einer gewissen Zeit bemerkt, daß der Vater hin und wieder zurückblieb und die beiden Jungen ihm helfen und ihn an der Hand mitziehen mußten. Nach einer Weile war dann der Vater gar nicht mehr bei ihnen. Dann aber mußte der größere bald den kleineren nachziehen. Noch später ist dann auch dieser verschwunden, und da schleppte der größere bloß noch sich selbst, und in der letzten Zeit sah ich auch ihn nirgends mehr. Wie gesagt, das alles habe ich wahrgenommen, aber eben nicht so, wie ich es dann nachträglich – wenn ich darüber nachdachte – zusammenfassen, gewissermaßen vor mir abrollen lassen konnte, sondern nur Stufe um Stufe und indem ich mich an jede Stufe immer wieder einzeln gewöhnte – und so habe ich dann eigentlich doch nichts wahrgenommen. Und dabei hatte ich mich offenbar selbst auch verändert, denn der «Zierlederer», den ich eines Tages ganz lässig aus dem Küchenzelt treten sah – und ich vernahm dann auch, daß er sich eine Einteilung zu diesen beneidenswerten Honoratioren, den Kartoffelschälern, ergattert hatte –, wollte mich zunächst gar nicht erkennen. Ich mußte ihm eine Weile versichern, daß ich es sei, aus der «Shell», und ich fragte ihn, ob sich da, also in der Küche, nicht wahr, zufällig vielleicht irgend etwas zu beißen finden ließe, vielleicht irgendwelche Reste, eventuell etwas vom Kesselboden. Er sagte, er würde nachschauen, und er selbst habe zwar keine Wünsche, aber ob ich nicht zufällig Zigaretten hätte, der Vorarbeiter in der Küche sei «ganz verrückt auf Zigaretten», so sagte er. Ich mußte gestehen, daß ich keine hatte, und da ist er weggegangen. Ich habe dann bald eingesehen, daß es keinen Sinn hatte, länger auf ihn zu warten, und daß anscheinend auch Freundschaft nur etwas Begrenztes ist, etwas, dem das Gesetz des Lebens einmal ein Ende setzt – natürlicherweise übrigens, ganz klar. Ein andermal war ich es dann, der ein seltsames Wesen nicht wiedererkannte: es stolperte da vorbei, vermutlich gerade auf dem Weg zur Latrine. Die Mütze war ihm bis über die Ohren hinuntergerutscht, sein Gesicht voller Kerben, Ecken und Kanten, die Nase gelb, an ihrer Spitze ein zitternder Tropfen. «Halbseidener», rief ich hinüber: er sah nicht einmal auf. Er schlurfte bloß weiter, wobei er sich mit einer Hand die Hose festhielt, und ich dachte: also wirklich, das hätte ich auch nie geglaubt. Wieder ein andermal war da einer, noch gelber, noch magerer, mit noch größeren und fiebrigeren Augen, es muß, so glaube ich, der Raucher gewesen sein, den ich da bemerkt habe. Um diese Zeit tauchte beim Abend- und Morgenappell in der Meldung des Blockältesten eine neue Wendung auf, die später zu einer ständigen wurde, nur hinsichtlich der Ziffern abgewandelt: *«Zwei im Revier»* oder *«Fünf im Revier»*, *«Dreizehn im Revier»* und so weiter, und dann ein neuer Begriff, nämlich *«Abgang»*. Nein, unter gewissen Umständen ist auch der beste Wille nicht genug. Ich hatte zu Hause gelesen, mit der Zeit, freilich mit der erforderlichen Anstrengung, könne man sich sogar an die Gefangenschaft gewöhnen. Und das mag sogar stimmen, zweifellos, zu Hause etwa, in einem regelrechten, einem anständigen, so einem zivilen Gefängnis, oder wie ich es nennen soll. Nur bietet sich dafür eben, nach meiner Erfahrung, in einem Konzentrationslager nicht recht Gelegenheit. Und ich kann sagen, es hat jedenfalls – bei mir – nicht an Bemühung, nicht an gutem Willen gemangelt: das Problem ist, daß sie einem dafür zuwenig Zeit lassen, ganz einfach.

Ich weiß – nach dem, was ich gesehen, gehört oder erfahren habe – von drei Arten und Wegen, einem Konzentrationslager zu entkommen. Ich selbst lebte mit der ersten und, von mir aus, bescheidensten Möglichkeit –

doch nun: es gibt Bereiche unserer Natur, die ihr, so hatte ich es auch gelernt, ein für allemal unveräußerlich angehören. Tatsache ist: unser Vorstellungsvermögen bleibt auch in der Gefangenschaft frei. Ich brachte es zum Beispiel so weit, während meine Hände mit Schaufel oder Hacke beschäftigt waren – mit sparsam eingeteilten, stets nur auf das Allernotwendigste beschränkten Bewegungen –, einfach gar nicht zugegen zu sein. Aber auch die Phantasie ist nicht völlig unbegrenzt, zumindest gibt es da – wie ich erfahren habe – Schranken. Denn eigentlich hätte ich ja mit der gleichen Anstrengung überall sein können, in Kalkutta, in Florida, an den schönsten Orten der Welt. Und doch, das war nicht ernst genug, ich vermochte – um es so zu sagen – nicht daran zu glauben, und so fand ich mich dann meistens einfach zu Hause wieder. Ja, natürlich, auch das war nicht weniger tollkühn, als wenn ich mich zum Beispiel nach Kalkutta versetzt hätte; nur konnte ich darin doch etwas finden, eine gewisse Bescheidenheit, sozusagen eine Art Arbeit, die meine Anstrengung sofort richtig machte und damit irgendwie beglaubigte. Zum Beispiel wurde mir bald klar, daß ich zu Hause nicht richtig gelebt, meine Tage nicht richtig genutzt hatte und daß es viel, sehr viel zu bereuen gab. So waren da – wie ich mich erinnern mußte – Speisen gewesen, in denen ich wählerisch herumgestochert und die ich dann beiseite geschoben hatte, ganz einfach, weil ich sie nicht mochte, und in diesem Augenblick erschien mir das als ein unverständliches und nicht wiedergutzumachendes Versäumnis. Oder dann war da zwischen meinem Vater und meiner Mutter dieses sinnlose Hin und Her, meine Person betreffend. Wenn ich wieder nach Hause komme, so dachte ich, so, mit diesem einfachen, selbstverständlichen Gebrauch der Worte, ohne auch nur zu stocken, so als interessierte mich überhaupt nichts anderes als die Fragen, die aus dieser allernatürlichsten Tatsache folgen: also, wenn ich wieder nach Hause komme, mache ich dem auf jeden Fall ein Ende, da muß Friede sein – so beschloß ich. Dann hatte es zu Hause Dinge gegeben, die mich nervös gemacht hatten, ja, vor denen ich mich – so lächerlich es sein mag – gefürchtet hatte, so etwa vor bestimmten Unterrichtsfächern, vor den Lehrern, davor, daß ich aufgerufen und dabei vielleicht versagen würde, und schließlich vor meinem Vater, wenn ich ihm dann das Ergebnis berichtete: jetzt beschwor ich diese Ängste immer wieder herauf, und zwar allein um des Vergnügens willen, sie wieder durchleben und über sie lächeln zu können. Doch meine Lieblingsbeschäftigung bestand darin, mir einen vollständigen, lückenlosen Tag zu Hause vorzustellen, immer wieder, möglichst vom Morgen bis zum Abend, und mich dabei nach wie vor in Bescheidenheit zu üben. Denn es hätte mich ja Kraft gekostet, wenn ich mir einen besonderen, gar einen vollkommenen Tag vorgestellt hätte – und so stellte ich mir einfach einen schlechten Tag vor, mit dem frühen Aufstehen, der Schule, dem unbehaglichen Gefühl, dem schlechten Mittagessen, und hier im Konzentrationslager verwirklichte ich all die vielen Möglichkeiten, die ich dabei verpaßt, verworfen, ja nicht einmal bemerkt hatte, verwirklichte sie, ich darf es sagen, so vollkommen wie nur möglich. Ich hatte schon davon gehört, und nun konnte ich es auch selbst bezeugen: tatsächlich, nicht einmal enge Gefängnismauern können den Flügelschlag der Vorstellungskraft hemmen. Das Problem war nur: wenn sie mich so weit weg trug, daß ich dabei sogar meine Hände vergaß, dann trat bald mit größtem Nachdruck, größter Bestimmtheit die schließlich doch durchaus hier vorhandene Wirklichkeit wieder in Kraft.

Um diese Zeit begann es sich in unserem Lager hin und wieder zuzutragen, daß beim Morgenappell die Bestandszahlen nicht stimmten – wie kürzlich etwa neben uns, in Block sechs. Alle wissen sehr wohl, was da geschehen ist, denn das Wecken in einem Konzentrationslager weckt nur die nicht, die man sowieso nicht mehr wecken kann, und die sind erfaßt. Das aber ist nun die zweite Art zu entkommen, und wer wäre nicht – einmal nur, wenigstens ein einziges Mal – in Versuchung geraten, wer wäre imstande, stets unerschütterlich fest zu bleiben, und das vor allem morgens, wenn man zu einem neuen Tag aufwacht, nein -schreckt, in dem schon lärmenden Zelt, inmitten sich schon aufrappelnder Leute – ich jedenfalls könnte nicht widerstehen, ich würde es versuchen, wenn mich Bandi Citrom nicht immer daran hinderte. Schließlich ist der Kaffee nicht so wichtig, zum Appell aber ist man dann schon da – so denkt man, so dachte auch ich. Selbstverständlich bleiben wir nicht auf unserem Schlaflager – so kindisch kann ja schließlich niemand sein –, sondern wir stehen auf, anständig, wie es sich gehört, so wie die anderen, und dann... wir kennen da einen Ort, einen garantiert sicheren Winkel, da wetten wir hundert zu eins. Gestern, vielleicht schon früher, haben wir ihn uns ausersehen, ihn bemerkt, entdeckt, ganz zufällig, ohne Plan, ohne Absicht, nur so mit dem Gedanken spielend. Und jetzt kommt er uns in den Sinn. Wir kriechen zum Beispiel unter die untersten Boxen. Oder wir suchen jenen hundertprozentig sicheren Spalt auf, jenen Winkel, jene Vertiefung, jene Ecke. Da decken wir uns dann gut mit Heu, Stroh und Decken zu. Und das immer mit dem Gedanken, daß wir beim Appell wieder präsent sind – wie gesagt, es gab Zeiten, da ich das gut, sehr gut verstand. Die Waghalsigeren mochten vielleicht auch denken, daß eine einzelne Person noch irgendwie durchschlüpft: zum Beispiel verzählt man sich – schließlich sind wir ja alle nur Menschen; daß eine einzige Abwesenheit – nur heute, ausschließlich heute morgen – nicht unbedingt ins Auge fällt, und am Abend – dafür sorgen wir schon – stimmt dann der Bestand wieder; die noch Waghalsigeren: daß man sie an jenem sicheren Ort auf keine Weise, unter keinen Umständen finden kann. Doch wer wirklich zu allem entschlossen ist, denkt noch nicht einmal daran, sondern ist ganz einfach der Meinung – und zuweilen dachte auch ich so –, daß eine Stunde guten Schlafs jedes Risiko und jeden Preis wert ist, schließlich und endlich.

Aber zu soviel reicht es dann meistens nicht, denn morgens geht alles ganz schnell, sieh da, schon hat sich der Suchtrupp in größter Eile formiert: zuvorderst der Lagerälteste, in Schwarz, frisch rasiert, mit keckem Schnurrbart, duftend, dicht hinter ihm der deutsche Kapo, dahinter ein paar von den Blockältesten und vom Stubendienst, mit einsatzbereiten Keulen, Knüppeln und Stöcken, und schon biegen sie geradewegs zum Block sechs ein. Drinnen dann Lärm und Durcheinander, und schon nach ein paar Minuten – man höre nur! –, da schmettert es siegesbewußt, da hat die Spur zum Ziel geführt. Eine Art Fiepsen mischt sich hinein, immer schwächer, bis es verstummt, und bald erscheinen auch die Jäger wieder auf dem Plan. Was sie aus dem Zelt mit sich schleppen – nur noch ein Haufen scheint es, ein toter Gegenstand, ein Lumpenbündel –, werfen sie am Ende der Reihe hin, richten es aus: ich bemühte mich, nicht hinzuschauen. Und doch hat der Bruchteil irgendeiner Einzelheit hier, eine noch immer erkennbare Linie dort, ein Zug, ein Kennzeichen meinen Blick in die Richtung gezwungen und mir verraten, wer das gewesen ist: der Pechvogel. Dann: *«Arbeitskommandos antreten!»*, und wir können ganz sicher sein, daß die Soldaten heute strenger sein werden.

Und zu guter Letzt ist auch noch die dritte, die wirkliche, wörtliche Art des Entkommens zu erwägen, offensichtlich, denn auch dafür hat es einmal, ein einziges Mal, in unserem Lager ein Beispiel gegeben. Die Flüchtigen waren zu dritt, alles Letten, erfahren, in Ortskenntnis und deutscher Sprache bewandert, ihrer Sache gewiß – so flüsterte man die Neuigkeit herum –, und ich kann sagen, daß wir, nach der ersten Anerkennung, der ersten heimlichen Schadenfreude, unsere Wächter betreffend, ja, der ersten da und dort aufkeimenden Bewunderung, einer aufflackernden Stimmung, in der fast schon eine Nachahmung erwogen, auf ihre Möglichkeiten hin abgeschätzt wurde – daß wir dann alle recht wütend waren auf sie, will sagen, in der Nacht, so gegen zwei, drei Uhr, als wir zur Strafe für ihre Tat noch immer beim Appell standen, besser gesagt: schwankten. Am nächsten Abend, bei der

Heimkehr, gab ich mir dann wiederum Mühe, nicht nach rechts zu schauen. Da standen nämlich drei Stühle und darauf saßen drei Menschen, so etwas wie Menschen. Welchen Anblick sie im einzelnen boten, wie die in großen, ungeschlachten Buchstaben gehaltene Aufschrift auf den Papptafeln um ihre Hälse lautete: es schien mir einfacher, all das nicht so genau zu erkunden (es ist mir dann trotzdem zur Kenntnis gebracht worden, weil man im Lager noch lange davon sprach: *«Hurra! Ich bin wieder da!»*); außerdem erblickte ich ein Gebilde, ein Gestell, das ein bißchen an die Teppichklopfstangen in den Höfen zu Hause erinnerte, daran drei Stricke, zu Schlingen gebunden – so begriff ich es dann: ein Galgen. Von Abendessen konnte natürlich nicht die Rede sein, es hieß sofort: *«Appell!»*, dann: *«Das ganze Lager: Achtung!»*, wie da vorn aus voller Kehle der Lagerälteste höchstpersönlich anordnete. Die üblichen Strafvollzieher stellten sich auf, nach einer weiteren Wartezeit erschienen auch die Vertreter der militärischen Macht, und dann ging alles vonstatten, wie sich's gehörte, um es so zu sagen – zum Glück ziemlich weit von uns entfernt, vorn, in der Nähe der Waschtröge, und ich habe auch gar nicht hingeschaut. Ich horchte eher nach links, woher plötzlich die Stimme kam, ein Gemurmel, eine Art Melodie. Auf einem dünnen, vorgestreckten Hals erblickte ich, da in der Reihe, einen etwas zittrigen Kopf – vor allem eigentlich eine Nase und ein riesiges, in dem Augenblick irgendwie in ein verrücktes Licht getauchtes, feuchtes Auge: der Rabbi. Bald darauf verstand ich auch seine Worte, um so mehr, als sie von mehreren in der Reihe aufgenommen wurden. Von allen «Finnen» zum Beispiel, aber von vielen anderen auch. Ja, ich weiß gar nicht wie, aber sie waren schon in die Nachbarschaft, zu den anderen Blocks hinübergedrungen, hatten sich verbreitet, sich gleichsam durchgefressen, denn auch dort bemerkte ich immer mehr bewegte Lippen und sich vorsichtig, aber dennoch entschlossen vor und zurück wiegende Schultern, Hälse, Köpfe. Das Murmeln war hier, mitten im Glied, nur eben knapp hörbar, dafür aber andauernd, wie ein unterirdisches Grollen: «Jiskadal, wöjiskadal», erklang es in einem fort, und soviel weiß sogar ich, daß es das sogenannte «Kaddisch» ist, das Gebet der Juden zu Ehren der Toten. Und möglich, daß auch das nur eine Art des Eigensinns war, die letzte, einzig verbliebene, vielleicht – das mußte ich zugeben – ein wenig zwangsmäßige, sozusagen vorgeschriebene, in gewissem Sinn zugeschnittene, gleichsam auferlegte und zugleich nutzlose Variante des Eigensinns (denn im übrigen veränderte sich ja da vorn überhaupt nichts, regte sich, abgesehen von den letzten Zuckungen der Gehenkten, überhaupt nichts, geschah auf die Worte hin gar nichts); und doch mußte ich das Gefühl irgendwie verstehen, in dem das Gesicht des Rabbi sich gewissermaßen aufzulösen schien und dessen Stärke sogar noch seine Nasenflügel so seltsam erbeben ließ. Als wäre jetzt der langersehnte Augenblick, jener siegreiche Augenblick gekommen, von dessen Eintritt er, wie ich mich erinnerte, noch in der Ziegelei gesprochen hatte. Und tatsächlich, jetzt zum erstenmal, warum, weiß ich nicht, hatte ich auf einmal das Gefühl, daß mir etwas fehlte, ja in gewisser Weise sogar das Gefühl von Neid, jetzt zum erstenmal bedauerte ich es ein wenig, daß ich nicht

– wenigstens ein paar Sätze – in der Sprache der Juden zu beten verstand.

Doch weder Eigensinn noch Beten, noch sonst irgendeine Art von Flucht hätten mich von einem befreien können: vom Hunger. Auch zu Hause war ich hungrig gewesen – oder hatte zumindest geglaubt, es zu sein; hungrig war ich auch in der Ziegelei, in der Eisenbahn, in Auschwitz und sogar in Buchenwald gewesen – so andauernd aber, auf so lange Frist, sozusagen, hatte ich dieses Gefühl noch nicht gekannt. Ich verwandelte mich in ein Loch, in Leere, und mein ganzes Bemühen, mein ganzes Bestreben ging dahin, diese bodenlose, diese unablässig fordernde Leere aufzuheben, zu stopfen, zum Schweigen zu bringen. Nur dafür hatte ich Augen, nur dem konnte mein ganzer Verstand dienen, nur das all mein Tun bestimmen, und wenn ich nicht Holz, Eisen oder Stein aß, dann nur, weil es Dinge sind, die sich nicht zerkauen und verdauen lassen. Aber mit Sand zum Beispiel habe ich es versucht, und wenn ich zufällig Gras sah, zögerte ich nie – nur gab es in der Fabrik und auf dem Lagergelände nicht gerade viel Gras, leider. Für eine einzige magere kleine Zwiebel wurden zwei Schnitten Brot verlangt, und für ebensoviel verkauften Glückliche, Begüterte die Zucker- und die Futterrübe: im allgemeinen zog ich die letztere vor, weil sie saftiger und meistens auch größer ist, obwohl die Sachkundigen dafürhalten, daß die Zuckerrübe mehr Gehalt, mehr Nährwert besitze – doch wer wollte da wählerisch sein; bloß ertrug ich ihr zähes Fleisch, ihren scharfen Geschmack weniger gut. Aber es genügte mir auch schon und war mir ein gewisser Trost, wenn wenigstens andere aßen.

Unseren Aufsehern zum Beispiel wurde das Mittagessen in die Fabrik gebracht, und ich konnte den Blick nicht von ihnen abwenden. Ich muß sagen, viel Freude hatte ich nicht an ihnen: sie aßen hastig, kauten gar nicht richtig, sie überstürzten das Ganze und hatten, wie ich sah, keine Ahnung, was sie da eigentlich taten. Ein andermal war ich einem Werkstattkommando zugeteilt: da packten die Meister aus, was sie von zu Hause mitgebracht hatten, und – ich erinnere mich – lange schaute ich einer gelben, schwieligen Hand zu, wie sie aus einem länglichen Glas lange, grüne Bohnen herausangelte, eine nach der anderen, und mag sein, ich schaute vielleicht auch noch mit irgendeiner leicht unsicheren, irgendwie unbestimmten Hoffnung zu. Doch die schwielige Hand – ich kannte schon jede ihrer Schwielen und schon jede ihrer Bewegungen im voraus – wanderte immer nur zwischen Glas und Mund hin und her, erging sich nach wie vor nur auf dieser Strecke. Nach einer Weile wurde auch das vom Rücken verdeckt, denn der Mann hatte sich abgewandt, und ich verstand natürlich, warum: aus Menschlichkeit, obwohl ich ihm gern gesagt hätte, nur ruhig zu, nur weiter, ich meinerseits halte schon den Anblick hoch, auch das ist schon mehr als nichts, in gewisser Weise. Kartoffelschalen vom Vortag, einen ganzen Napf voll, sind das erste gewesen, was ich einem «Finnen» abkaufte. Er holte sie während der Mittagspause hervor, ganz locker, und zum Glück war an diesem Tag Bandi Citrom nicht im gleichen Kommando und konnte so keine Schwierigkeiten machen. Der «Finne» legte ein zerfleddertes Stück Papier vor sich hin, klaubte klumpiges Salz daraus hervor, alles ganz langsam, ganz ausführlich, und mit den Fingerspitzen führte er auch noch eine Prise zum Mund, prüfte den Geschmack, bevor er mir nur so nebenbei, über die Schulter, hinwarf: «Zu verkaufen!» Normalerweise kostete so etwas zwei Scheiben Brot oder die Margarine: er hingegen wollte die Hälfte der Abendsuppe dafür. Ich versuchte zu feilschen, berief mich auf alles, sogar auf die Gleichheit. «Di bist nicht ka jid, d'bist a schegetz», sagte er darauf, mit dem typischen Kopfschütteln der Finnen. Ich fragte ihn: «Und warum bin ich dann hier?» Er zuckte die Schultern: woher er das wissen solle. Ich sagte: «Scheißjude!» Deswegen gebe er es auch nicht billiger, war seine Antwort. Schließlich habe ich es ihm abgekauft, für so viel, wie er wollte, und ich weiß nicht, wie er dann am Abend genau in dem Augenblick auftauchen konnte, als mir die Suppe ausgeschenkt wurde, und ich weiß auch nicht, wie er davon Wind bekommen hatte, daß es Milchnudeln geben würde.

Ich möchte behaupten, daß wir bestimmte Begriffe erst in einem Konzentrationslager wirklich verstehen. In den dummen Märchen meiner Kindheit kam zum Beispiel häufig jener «Wandergesell» oder «arme Bursche» vor, der sich um der Königstochter Hand willen beim König verdingt, und das um so lieber, als es nur für sieben Tage ist. «Aber sieben Tage sind bei mir sieben Jahre!» sagt ihm der König; nun, also, genau das gleiche könnte ich auch vom Konzentrationslager sagen. Ich hätte zum Beispiel nie gedacht, daß aus mir so schnell ein verschrumpelter Greis werden könnte. Zu Hause braucht das Zeit, mindestens fünfzig bis sechzig Jahre: hier hatten schon drei Monate genügt, bis mich mein eigener Körper im Stich ließ. Ich kann sagen, es gibt nichts Peinlicheres, nichts Entmutigenderes, als Tag für Tag zu verfolgen, Tag für Tag in Rechnung zu stellen, daß an uns schon wieder soundso viel abgestorben ist. Zu Hause war ich, auch wenn ich nicht besonders viel Aufmerksamkeit darauf verwendet hatte, so im allgemeinen mit meinem Organismus im Einklang gewesen, ich hatte diese Maschine, um sie so zu nennen, gemocht. Ich erinnerte mich an einen Sommernachmittag, wie ich im schattigen Zimmer einen aufregenden Roman las, während meine Hand mit wohltuender Zerstreutheit die nachgiebig glatte, goldflaumige Haut meiner von Muskeln gespannten, sonnengebräunten Oberschenkel streichelte. Jetzt hing dieselbe Haut schlaff und faltig hinunter, war gelb und ausgedörrt, bedeckt mit allerlei Geschwüren, braunen Ringen, Rissen und Sprüngen, Falten und Schuppen, die besonders zwischen den Fingern unangenehm juckten. «Krätze», stellte Bandi Citrom mit sachverständigem Kopfnicken fest, als ich es ihm zeigte. Ich konnte nur so staunen über die Geschwindigkeit, das entfesselte Tempo, mit dem die deckende Schicht, die Elastizität, das Fleisch von meinen Knochen dahinschwand, schmolz, abfaulte und allmählich ganz verschwand. Täglich wurde ich von etwas Neuem überrascht, von einem neuen Makel, einer neuen Scheußlichkeit an diesem immer merkwürdiger, immer fremder werdenden Gegenstand, der einst mein guter Freund: mein Körper gewesen war. Ich konnte ihn schon gar nicht mehr ohne ein zwiespältiges Gefühl, ohne Schaudern betrachten; deshalb zog ich mich mit der Zeit nicht mehr aus, wusch mich nicht mehr, schon weil sich alles in mir gegen solche unnötigen Anstrengungen sträubte, auch schon wegen der Kälte, nun ja, und dann natürlich wegen der Schuhe.

Diese Gerätschaften machten, jedenfalls mir, sehr viel Ärger. Überhaupt konnte ich mich mit den Kleidungsstücken, mit denen ich im Konzentrationslager ausgestattet worden war, nicht verstehen: es fehlte ihnen an Zweckmäßigkeit, dafür besaßen sie viele Mängel, ja, sie wurden geradezu zu einem Quell von Unannehmlichkeiten – ich kann allgemein sagen: sie bewährten sich nicht. So etwa verwandelt sich zur Zeit des grauen Nieselregens – der mit dem Wechsel der Jahreszeit ein dauernder wird – das Drillichzeug in ein steifes Ofenrohr, dessen nasser Berührung unsere von Schaudern überlaufene Haut nach Möglichkeit auszuweichen versucht – vergeblich natürlich. Auch der Sträflingskittel – den sie, das ist unbestreitbar, pflichtschuldig ausgeteilt haben – nützt da nichts, er ist nur ein weiteres Joch, eine weitere nasse Schicht, und nach meiner Ansicht ist auch das grobe Papier der Zementsäcke keine Lösung, wie es sich Bandi Citrom, ähnlich wie viele andere, geschnappt hat und nun unter den Kleidern trägt, allem Risiko zum Trotz, denn solche Vergehen kommen schnell ans Licht: ein Stockschlag auf den Rücken, einer auf die Brust, und das Knistern bringt die Tat sogleich an den Tag. Knistert das Papier aber nicht mehr, wozu dann – frage ich – diese zu Brei gewordene neue Tortur, die man zudem nur noch heimlich wieder loswerden kann?

Aber wie gesagt, das ärgerlichste waren die Holzschuhe. Das Ganze begann eigentlich mit dem Schlamm. Übrigens muß ich sagen, daß meine bisherigen Vorstellungen auch in dieser Hinsicht ungenügend waren. Auch zu Hause hatte ich Schlamm gesehen und war auch schon darin herumgelaufen, versteht sich – daß er aber einmal unsere Hauptsorge, daß er der Schauplatz unseres Lebens werden könnte, das hatte ich nicht gewußt. Was es heißt, bis zu den Waden darin zu versinken, das Bein dann mit aller Kraft, mit einem einzigen schmatzenden Ruck zu befreien, und das nur, um zwanzig, dreißig Zentimeter weiter vorn von neuem einzusinken: auf all das war ich nicht vorbereitet, und wäre es auch vergeblich gewesen. Nun stellte sich aber heraus, daß bei den Holzschuhen mit der Zeit die Absätze abbrachen. Da konnten wir dann auf einer dicken, ab einem bestimmten Punkt plötzlich dünn werdenden, gondelförmig gebogenen Sohle einherwandeln, indem wir auf dieser gerundeten Sohle vorwärts schaukelten, in der Art von Stehaufmännchen. Außerdem entstand an der Stelle des einstigen Absatzes zwischen dem Schaft und der hier recht dünnen Sohle ein Tag für Tag breiter werdender Spalt, durch den bei jedem unserer Schritte kalter Schlamm und mit ihm Steinchen und allerlei spitzes Zeug ungehindert eindringen konnten. Inzwischen hatte uns der Schaft schon längst die Knöchel und die darunter befindlichen weicheren Bereiche wund gerieben. Nun waren diese Wunden – wie es ihre Eigenschaft ist – aber naß, und zwar von einer klebrigen Nässe: so konnten wir uns dann mit der Zeit überhaupt nicht mehr von den Schuhen befreien, konnten sie nicht mehr ausziehen, sie hatten sich mit den Füßen verklebt, waren, neuen Körperteilen gleich, angewachsen. Sie trug ich bei Tage, in ihnen begab ich mich auch zur Nachtruhe, schon um keine

Zeit zu verlieren, wenn ich dann von meinem Lager auf-, genauer: hinunterspringen mußte, zwei-, drei-, ja viermal in einer Nacht. Und nachts geht es ja noch an: nach einigen Schwierigkeiten, einigem Gestolper und Gerutsche im Schlamm draußen erreichen wir im Scheinwerferlicht das Ziel doch irgendwie. Aber was sollen wir tagsüber tun; was, wenn uns der Durchfall im Kommando ereilt – was doch unvermeidbar war? Man nimmt seinen ganzen Mut zusammen, reißt sich die Mütze vom Kopf und bittet den Aufseher um Erlaubnis: «*Gehorsamst, zum Abort*», vorausgesetzt natürlich, es gibt eine Bude in der Nähe, und zwar eine auch von Häftlingen zu benutzende Bude. Aber nehmen wir an, da ist eine, nehmen wir an, unser Aufseher ist gütig und erteilt uns einmal, erteilt uns ein zweites Mal die Erlaubnis: wer nun – möchte ich fragen – wäre so tollkühn, so zu allem entschlossen, daß er seine Geduld ein drittes Mal auf die Probe stellte? Da bleibt dann nur noch der stumme Kampf, mit zusammengebissenen Zähnen, mit ständig zitterndem Hohlbauch, bis die Prüfung entschieden ist und entweder unser Körper oder unser Wille die Oberhand gewinnt.

Und zuletzt sind da – erwartet oder unerwartet, herausgefordert oder eben gemieden – immer und überall die Schläge. Auch davon habe ich meinen Teil abbekommen, versteht sich, aber nicht mehr – und auch nicht weniger – als üblich, durchschnittlich, alltäglich war, nicht mehr als sonst jemand, sonst jeder von uns Prügel erhielt, soviel also, wie nicht mit einem eigenen, persönlichen Mißgeschick, sondern einfach mit den gewohnten Bedingungen im Lager einhergeht. Nur das ist eine Unstimmigkeit, wenn ich berichten muß, daß mir Prügel einmal auch nicht durch einen dazu eher berufenen, eher berechtigten, eher verpflichteten – oder wie ich es sagen soll – SS-Mann zuteil geworden sind, sondern einen Soldaten in gelber Uniform, der, so hörte ich, einer etwas undurchsichtigeren Organisation namens «Todt», einer Art Arbeitsaufsicht, angehörte. Er war gerade anwesend und sah – begleitet von was für einer Stimme, von was für einem Sprung –, wie ich den Zementsack fallen ließ. Tatsächlich, Zementschleppen war in jedem Kommando – völlig zu Recht, wie auch ich fand – nur mit der Freude zu begrüßen, die seltenen Gelegenheiten gebührt und die man sich auch untereinander kaum eingesteht. Man neigt den Kopf, jemand lädt einem den Sack auf den Nacken, man wandert zu einem Lastwagen, dort nimmt einem ein anderer den Sack wieder ab, dann trottet man mit einem schönen großen Umweg, dessen Grenzen von den augenblicklichen Gegebenheiten gesteckt sind, wieder zurück, und im Glücksfall stehen vor einem sogar noch welche an, so daß man noch mehr Zeit herausschinden kann bis zum nächsten Sack. Nun wiegt so ein Sack insgesamt etwa zehn bis fünfzehn Kilo – ein Kinderspiel unter heimischen Verhältnissen, da könnte ich sogar noch Ball damit spielen: hier aber stolperte ich, ließ ihn fallen. Und vor allem sprang auch das Papier des Sackes auf, und der Inhalt, das Material, der Wert, der teure Zement rann durch den Schlitz heraus und staubte über den Boden. Schon war er da, schon spürte ich seine Faust im Gesicht und dann, nachdem er mich niedergeschlagen hatte, auch seine Stiefel in den Rippen und im Nacken seine Hände, wie er mir das Gesicht immer wieder zu Boden drückte, in den Zement: ich solle ihn aufnehmen, zusammenkratzen, auflecken – verlangte er, unsinnigerweise. Dann zerrte er mich wieder hoch: «*Dir werd ich's zeigen, Arschloch, Scheißkerl, verfluchter Judenhund*», so daß ich nie wieder einen Sack fallen ließe, wie er versprach. Von da an lud er mir bei jeder Wende persönlich den Sack auf den Nacken, nur um mich kümmerte er sich, nur ich gab ihm zu tun, nur mich verfolgte er mit den Blicken bis zum Wagen und zurück, und mich holte er nach vorn, auch wenn der Reihe und der Gerechtigkeit nach andere drangewesen wären. Zu guter Letzt spielten wir einander beinahe schon in die Hände, kannten uns schon, beinahe las ich schon so etwas wie Befriedigung, Zuspruch, um nicht zu sagen Stolz auf seinem Gesicht, womit er, das mußte ich zugeben, unter einem bestimmten Blickwinkel gesehen sogar recht hatte: wenn auch schwankend, gekrümmt, zuweilen mit Schwärze vor den Augen, so hielt ich doch durch, ich kam und ging, ich trug und schleppte, und zwar ohne einen einzigen weiteren Sack fallen zu lassen, und das war ja – das mußte ich einsehen – alles in allem die Bestätigung für ihn. Andererseits fühlte ich am Ende dieses Tages, daß etwas in mir unwiederbringlich kaputtgegangen war, von da an dachte ich jeden Morgen, es sei der letzte, an dem ich noch aufstehen würde, bei jedem Schritt, daß ich den nächsten nicht mehr tun, bei jeder Bewegung, daß ich die nächste nicht mehr schaffen würde; aber ja nun, vorläufig schaffte ich sie noch jedesmal.

7

Mag sein, daß es Fälle gibt, daß Umstände vorkommen, die, wie es scheint, durch keinerlei Kunst noch schwerer zu machen sind. Ich darf sagen, nach so viel Bemühung, so zahlreichen vergeblichen Versuchen und Anstrengungen fand auch ich mit der Zeit Frieden, Ruhe, Erleichterung. Gewisse Dinge zum Beispiel, denen ich zuvor irgendwie eine ungeheure, geradezu unbegreifliche Bedeutung beigemessen hatte, verloren in meinen Augen ihr ganzes Gewicht. Beim Appell zum Beispiel, wenn ich vom Stehen müde war, gab ich nichts mehr darauf, ob da Schlamm oder eine Pfütze war: ich nahm einfach Platz, hockte mich hin und blieb so, bis mich meine Nachbarn mit Gewalt wieder hochzogen. Kälte, Feuchtigkeit, Wind oder Regen konnten mich nicht mehr stören: sie kamen nicht mehr an mich heran, ich spürte sie nicht einmal. Auch mein Hunger verging; auch jetzt noch führte ich zum Mund, was immer ich an Eßbarem fand, das aber nur noch ganz zerstreut, mechanisch, aus Gewohnheit, um es so zu sagen. Bei der Arbeit? – da achtete ich nicht einmal mehr auf den Schein. Wenn es ihnen nicht paßte, dann verprügelten sie mich höchstens, doch auch damit konnten sie mir nichts weiter antun, auch so gewann ich nur Zeit: schon beim ersten Schlag legte ich mich schleunigst zu Boden, und das weitere spürte ich gar nicht mehr, weil ich schlief.

Nur eines wurde immer stärker in mir: die Gereiztheit. Wenn mir jemand ins Gehege kam, wenn er auch nur meine Haut streifte, wenn ich beim Marschieren aus dem Schritt fiel (was oft vorkam) und mir jemand von hinten auf die Ferse trat, ich hätte ihn, ohne auch nur einen Augenblick zu zögern, kurzerhand da auf der Stelle umbringen können – hätte ich es gekonnt, versteht sich, und hätte ich nicht, noch ehe ich die Hand gehoben hatte, bereits vergessen gehabt, was ich eigentlich wollte. Auch mit Bandi Citrom geriet ich hin und wieder aneinander: ich «ließe mich gehen», ich falle dem Kommando zur Last, ich stürze alle ins Verderben, ich würde ihm noch meine Krätze anhängen – dergleichen warf er mir vor. Aber vor allem schien es, als würde ich ihn in einer bestimmten Hinsicht in Verlegenheit bringen, ihn irgendwie stören. Ich bemerkte es, als er mich eines Abends zu den Waschtrögen abschleppte. Ich strampelte und wehrte mich vergeblich, er zerrte mir mit Gewalt meine Kluft vom Leib, vergeblich versuchte ich, mit der Faust seinen Körper, sein Gesicht zu treffen, er rieb mir die fröstelnde Haut mit kaltem Wasser ab. Ich sagte ihm hundertmal, er belästige mich mit seiner Bevormundung, er solle mich in Ruhe lassen, sich verpissen. Ob ich denn hier verrecken, ob ich vielleicht nie wieder nach Hause wolle, fragte er, und ich weiß nicht, welche Antwort er aus meinem Gesicht gelesen haben mag, aber auf dem seinen sah ich plötzlich so etwas wie Bestürzung, eine Art Erschrecken, die Art, mit der man im allgemeinen hoffnungslose Unglücksvögel, Verurteilte oder, sagen wir, Verseuchte anschaut: da ist mir dann auch wieder eingefallen, wie er sich einmal über die Muselmänner geäußert hatte. Auf jeden Fall mied er mich von da an eher, wie ich sah, und ich meinerseits war nun auch diese Belastung los.

Von meinem Knie hingegen konnte ich mich in keiner

Weise befreien, dieser Schmerz war fortwährend da. Nach einigen Tagen habe ich es mir schließlich auch angeschaut und, obwohl ich von meinem Körper schon allerhand gewöhnt war, es doch vorgezogen, diesen brandroten Sack, in den sich mein Knie ringsum verwandelt hatte, lieber gleich wieder vor meinen Blicken zu verstecken. Ich wußte natürlich sehr wohl, daß es in unserem Lager auch ein Krankenrevier gab, aber erstens fiel die Sprechstunde ausgerechnet in die Zeit des Abendessens, das mir nun doch wichtiger schien, als geheilt zu werden, und dann trugen die eine oder andere Erfahrung, mancherlei Orts- und Lebenskunde auch nicht gerade viel zum Vertrauen bei. Nun ja, und dann war es auch weit: zwei Zelte weiter, und so lange Wege unternahm ich, wenn es nicht unbedingt sein mußte, nur noch ungern, schon weil mir das Knie nun bereits ziemlich weh tat. Schließlich haben mich Bandi Citrom und einer unserer Schlafgenossen dennoch mitgenommen, indem sie mit ihren Händen einen Sitz bildeten, so in der Art wie beim «Der-Storch-trägt-sein-Junges»-Spiel, und nachdem sie mich auf einem Tisch abgesetzt hatten, wurde ich gleich im voraus gewarnt: es würde wahrscheinlich weh tun, weil ein sofortiger Eingriff unvermeidlich sei, man aber mangels Betäubungsmitteln gezwungen sei, ihn einfach so durchzuführen. Soviel konnte ich zwischendurch beobachten: man brachte mir mit dem Messer kreuzweise zwei Schnitte am Knie an, durch die man dann eine Unmenge Zeug aus meinem Schenkel herauspreßte, worauf man das Ganze mit Papier verband. Darauf brachte ich auch gleich das Abendessen zur Sprache, und man versicherte mir: alles Nötige werde geschehen, und das konnte ich dann auch bald erleben, in der Tat. Die Suppe war diesmal aus Futterrüben und Kohlrabi gekocht, was ich sehr mag, und für das Revier war offensichtlich aus der Einlage geschöpft worden, womit ich ebenfalls zufrieden sein konnte. Die Nacht verbrachte ich dort, im Revierzelt, in der obersten Etage einer Box, noch dazu ganz allein, und unangenehm war höchstens, daß ich zur gewohnten Stunde des Durchfalls das Bein nicht benutzen konnte und auch vergebens – zuerst flüsternd, dann laut, dann schon brüllend – um Hilfe nachsuchte. Am folgenden Morgen haben sie dann zusammen mit etlichen anderen Körpern auch den meinen auf das nasse Blech eines offenen Lastwagens geschmissen, und ich wurde in eine nahe gelegene Ortschaft, die, wenn ich es richtig verstanden habe, «Gleina» hieß, transportiert, wo das eigentliche Krankenhaus unseres Lagers war. Hinten, auf einem hübschen Klappsitzstuhl sitzend, auf den Knien das von Nässe glänzende Gewehr, paßte ein Soldat während der Fahrt auf uns auf, mit einer offensichtlich unangenehm berührten, unwirschen Miene, wohl wegen eines plötzlichen Geruchs, eines nicht vermeidbaren Anblicks, manchmal rümpfte er auch angeekelt die Nase – mit einigem Recht, wie ich zugeben mußte. Vor allem kränkte mich, daß er sich irgendein Urteil zu bilden schien, anscheinend zu einer weitverbreiteten Schlußfolgerung gekommen war, und ich hätte mich gern gerechtfertigt: ich bin schließlich nicht allein daran schuld, ursprünglich ist das eigentlich nicht meine Natur – nur wäre es schwierig gewesen, das zu beweisen, das sah ich ein, natürlich. Als wir dann angekommen waren, mußte ich den plötzlich auf mich gerichteten und mir unerbittlich nachsetzenden Wasserstrahl eines Gummischlauchs, einer Art Gartenschlauch, über mich ergehen lassen, womit dann alles, die restlichen Lumpen, der Dreck, aber auch der Papierverband, von mir abgewaschen wurde. Dann aber brachten sie mich in einen Raum, in dem ich ein Hemd und von einem zweistöckigen Bretterbett das untere zugewiesen bekam, und da durfte ich mich auf einen zwar – vermutlich von meinem Vorgänger – schon ziemlich hartgelegenen, ziemlich flachgeklopften und -gedrückten, da und dort mit verdächtigen Flecken, verdächtig riechenden und verdächtig knisternden Verfärbungen verzierten, aber immerhin freien Strohsack legen, wo man es dann endlich ganz mir überließ, wie ich die Zeit verbringen wollte, und wo ich, vor allem, endlich einmal richtig ausschlafen konnte.

Wir nehmen unsere alten Gewohnheiten anscheinend stets an neue Orte mit: ich muß sagen, auch ich hatte im Krankenhaus anfangs mit zahlreichen eingefleischten, festgefahrenen Gewohnheiten zu kämpfen. Da war zum Beispiel die Sache mit dem Gewissen: in der ersten Zeit weckte es mich jeweils pünktlich am frühen Morgen. Ein andermal schreckte ich auf, weil mir war, als hätte ich den Appell verpaßt, sie suchten mich draußen schon, und mit nur langsam abflauendem Herzklopfen nahm ich den Irrtum zur Kenntnis und erfaßte den sich mir darbietenden Anblick, das Zeugnis der Wirklichkeit, daß ich ja gewissermaßen zu Hause war, alles in Ordnung, da stöhnt jemand ein bißchen, weiter weg unterhalten sich zwei, dort schaut jemand seltsam stumm und mit spitzer

Nase, starren Augen und offenem Mund zur Decke, nur meine Wunde tut weh, nun, und höchstens bin ich – wie immer – durstig, wahrscheinlich wohl wegen des Fiebers. Kurz und gut, ich brauchte etwas Zeit, um es ganz zu glauben: kein Appell, ich brauche die Soldaten nicht zu sehen und vor allem nicht zur Arbeit zu gehen – und all diese Vorteile konnten, für mich jedenfalls, von keinen Begleitumständen, keinerlei Krankheit wirklich geschmälert werden. Von Zeit zu Zeit brachten sie mich auch in ein kleines Zimmer im ersten Stock hinauf, wo zwei Ärzte am Werk waren, ein jüngerer und ein älterer, dessen Patient ich war, um es so zu sagen. Es war ein dünner, schwarzhaariger, sympathischer Mann, in sauberem Anzug und Schuhen, mit einer Armbinde und mit einem richtigen, erkennbaren Gesicht, das an einen freundlichen alten Fuchs erinnerte. Er fragte mich, woher ich komme, und erzählte, daß er aus Siebenbürgen stamme. Unterdessen hatte er mir schon den auseinanderfallenden, in der Gegend meines Knies bereits wieder verhärteten und gelbgrün gewordenen Papierwickel abgerissen, stützte sich mit beiden Händen auf meinen Schenkel und preßte heraus, was sich dort in der Zwischenzeit angesammelt hatte, und zum Schluß stopfte er mir mit einer Art Häkelnadel zusammengerollte Gazestücke zwischen Haut und Fleisch, um, so erklärte er, «den Fluß aufrechtzuerhalten», für den «Reinigungsprozeß», damit die Wunde nicht etwa vor der Zeit verheile. Ich für meinen Teil hörte das ganz gern, schließlich hatte ich draußen nichts verloren, von mir aus war die Heilung gar nicht so dringend, wenn ich es recht bedachte, verständlicherweise. Etwas weniger nach meinem Geschmack war eine weitere Beobachtung von ihm. Er hielt das Loch in meinem Knie für nicht ausreichend. Seiner Ansicht nach sollte auch seitlich noch ein Schnitt angebracht werden und dieser, mit Hilfe eines dritten Schnittes, mit dem ersten verbunden werden. Er fragte, ob ich dafür zu haben wäre, und ich war ganz erstaunt, denn er sah mich an wie jemand, der tatsächlich auf meine Antwort, vielleicht sogar auf meine Einwilligung, um nicht zu sagen meine Ermächtigung wartete. Ich sagte: «Wie Sie meinen», und darauf befand er, es wäre am besten, wenn er sich unverzüglich ans Werk machte. Das hat er dann auch auf der Stelle getan, nur konnte ich nicht umhin, mich etwas laut zu benehmen, und das, so sah ich, war ihm unbehaglich. Er bemerkte auch mehrmals: «So kann ich nicht arbeiten», und ich versuchte mich zu verteidigen: «Ich kann nichts dafür.» Nachdem er einige Zentimeter vorangekommen war, hat er dann aufgehört, ohne sein Vorhaben in vollem Umfang ausgeführt zu haben. Aber auch so schien er leidlich zufrieden, denn er bemerkte: «Immerhin etwas», weil er mir von nun an wenigstens an zwei Stellen Eiter abzapfen konnte, wie er sagte.

Die Zeit verging im Krankenhaus leicht: wenn ich nicht gerade schlief, beschäftigten mich Hunger, Durst, der Schmerz in der Wunde, da und dort eine Unterhaltung oder das Ereignis der Behandlung – aber auch ohne Beschäftigung, ja, ich darf sagen: gerade dank des angenehm kribbelnden Bewußtseins davon, dank dieses unversiegbare Freude bietenden Privilegs befand ich mich sehr wohl. Hie und da fragte ich auch die Neuankömmlinge aus: was es Neues im Lager gebe, aus welchem

Block sie kämen und ob sie nicht zufällig einen gewissen Bandi Citrom aus Block fünf kennten, einen Mittelgroßen mit gebrochener Nase und Zahnlücken vorn, aber keiner wußte etwas. Was ich im Behandlungszimmer an Wunden sah, war der meinen ähnlich, ebenfalls hauptsächlich am Ober- oder Unterschenkel, obwohl die Wunden manchmal auch weiter oben vorkamen, an der Hüfte, hintenherum, an den Armen, sogar am Hals und am Rükken; es waren von der Wissenschaft so genannte Phlegmone, so hörte ich es immer wieder, deren Entstehen und gehäuftes Auftreten unter den gewöhnlichen Umständen eines Konzentrationslagers keineswegs etwas Besonderes oder Erstaunliches war, wie ich von den Ärzten erfuhr. Etwas später kamen dann die, denen man ein, zwei, ja sogar manchmal alle Zehen abschneiden mußte, und sie berichteten, draußen sei es Winter und in den Holzschuhen seien ihnen die Füße erfroren. Ein andermal betrat, in maßgeschneidertem Sträflingsanzug, ein offensichtlich hochrangiger Würdenträger den Behandlungsraum. Ich hörte das leise, aber gut verständliche Wort «Bonjour!», und daraus sowie aus dem «F» in seinem roten Dreieck folgerte ich sogleich, daß er Franzose, und aus seiner mit «*O.-Arzt*» beschriebenen Armbinde, daß er offenbar der Oberarzt unseres Krankenhauses war. Ich schaute mir ihn gut an, denn ich hatte schon lange keinen so schönen Mann gesehen, der mit ihm vergleichbar gewesen wäre: er war nicht sehr groß, sein Anzug aber in den richtigen Proportionen ausgefüllt mit Fleisch, das sich überall in ausreichender Menge über die Knochen spannte, sein Gesicht ebenso voll, jeder Zug unverwechselbar der seine, mit erkennbarem Ausdruck und Mienenspiel, sein Kinn rund, mit einer Vertiefung in der Mitte, seine etwas dunkle, olivfarbene Haut schimmerte im Licht, so wie einst Haut geschimmert hatte, früher einmal, zu Hause, unter den Menschen. Mir schien er noch nicht sehr alt, so um die Dreißig herum. Wie ich sah, wurden auch die Ärzte sehr munter, sie bemühten sich, ihm gefällig zu sein, ihm alles zu erklären, das aber, wie ich merkte, nicht so sehr nach dem lagerüblichen Brauch, sondern eher nach alter, heimatlicher und irgendwie sogleich Erinnerungen heraufbeschwörender Gewohnheit und mit der Gewähltheit, Freude und dem gesellschaftlichen Eifer, die aufkommen, wenn man Gelegenheit hat zu zeigen, daß man eine Kultursprache hervorragend verstehen und sprechen kann, wie etwa in diesem Fall Französisch. Andererseits – so mußte ich sehen – bedeutete das dem Oberarzt offenbar nicht viel: er schaute sich alles an, gab da und dort eine kurze Antwort, oder er nickte, das alles aber langsam, leise, schwermütig, gleichgültig, mit einem irgendwie unveränderlichen Ausdruck von Entmutigung, ja, beinahe schon Trauer im Gesicht und in den nußbraunen Augen. Ich war ganz verdutzt, weil ich überhaupt nicht begriff, woran das bei einer so wohlhabenden, gutgestellten, vornehmen Person liegen konnte, die es außerdem zu einem so hohen Rang gebracht hatte. Ich versuchte in seinem Gesicht zu lesen, seine Bewegungen zu verfolgen, und nur allmählich kam ich dahinter: auch er war, da gab es nichts dran zu rütteln, letzten Endes gezwungen, hier zu sein, und nur allmählich und nicht ohne ein Staunen, eine heitere Verblüfftheit, verstärkte sich bei mir ein Eindruck, eine Vermutung, nämlich daß es eben dies war – mit einem Wort, daß ihn die Gefangenschaft an sich bedrückte, wie es schien. Ich hätte ihm schon beinahe gesagt, er solle nicht traurig sein, das sei ja noch das Geringste – aber ich fürchtete doch, es wäre vermessen, nun, und dann fiel mir auch noch ein, daß ich gar kein Französisch konnte.

Den Umzug habe ich im großen und ganzen verschlafen. Es war auch mir vorher zu Ohren gekommen: anstelle der Zeitzer Zelte sei ein Winterlager erstellt worden, nämlich Steinbaracken, unter denen man nun auch eine als Krankenhaus geeignete nicht vergessen hatte. Wieder schmissen sie mich auf einen Lastwagen – aus der Dunkelheit konnte ich ersehen, daß es Abend, und aufgrund der Kälte, daß es mitten im Winter war –, und das nächste, was ich erkannte, war dann schon der gutbeleuchtete, kalte Vorraum zu einem riesengroßen Saal und eine nach Chemikalien riechende Holzwanne: darin mußte auch ich – da nützten keine Klagen, keine Bitten und Proteste – zwecks Reinigung bis zum Scheitel untertauchen, was mich, abgesehen von der Kälte des Wanneninhalts, auch deshalb schaudern ließ, weil, wie ich sah, alle anderen Kranken vor mir auch schon – samt Wunden und allem – in diese braune Brühe getaucht waren. Und danach hat auch hier die Zeit angefangen zu vergehen, auch hier im wesentlichen so, insgesamt mit nur wenigen Abweichungen, wie an dem Ort vorher. In unserem neuen Krankenhaus waren die Pritschen zum Beispiel dreistöckig. Auch zum Arzt wurde ich seltener gebracht, und so reinigte sich meine Wunde einfach so, an Ort und Stelle, auf ihre Art von selbst. Dazu machte sich bald auch an meiner Hüfte ein Schmerz, dann der schon bekannte brandrote Sack bemerkbar. Nach ein paar Tagen, als ich abgewartet hatte, ob es vergehen oder ob vielleicht sonst etwas dazwischenkommen würde, mußte ich wohl oder übel dem Pfleger Mitteilung machen, und nach erneutem Drängen, nach weiteren Tagen des Wartens bin ich dann auch an die Reihe gekommen, bei den Ärzten im Vorraum der Baracke; so hatte ich nun nicht nur am Knie, sondern auch an der Hüfte einen Schnitt ungefähr von der Länge meiner Hand. Ein weiterer unangenehmer Umstand ergab sich aus meinem Platz, auf einem der unteren Betten, gerade gegenüber einem hohen, schmalen, auf einen ewig grauen Himmel hinausgehenden, scheibenlosen kleinen Fenster, dessen Eisengitter wahrscheinlich wegen der hier drinnen dampfenden Ausdünstungen fortwährend von Eiszapfen und stacheligem Rauhreif überzogen war. Ich hingegen trug einzig, was eben einem Kranken zukam: ein kurzes Hemd ohne Knöpfe, na und dann im Hinblick auf den Winter eine seltsame grüne Strickmütze, die sich in Bögen über die Ohren und keilförmig über die Stirn legte und an einen Eisschnelläufer oder einen Darsteller des Satans auf der Bühne erinnerte, sonst aber sehr nützlich war. So fror ich dann viel, vor allem nachdem ich auch noch eine von meinen beiden Decken verloren hatte, mit deren Lumpen ich bis dahin die Mängel der anderen ganz ordentlich hatte ergänzen können: ich solle sie ihm nur rasch leihen, er würde sie mir dann zurückbringen – so der Pfleger. Ich versuchte umsonst, sie mit beiden Händen festzuhalten, mich an ihr Ende zu klammern, er erwies sich als der Stärkere, und neben dem Verlust schmerzte mich auch der Gedanke einigermaßen, daß Decken – jedenfalls soviel ich wußte – hauptsächlich denen weggenommen wurden, bei denen man mit einem voraussichtlich baldigen Ende rechnete, ja, darauf wartete, wie ich wohl sagen dürfte. Ein andermal warnte mich eine inzwischen wohlbekannte, gleichfalls von einem der unteren Betten, aber irgendwo weiter hinten kommende Stimme: es war anscheinend wieder ein Pfleger aufgetaucht, wieder mit einem neuen Kranken auf den Armen, und anscheinend eben dabei herauszufinden, zu wem, in welches unserer Betten er ihn legen könnte. Der mit der Stimme aber – so konnten wir erfahren – war aufgrund der Schwere seines Falls und ärztlicher Erlaubnis zu einem eigenen Bett berechtigt, und er schmetterte, donnerte mit so mächtiger Stimme: «Ich protestiere!» und berief sich darauf: «Ich habe das Recht! Fragen Sie den Arzt!», und erneut: «Ich protestiere!», daß die Pfleger ihre Last in der Tat jedesmal zu einem anderen Bett weitertrugen – so zum Beispiel zu meinem, und auf diese Weise erhielt ich einen ungefähr gleichaltrigen Jungen als Schlafgenossen. Mir schien, als hätte ich sein gelbes Gesicht, seine großen, brennenden Augen schon irgendwo gesehen – ein gelbes Gesicht und große brennende Augen hatte allerdings jeder. Sein erstes Wort war, ob ich wohl einen Schluck Wasser hätte, und ich sagte, den würde ich auch nicht verschmähen; sein zweites, gleich nach dem ersten: und Zigaretten?, doch damit hatte er natürlich auch kein Glück. Er bot mir Brot dafür an, aber ich sagte ihm, Worte nützten da nichts, an ihnen liege es nicht, sondern ich hätte eben keine; daraufhin verstummte er für eine Weile. Ich vermute, daß er Fieber hatte, weil seinem ununterbrochen zitternden Körper eine ständige Hitze entströmte, die mir von angenehmem Nutzen war. Schon weniger freute mich, daß er sich nachts soviel herumwarf und -drehte, und das auch nicht immer mit der gebotenen Rücksicht auf meine Wunden. Ich sagte ihm dann auch, he, genug, er solle ein bißchen Ruhe geben, und irgendwann hat er meine Worte dann auch beherzigt. Erst am Morgen habe ich gesehen, warum: zum Kaffee versuchte ich bereits vergeblich, ihn zu wecken. Ich habe dem Pfleger aber doch eiligst auch seinen Napf hingehalten, als dieser, gerade als ich ihm den Fall melden wollte, das unwirsch von mir verlangte. Dann habe ich auch seine Brotration in Empfang genommen sowie seine Suppe am Abend, und so auch im weiteren, bis er eines Tages anfing, sich ziemlich seltsam aufzuführen: da blieb mir dann doch nichts anderes übrig, als es zu melden, ich konnte ihn nicht länger in meinem Bett aufbewahren, schließlich und endlich. Ich war ein bißchen beklommen, denn die Verspätung war schon recht gut festzustellen und der Grund, bei einiger Sachkenntnis, mit der ich ja rechnen durfte, ebenso leicht zu erraten – aber man hat ihn mit den anderen weggebracht und Gott sei Dank nichts gesagt und mich auch vorläufig ohne Genossen sein lassen.

Des weiteren lernte ich hier das Ungeziefer wirklich kennen. Die Flöhe konnte ich überhaupt nicht fangen: sie waren flinker, verständlicherweise, denn sie waren ja auch besser genährt, nämlich an mir. Die Läuse dagegen ließen sich leicht kriegen, nur war es zwecklos. Wenn ich sehr wütend auf sie war, zog ich den Daumennagel über das auf meinem Rücken gespannte Leinen des Hemdes, und an dem langanhaltenden Geknister konnte ich das Ausmaß der Rache, der Vernichtung ermessen und genießen – doch nach einer Minute hätte ich wieder von vorn beginnen können, an derselben Stelle und mit demselben Ergebnis. Sie waren überall, sie drängten sich in jeden versteckten Winkel, meine grüne Mütze war schon ganz grau, wimmelte nur so von ihnen, sie bewegte sich beinahe schon. Aber immerhin, am meisten war ich überrascht, verblüfft und dann auch entsetzt, als ich an der Hüfte plötzlich ein Kitzeln verspürte, den Papierverband hob und sah, daß sie schon in meinem Fleisch saßen und sich von meiner Wunde nährten. Ich fuchtelte herum, versuchte, sie loszuwerden, sie wenigstens dort herauszuwürgen, herauszuklauben, sie wenigstens noch zu ein bißchen Geduld, ein bißchen Abwarten zu zwingen – und ich kann behaupten, daß mir noch nie ein Kampf so aussichtslos erschienen ist, ein Widerstand so hartnäckig, ja unverschämt, wie dieser. Nach einer Weile habe ich es dann auch aufgegeben und dieser Gefräßigkeit nur noch zugesehen, diesem Gewimmel, dieser Gier, diesem Appetit, diesem hemmungslosen Glück: es war irgendwie, als würde ich das von irgendwoher ein wenig kennen. Mir ging auf, daß ich sie in gewisser Hinsicht verstehen konnte, wenn ich es mir recht überlegte. Zu guter Letzt war ich schon fast erleichtert, es schauderte mich fast nicht mehr. Auch jetzt freute ich mich nicht gerade, ich war immer noch ein wenig verbittert, verständlicherweise, wie ich meine – aber eher so allgemein, ohne wütend zu sein, eher so ein bißchen wegen der gesamten Ordnung der Natur, um es so zu sagen; auf jeden Fall habe ich das Ganze schnell wieder zugedeckt, mich danach auf keinen Kampf mehr mit ihnen eingelassen und sie nicht wieder behelligt.

Ich kann behaupten: es gibt keine noch so große Erfahrung, keine noch so vollkommene Ergebenheit, keine noch so tiefe Einsicht, daß man seinem Glück nicht doch noch eine letzte Chance gäbe – vorausgesetzt, man hat die Möglichkeit dazu, versteht sich. Als ich nämlich mit all denen, an deren Arbeitsfähigkeit offensichtlich keine großen Hoffnungen mehr zu knüpfen waren, nach Buchenwald, an den Absender gewissermaßen, zurückgeschickt wurde, da teilte ich mit allen mir verbliebenen Fähigkeiten natürlich die Freude der anderen, weil mir ja sofort die schönen Tage von damals, nun und dann ganz besonders die morgendlichen Suppen in den Sinn kamen. Hingegen habe ich nicht daran gedacht, das muß ich gestehen, daß ich vorher ja auch noch dorthin kommen mußte, und zwar mit der Bahn und unter den bei solchen Reisen üblichen Bedingungen; jedenfalls kann ich sagen, daß es Dinge gibt, die ich bis dahin nie verstanden hatte und die ich auch schwerlich überhaupt hätte glauben können. Zum Beispiel ließ sich ein früher oft gehörter Ausdruck wie «sterbliche Überreste» nach meinem vormaligen Wissen ausschließlich auf einen Verstorbenen beziehen. Ich jedoch, daran war kein Zweifel, lebte noch, wenn auch flackernd, ganz hinuntergeschraubt gewissermaßen, aber etwas brannte noch in mir, die Lebensflamme, wie man so sagt – andererseits war da mein Körper, ich wußte alles von ihm, nur war ich selbst irgendwie nicht mehr in ihm drin. Ich konnte ohne weiteres feststellen, daß dieses Ding, zusammen mit ähnlichen Dingen neben und über ihm, hier lag, auf dem kalten und von verdächtigen Säften feuchten Stroh des rumpelnden Wagenbodens, daß der Papierverband sich schon längst gelöst hatte, zerfleddert und weggerissen war, daß mein Hemd und die Sträflingshose, die man mir für die Reise angezogen hatte, sich mit den offenen Wunden verklebten – aber all das berührte mich nicht wirklich, interessierte mich nicht, es beeinflußte mich nicht mehr, ja, ich darf sagen, daß ich mich schon lange nicht mehr so leicht, so friedlich, fast schon verträumt, um es rundheraus zu sagen: so angenehm gefühlt hatte. Nach so langer Zeit war ich zum erstenmal endlich auch die Qual der Gereiztheit los: die Körper, die an mich gepreßt waren, störten mich nicht mehr, irgendwie freute es mich eher, daß sie bei mir waren, mir so vertraut und dem meinen so ähnlich, und jetzt zum erstenmal erfaßte mich ihnen gegenüber ein ungewohntes, regelwidriges, irgendwie linkisches, um nicht zu sagen ungeschicktes Gefühl – möglicherweise vielleicht Liebe, glaube ich. Und gleiches wurde mir von ihnen zuteil. Hoffnungen, wie zu Anfang, versuchten sie mir allerdings nicht mehr zu machen. Möglicherweise war das, was sie hin und wieder kundgaben – abgesehen von dem allgemeinen leichten Stöhnen, dem Atemholen zwischen den Zähnen, den leisen Klagen –, gerade deswegen, natürlich aber auch wegen der übrigen Schwierigkeiten, so still und andererseits auch so familiär: hier ein tröstendes Wort, da ein beruhigender Zuspruch. Aber ich kann sagen, auch mit Taten geizte nicht, wer dazu nur noch irgend fähig war, und auch zu mir reichten Hände in barmherziger Fürsorge aus wer weiß welcher Entfernung die Konservendose weiter, nachdem ich gemeldet hatte, daß ich urinieren mußte. Als dann am Ende auf einmal – ich weiß nicht, wie, wann und vermittels welcher Hände – statt der Bretter des Eisenbahnwagens die von einer Eishaut überzogenen Pfützen eines gepflasterten Bodens unter meinem Rücken waren, da bedeutete es mir allerdings nicht mehr viel, glücklich in Buchenwald angekommen zu sein, und ich hatte längst vergessen, daß es eigentlich der Ort war, an den es mich so sehr gezogen hatte. Ich hatte auch keine Ahnung, wo ich war: noch am Bahnhof oder schon ein Stück weiter drinnen, ich erkannte die Gegend nicht und sah auch nicht die Straße, die Villen und das Denkmal, an das ich mich doch so gut erinnern konnte.

Auf jeden Fall schien mir, daß ich lange so lag, und ich war einfach da, friedlich, sanft, ohne Neugier, voller Geduld, einfach da, wo sie mich hingelegt hatten. Ich spürte weder Kälte noch Schmerz, und auch daß mir irgendwie ein stechender Niederschlag, zwischen Schnee und Regen, das Gesicht naß machte, wurde mir eher von meinem Verstand als von meiner Haut vermittelt. Ich sann der einen oder anderen Sache nach, schaute mir an, was mir eben so, ohne unnötige Bewegung, ohne Anstrengung vor die Augen kam: so etwa den niedrigen, grauen, undurchsichtigen Himmel über meinem Gesicht, genauer, die bleigrauen, trägen Winterwolken, die ihn vor meinen Augen verbargen. Hin und wieder entstand unverhofft ein Spalt, ein helleres Loch, für einige Augenblicke, als sei da plötzlich eine Tiefe zu erahnen, aus der von dort oben ein Strahl auf mich herabzufallen schien, ein rascher, forschender Blick, von der Farbe her unbestimmbare, aber zweifellos helle Augen – irgendwie denen des Arztes ähnlich, vor den ich damals, in Auschwitz, gekommen war. Gleich neben mir geriet ein unförmiger Gegenstand: ein Holzschuh in meinen Blick, auf der anderen Seite hingegen eine der meinen ähnliche Teufelsmütze mit spitzem Zubehör: einer Nase und einem Kinn, dazwischen eine hohle Vertiefung, ein Gesicht. Dahinter weitere Köpfe, Gegenstände, Körper – ich begriff: der Rest der Ladung, der Abfall, um es genauer zu sagen, den man offenbar erst einmal hier aufbewahrte. Nach einiger Zeit, und ich weiß nicht, ob es eine Stunde, ein Tag oder ein Jahr war, hörte ich dann schließlich Stimmen, Laute, das Geräusch von Aufräumarbeiten. Der Kopf neben mir hob sich auf einmal in die Höhe, und weiter unten, an seinen Schultern, erblickte ich Arme im Sträflingsanzug, die gerade im Begriff waren, den Körper auf eine Art Gefährt, eine Art Karren hinaufzuwerfen, obendrauf auf einen Haufen weiterer Körper. Gleichzeitig drangen Wortfetzen an mein Ohr, die ich gerade eben herauszuhören vermochte, und mit noch größerer Mühe erkannte ich in diesem heiseren Geflüster eine vordem – wie ich erinnern mußte – doch so eherne Stimme: «Ich pro...te...stiere», murmelte sie. Da blieb der Körper für einen Augenblick in der Luft hängen, bevor er weitergeschwungen wurde, gewissermaßen vor Überraschung, wie ich empfand, und gleich darauf hörte ich eine andere Stimme, offenbar von demjenigen, der ihn an den Schultern hielt. Es war eine angenehme, männliche, freundliche Stimme, und ihr etwas fremd klingendes Lagerdeutsch zeugte meinem Gefühl nach eher von einem gewissen Staunen, einer gewissen Verblüffung, als von Unwillen: «*Was? Du willst noch leben?*» fragte er, und auch ich fand das, in der Tat, etwas komisch und unbegründbar, im großen und ganzen ziemlich vernunftwidrig von ihm, in diesem Moment. Und ich beschloß: ich meinerseits werde vernünftiger sein. Aber da hatten sie sich schon über mich gebeugt, und ich mußte zwinkern, weil sich eine Hand irgendwie in der Gegend meiner Augen zu schaffen machte, bevor sie auch mich auf die Ladung eines kleineren Karrens fallen ließen und mich irgendwohin zu schieben begannen, wohin, darauf war ich gar nicht so neugierig. Nur eines beschäftigte mich, ein Gedanke, eine Frage, die mir eben erst gekommen war. Mag sein, es war mein Fehler, daß ich es nicht wußte, aber ich war nie so vorausblickend gewesen, mich nach den Buchenwalder Gebräuchen, nach der Ordnung, der Verfahrensweise zu erkundigen, nämlich, mit einem Wort, wie sie es hier eigentlich machten: mit Gas, wie in Auschwitz, oder vielleicht mit Hilfe von Medikamenten, wovon ich dort ebenfalls gehört hatte; vielleicht mit der Kugel, vielleicht anderswie, mit einer der tausenderlei Methoden, für die meine Kenntnisse nicht ausreichten – ich wußte es einfach nicht. Auf jeden Fall hoffte ich, es würde nicht weh tun, und es mutet vielleicht seltsam an, aber diese Hoffnung war genauso echt, erfüllte mich genauso wie andere, wirklichere Hoffnungen – um es so zu sagen –, die man an die Zukunft knüpft. Und erst da habe ich erfahren, daß die Eitelkeit ein Gefühl ist, das einen anscheinend bis zum allerletzten Augenblick begleitet, denn wie sehr mir diese Ungewißheit auch zusetzte, ich richtete nicht eine einzige Frage, nicht eine einzige Bitte, nicht ein einziges Wort, keinen einzigen Blick nach hinten, zu dem oder denen, die mich schoben. Der hochgelegene Weg aber machte jetzt eine Biegung, und da unten tat sich mit einemmal eine weite Aussicht auf. Da lag das ganze Gelände, der riesige, dicht bevölkerte Abhang, die einförmigen Steinhäuschen, die schmucken grünen, und dazu, in einer gesonderten Gruppe, etwas düstere, vielleicht neue und noch nicht angestrichene Baracken, die gewundenen, aber sichtlich geordneten Drahtzaunhekken, welche die verschiedenen inneren Zonen voneinander trennten, und weiter entfernt die sich im Nebel verlierende Masse mächtiger, jetzt kahler Bäume. Ich weiß nicht, worauf bei dem Gebäude dort die vielen nackten Muselmänner warteten, umgeben von einigen auf und ab spazierenden Würdenträgern und, wenn ich es richtig sah, ja, in der Tat, an ihren Schemeln und ihren eifrigen Bewegungen erkannte ich sie: von Friseuren – sie warteten offenbar darauf, zum Bad und danach ins Lager eingelassen zu werden. Aber auch weiter innen, etwas weiter entfernt, waren die gepflasterten Lagerstraßen von Bewegung, leichter Beschäftigung, sachtem Treiben, den Zeichen des Zeitvertreibs belebt – Alteingesessene, Kränkelnde, Amtsträger, Lagerwarte, die glücklichen Auserwählten der inneren Kommandos kamen und gingen, erledigten ihre tägliche Arbeit. Da und dort vermischten sich verdächtige Rauchschwaden mit freundlicheren Dämpfen, von irgendwoher drang vertrautes Geklapper zu mir herauf, so wie der Glockenschlag in unsere Träume, und mein suchender Blick fiel bald auf einen Trupp dort unten, von dem mühsam dampfende

Kessel geschleppt wurden, mit quer über die Achseln gelegten Stangen, und in der herb riechenden Luft erkannte ich von fern her, kein Zweifel, den Duft von Kohlrübensuppe. Das war schade, denn dieser Anblick, dieser Duft mögen in meiner sonst schon abgestumpften Brust ein Gefühl ausgelöst haben, dessen anschwellende Woge sogar aus meinen ausgetrockneten Augen noch ein paar wärmere Tropfen in die kalte Nässe auf meinem Gesicht zu pressen vermochte. Und alles Abwägen, alle Vernunft, alle Einsicht, alle Verstandesnüchternheit half da nichts – in mir war die verstohlene, sich ihrer Unsinnigkeit gewissermaßen selbst schämende und doch immer hartnäckiger werdende Stimme einer leisen Sehnsucht nicht zu überhören: ein bißchen möchte ich noch leben in diesem schönen Konzentrationslager.

8

Ich muß einsehen, daß ich gewisse Dinge nie zu erklären vermag, auf keine Weise, nicht wenn ich sie von meiner Erwartung, von den Regeln, der Vernunft – im ganzen also vom Leben und der allgemeinen Ordnung her betrachte, soweit ich sie kenne, zumindest. So habe ich zum Beispiel, nachdem man mich wieder vom Karren abgeladen hatte, irgendwohin auf den Boden, überhaupt nicht begriffen, was ich noch mit Rasiermesser und Haarschneidemaschine zu tun hatte. Jener bis zum Ersticken vollgepfropfte und auf den ersten Blick einem Duschbad täuschend ähnliche Raum, auf dessen glitschigem Holzrost man mich ablegte, zwischen unzählige Füße, geschwürige Waden und Schienbeine, die da herumwühlten und sich gegen mich preßten, entsprach im großen und ganzen schon eher meiner Erwartung. Zuletzt ging mir sogar noch flüchtig durch den Kopf: na also, demnach ist, wie es scheint, auch hier der Auschwitzer Gebrauch üblich. Um so größer war meine Überraschung, als nach einer kurzen Wartezeit, nach schnaufenden, gurgelnden Tönen unerwartet Wasser, großzügig bemessenes, warmes Wasser aus den Hähnen dort oben zu strömen begann. Hingegen war ich nicht sehr erfreut, denn ich hätte mich gern noch ein wenig gewärmt, doch was konnte ich dagegen tun, daß mich auf einmal eine unwiderstehliche Kraft aus diesem Wald von wimmelnden Beinen in die Höhe riß, während eine Art großes Laken und darauf eine Decke sich um mich wikkelten. Dann erinnere ich mich an eine Schulter, über die ich mit dem Kopf nach hinten, mit den Beinen nach vorn herunterhing; an eine Tür, an die steilen Stufen eines engen Treppenhauses, nochmals eine Tür, dann ein großer Raum, um nicht zu sagen ein Zimmer, wo neben Helle und Geräumigkeit ein nahezu schon kasernenmäßiger Luxus der Einrichtungsgegenstände mein ungläubiges Auge traf, und schließlich das Bett – ein richtiges, echtes, ganz offensichtlich für eine Person gedachtes Bett mit einem gut gestopften Strohsack und zwei grauen Decken –, auf das ich von dieser Schulter hinüberrollte. Des weiteren erinnere ich mich an zwei Männer – richtige, schöne Menschen mit Gesichtern, Haaren, in weißen Hosen, Trikothemden und Holzpantinen; ich sah sie mir an, konnte mich überhaupt nicht satt sehen an ihnen, während sie umgekehrt mich betrachteten. Da erst fielen mir ihre Lippen auf und daß schon eine Weile irgendeine Singsang-Sprache an mein Ohr drang. Ich hatte das Gefühl, sie wollten etwas von mir wissen, aber ich konnte bloß den Kopf schütteln: ich verstand nichts. Darauf hörte ich den einen, allerdings mit recht seltsamer Betonung, auf deutsch fragen: «*Hast du Durchmarsch?*», und mit einiger Überraschung stellte ich fest, daß meine Stimme – warum auch immer – erwiderte: «*Nein*», wahrscheinlich noch da, noch jetzt aus Eitelkeit vermutlich. Daraufhin – nachdem sie sich ein wenig beratschlagt, sich ein bißchen zu schaffen gemacht hatten – drückten sie mir zweierlei in die Hand. Ein Geschirr mit lauwarmem Kaffee und ein Stück Brot, so ungefähr ein Sechstel, schätzungsweise. Das durfte ich nehmen, durfte es verzehren, ohne jeglichen Preis, ohne jeglichen Handel. Dann nahm eine Zeitlang mein auf einmal Lebenszeichen gebendes, aufbegehrendes, unfolgsames Inneres meine ganze Aufmerksamkeit und vor allem meine ganzen Kräfte in Anspruch, denn es sollte ja keinesfalls das zuvor abgegebene Wort Lügen strafen. Später wurde ich plötzlich gewahr, daß der eine Mann wieder da war, nun in Stiefeln, mit einer schönen dunkelblauen Mütze, in einer Häftlingsjacke mit rotem Dreieck.

Also wieder hinauf auf die Schulter, die Treppe hinunter und diesmal durch die Tür direkt hinaus, ins Freie. Bald darauf sind wir in eine weitläufige graue Baracke eingetreten, so eine Art Heilanstalt oder Revier, wenn nicht alles täuschte. Hier nun schien alles wieder mehr oder weniger meinen Erwartungen zu entsprechen, war also alles in allem völlig in Ordnung, um nicht zu sagen geradezu heimisch – nur verstand ich jetzt die Behandlung vorher, den Kaffee und das Brot, nicht so recht. Entlang unseres Weges, über die ganze Länge der Baracke, grüßte eine Reihe wohlbekannter dreistöckiger Boxen. Alle vollgestopft, und ein einigermaßen geschultes Auge, wie zum Beispiel, das darf ich sagen, das meine, konnte auch in dem bis zur Unentwirrbarkeit verfilzten Knäuel einstiger Gesichter, von Haut, die mit Krätze und Geschwüren übersät war, von Knochen, Lumpen und spitzen Gliedmaßen sogleich erkennen, daß dieses ganze Zubehör mindestens fünf, im einen oder anderen Fall sogar sechs Körper je Verschlag bedeutete. Dazu suchte ich auf den nackten Brettern vergebens nach dem sogar noch in Zeitz als Streu dienenden Stroh – doch für die Zeit, der ich allem Anschein nach hier noch entgegensehen konnte, war das nicht mehr ein so wichtiges Detail, in der Tat, das gab ich zu. Dann aber – während wir stehenblieben und Worte einer Unterhaltung oder eher Verhandlung an mein Ohr drangen, offenbar von dem, der mich trug, und einem anderen geführt – folgte wieder eine Überraschung. Zuerst wußte ich gar nicht, ob ich recht sah – aber ich konnte mich nicht täuschen, denn die Baracke war dort sehr gut, von starken Lampen beleuchtet. Zu meiner Linken auch hier die beiden Reihen gewöhnlicher Boxen, doch lag nun auf den Brettern eine Schicht roter, rosaroter, blauer, grüner und lilafarbener Steppdecken, darüber noch eine Schicht, aus den gleichen Steppdecken, und dazwischen guckten, eng nebeneinander, kahlgeschorene Kinderköpfe hervor, größere und kleinere, aber im allgemeinen Köpfe von

Jungen so etwa in meinem Alter. Und kaum hatte ich das alles wahrgenommen, da wurde ich auf den Boden gestellt und gestützt, damit ich nicht etwa umkippte, wurde mir die Decke abgenommen und Knie und Hüfte in Eile mit Papier verbunden, und kaum hatten sie mir ein Hemd übergezogen, schlüpfte ich schon zwischen zwei Schichten von Steppdecken und zwei sich in Eile zur Seite drückende Jungen hinein, in der zweiten Etage.

Dann sind sie gegangen, auch dieses Mal ohne jede Erklärung, und da konnte ich mich eben wieder nur auf das Funktionieren meines eigenen Verstandes verlassen. Auf jeden Fall, das mußte ich zugeben, war ich da, und diese Tatsache erneuerte sich unbestreitbar in jedem Augenblick, dauerte fort, dauerte noch immer und dauerte auch weiterhin beständig an. Später wurde mir noch einiges Wissenswerte klar. Das hier zum Beispiel war wohl eher der vordere als der hintere Teil der Baracke, wie an einer nach draußen führenden Tür gegenüber wie auch an der Weitläufigkeit des hellen Raums davor ersichtlich war – Tummel- und Arbeitsplatz von Würdenträgern, Schreibern, Ärzten, an der augenfälligsten Stelle eingerichtet mit einer Art Tisch, der von einem weißen Laken bedeckt war. Wer in den hinteren Holzboxen hauste, hatte meist die Ruhr oder Typhus, und hatte er sie noch nicht, dann würde er sie noch bekommen, das war sicher. Das erste Anzeichen dafür – wie auch der nicht zu unterdrückende Geruch anzeigt – ist der *Durchfall*, auch *Durchmarsch* genannt, wonach sich die Leute vom Badekommando ja auch sofort bei mir erkundigt hatten, und demzufolge, das sah ich ein, wäre mein Platz eigentlich dort gewesen, wenn ich ihre Frage zufällig wahrheitsgemäß beantwortet hätte. Tagesverpflegung und Küche schienen mir ebenfalls mit Zeitz vergleichbar: morgens Kaffee, die Suppe kam schon früh am Vormittag, die Brotration betrug ein Drittel oder ein Viertel, in letzterem Fall dann meistens mit Zulage. Auf die Tageszeiten konnte ich – wegen der immer gleichmäßigen Beleuchtung, die durch kein Fenster, hell oder dunkel, beeinflußt wurde – nur mit einiger Schwierigkeit und bloß nach gewissen untrüglichen Zeichen schließen: auf den Morgen nach dem Kaffee, auf die Schlafenszeit nach dem allabendlichen Abschied des Arztes. Schon am ersten Abend hatte ich mit ihm Bekanntschaft geschlossen. Ich war auf einen Mann aufmerksam geworden, der gerade bei unserer Box stehengeblieben war. Er konnte nicht besonders groß sein, denn sein Kopf befand sich etwa auf gleicher Höhe mit dem meinen. Sein Gesicht war nicht nur voll, sondern da und dort sogar schon zu füllig, und er hatte nicht nur einen hochgezwirbelten, fast grauen Schnurrbart, sondern auch – zu meinem größten Erstaunen, da ich so etwas in einem Konzentrationslager noch nie gesehen hatte – einen gleichfalls taubengrauen, höchst gepflegten kleinen Kinnbart, hübsch spitz zugeschnitten. Dazu trug er eine große, würdevolle Mütze, eine dunkle Tuchhose, aber auch – obwohl aus gutem Stoff – eine Sträflingsjacke mit einer Armbinde und dem roten Zeichen, darin ein «F». Er nahm mich in Augenschein, so wie bei Neuankömmlingen üblich, und sagte auch etwas zu mir. Ich antwortete mit dem einzigen Satz, den ich auf französisch kann: «Schö nö kompran pa, mössjöh.» «Ui, uii», hat er darauf gesagt, mit einer vollen, freundlichen, ein bißchen heiseren Stimme, «bon, bon, mon fis», und damit ein Stück Zucker vor meiner Nase auf die Decke gelegt, richtigen Würfelzukker, so wie ich ihn von zu Hause kannte. Dann ist er an all den anderen Boxen entlanggegangen, auf beiden Seiten, allen drei Etagen, und für jeden Jungen hat es zu einem Würfelzucker aus seiner Tasche gereicht. Vor einige legte er das Stück einfach hin, bei anderen hingegen verweilte er länger, ja, einige konnten mit ihm sogar sprechen, und ganz besonders diesen tätschelte er das Gesicht, kitzelte sie am Hals, plauderte, zwitscherte gewissermaßen mit ihnen, so etwa, wie man zu Hause ein bißchen mit seinem Kanarienvogel herumtrillert, wenn gerade seine Stunde ist. Ich habe auch bemerkt, daß für einige seiner Lieblinge, vor allem für die, die seine Sprache verstanden, sich auch noch ein zweites Stückchen Zucker fand. Da erst begriff ich, was man mir zu Hause immer wieder eingetrichtert hatte, nämlich daß Bildung nützlich ist, vor allem, in der Tat, die Kenntnis von Fremdsprachen.

Wie gesagt, all das nahm ich auf, nahm es zur Kenntnis, doch immer mit dem Gefühl, um nicht zu sagen, schon fast mit der Einschränkung, daß ich währenddessen die ganze Zeit auf etwas wartete, und wenn ich auch nicht wußte, worauf eigentlich, so eben doch auf die Wende, darauf, daß das Geheimnis sich lüftete, auf das Erwachen sozusagen. Am nächsten Tag zum Beispiel, als er während seiner Arbeit einen Augenblick Zeit hatte, zeigte der Arzt mit dem Finger zu mir herüber. Man zog mich von meinem Platz und setzte mich vor ihn auf den Tisch. Er ließ ein paar freundliche Kehllaute erklingen, berührte mit seinem kalten Ohr, der stacheligen Spitze seines Schnurrbärtchens meinen Rücken und meine Brust, bedeutete mir, tief einzuatmen, zu husten. Dann legte er mich hin, ließ durch eine Art Gehilfen die Papierverbände entfernen und nahm sich meine Wunden vor. Er besah sie sich, zuerst nur aus einer gewissen Entfernung, dann betastete er sie vorsichtig, worauf sofort etwas von ihrer inneren Substanz zum Vorschein kam. Darauf machte er «hm, hm» und schüttelte besorgt den Kopf, als bedrückten ihn die Wunden ein wenig, als hätten sie ihm ein wenig die Laune verdorben, so schien mir. Dann hat er sie rasch wieder verbunden, so als wollte er sie aus seinen Augen verschwinden lassen, und ich hatte das Gefühl: sie schienen nicht seinen Beifall zu finden, ihn nicht gerade zu befriedigen; er schien sich mit ihnen ganz und gar nicht abfinden zu können.

Aber auch sonst bin ich bei der Prüfung in dem einen oder anderen Punkt nicht gut weggekommen, wie ich nicht umhinkonnte festzustellen. Mit den Jungen neben mir zum Beispiel konnte ich mich in keiner Weise verständigen. Sie hingegen plauderten ungestört miteinander, über mich hinweg oder an mir vorbei, aber so, als sei ich bloß irgendein Hindernis, das ihnen einfach im Weg war. Zuvor noch hatten sie wissen wollen, was ich für einer sei. Ich sagte «Ungar» und hörte, wie sich die Neuigkeit in Windeseile links und rechts verbreitete: *wengerski, wengrija, magyarski, matjar, ongroa* und was sonst noch alles. Einer sagte auch: «Khenjir!», das heißt *kenyér*, Brot, und die Art, wie er und gleich der ganze Chor dazu lachten, ließ bei mir keinen Zweifel darüber, daß er meinesgleichen schon kannte, und zwar gründlich. Es war unangenehm, und ich hätte ihnen gerne irgendwie zu verstehen gegeben, daß da ein Irrtum war, weil die Ungarn ja mich wiederum gar nicht für ihresgleichen hielten, und daß ich ihre Meinung über sie im großen und ganzen einfach teilen und es kurios, ja vor allem ungerecht finden würde, wenn man mich hier nun ausgerechnet ihretwegen schief ansah – doch dann ist mir die dumme Behinderung eingefallen, daß ich ihnen das eben nur auf ungarisch hätte erzählen können, oder allenfalls vielleicht auf deutsch, was aber die Sache noch schlimmer gemacht hätte, das fand ich selbst auch.

Dann war da noch ein anderes Manko, ein weiterer Makel, den ich schließlich – es ging schon Tage – mit keiner Anstrengung mehr verbergen konnte. Ich hatte bald gelernt, daß es hier üblich war, bei Bedarf einen nur wenig älteren Jungen, so eine Art Hilfspfleger, zu rufen. Er erschien bei dieser Gelegenheit mit einem flachen und dem Zweck entsprechend langstieligen Geschirr, das unter die Decke geschoben wurde. Dann mußte man ihn erneut rufen, «*Bitte! Fertig! Bitte!*», bis er es holen kam. Nun konnte niemand, auch er nicht, diesem Bedürfnis eine ein-, zweimalige Berechtigung täglich absprechen. Nur konnte ich nicht umhin, ihn täglich dreimal, wenn nicht viermal zu bemühen, und das, so bemerkte ich, ärgerte ihn nun doch – ganz und gar verständlicherweise übrigens, das war nicht zu bestreiten, durchaus nicht. Einmal hat er das Geschirr sogar dem Arzt gebracht, etwas dazu erklärt und argumentiert und immer wieder auf den Inhalt gezeigt, bis der Arzt angesichts des Beweisstücks dann auch ein wenig nachdenklich wurde, wenngleich der Wink seines Kopfes, seiner Hand unmißverständlich eine Zurückweisung bedeutete. Am Abend blieb auch der Zucker nicht aus: also alles in Ordnung – ich durfte mich von neuem fest zwischen den Steppdekken und zwischen den wärmenden Körpern einnisten, in einer Sicherheit, die unanfechtbar, wenigstens heute noch andauernd und nicht erschütterbar zu sein schien.

Am nächsten Tag, irgendwann zwischen dem Kaffee und der Suppenzeit, trat ein Mensch aus der Welt draußen herein, ein ganz hoher Würdenträger, wie ich gleich bemerkte. Die große Künstlermütze war aus schwarzem Filz, seine Kleidung ein makellos weißer Umhang, darunter eine Hose mit rasiermesserscharfer Bügelfalte, an den Füßen glänzend polierte Halbschuhe, und vor seinem Gesicht erschrak ich ein bißchen, nicht nur vor den irgendwie grob ausgeprägten, irgendwie allzu männlichen, wie mit dem Meißel herausgehauenen Zügen, sondern auch vor seiner auffällig violetten, fast wie geschunden wirkenden Haut, die gleichsam das rohe Fleisch durchscheinen ließ. Außerdem kennzeichneten ihn eine hohe, schwere Gestalt, schwarzes, an den Schläfen schon leicht ergrautes Haar, eine Armbinde, die von meinem Platz aus nicht zu entziffern war, da er die Hände auf dem Rücken verschränkt hielt, aber vor allem ein rotes Dreieck ohne weiteres Zeichen: das heißt also die unheilverkündende Tatsache unverfälschten deutschen Blutes. Im übrigen konnte ich jetzt zum erstenmal in meinem Leben jemanden sehen, dessen Sträflingsnummer nicht eine Zehntausender, nicht eine Tausender, ja nicht einmal eine Hunderter war, sondern im ganzen nur aus zwei Zahlen bestand. Unser Arzt eilte gleich hin, um ihn zu begrüßen, ihm die Hand zu schütteln und ein bißchen den Arm zu tätscheln, mit einem Wort: sein

Wohlwollen zu erregen, wie bei einem sehr willkommenen Gast, der endlich mit seinem Besuch das Haus beehrt – und zu meiner größten Verblüffung mußte ich plötzlich sehen, daß er allem Anschein nach ohne Zweifel von mir sprach. Er zeigte sogar auf mich, mit einem schwungvollen Bogen seiner Hand, und aus der schnellen, dieses Mal deutschen Rede drangen deutlich die Worte *«zu dir»* an mein Ohr. Dann fuhr er fort, beteuerte, redete auf ihn ein, und das fortwährend mit erklärenden Gebärden, als würde er eine Ware anpreisen, die er so schnell wie möglich loswerden wollte. Und der andere, der es sich zunächst schweigend angehört hatte wie der gewichtigere Partner, um nicht zu sagen der schwierige Kunde, schien am Schluß, als er wegging, schon ganz überzeugt – so empfand ich es wenigstens, denn da war der kurze, stechende, schon jetzt irgendwie besitzergreifende Blick seiner winzigen, dunklen, auf mich gerichteten Augen, sein kurzes Kopfnicken, sein Händedruck, seine ganze Art – nun und dann war da auch die sich aufhellende, befriedigte Miene unseres Arztes.

Ich brauchte nicht lange zu warten, bald öffnete sich die Tür erneut, und auf den ersten Blick erfaßte ich bei dem Mann, der eintrat, das rote Dreieck auf dem Sträflingsanzug, darin ein «P» – Kennzeichen der Polen, wie allgemein bekannt –, und auf seiner schwarzen Armbinde das Wort *«Pfleger»*. Er schien jung, etwas über zwanzig ungefähr. Auch er hatte eine schöne blaue, allerdings kleinere Mütze, darunter weich über Ohren und Nacken fallendes kastanienbraunes Haar. In seinem langen, aber vollen, rundlichen Gesicht waren alle Züge so regelmäßig, so angenehm wie nur möglich, die rosige

Farbe der Haut, der Ausdruck seines etwas großen, weichen Mundes außerordentlich sympathisch: mit einem Wort, er war schön, und ich hätte mich wohl noch länger an seinem Anblick ergötzt – wenn er nicht gleich den Arzt gesucht, wenn dieser nicht gleich auf mich gezeigt und wenn er nicht eine Decke auf dem Arm gehabt hätte, in die er mich sogleich wickelte, nachdem er mich von meinem Platz heruntergezogen hatte, um mich dann in der hier offenbar üblichen Art über die Schulter zu nehmen. Er konnte nicht ganz unbehindert arbeiten, weil ich mich mit beiden Händen an der Querlatte festklammerte, die die Boxen voneinander trennte und gerade in meiner Griffweite war – ich tat es einfach so aufs Geratewohl, instinktiv sozusagen. Ich schämte mich auch ein bißchen dafür: da machte ich wieder die Erfahrung, wie sehr bereits ein paar Tage Leben unseren Verstand irrezuführen, wie sehr sie uns die Sache zu erschweren vermögen. Doch erwies er sich als der Stärkere, ich hieb und hämmerte vergeblich mit beiden Fäusten auf seine Hüften, seine Nierengegend ein, auch darüber lachte er bloß, wie ich an der Erschütterung seiner Schultern spürte; da hörte ich auf und ließ zu, daß er mich trug, wohin es ihm beliebte.

Es gibt merkwürdige Orte in Buchenwald. Du gelangst etwa hinter einem Gitterzaun zu einer jener schmucken grünen Baracken, die du bisher – sofern du Einwohner des Kleinlagers bist – gewöhnlich nur aus der Ferne bewundern konntest. Jetzt kannst du erfahren, daß sich innen – das heißt wenigstens bei dieser hier – ein von verdächtiger Sauberkeit blitzender Flur befindet. Von dem Flur gehen Türen ab – richtige, echte weiße

Türen –, und hinter einer von ihnen erwartet dich ein warmes, helles Zimmer und ein hergerichtetes, gewissermaßen nur deine Ankunft erwartendes Bett. Auf dem Bett eine rote Steppdecke. Dein Körper versinkt in einem wohlgefüllten Strohsack. Dazwischen eine weiße, kühle Schicht, kein Irrtum, du kannst dich überzeugen: ein Laken, tatsächlich. Auch in deinem Nacken ein ungewohnter, nicht gerade unangenehmer Druck, verursacht von einem gutgestopften Strohkissen, darüber ein weißer Bezug. Der Pfleger faltet die Decke, in der er dich hergebracht hat, zweimal und plaziert sie zu deinen Füßen: demgemäß steht dir auch sie zur Verfügung, offenbar für den Fall, daß du eventuell mit der Zimmertemperatur nicht zufrieden sein solltest. Dann setzt er sich mit einer Art Pappkarte und einem Bleistift zu dir auf den Bettrand und erkundigt sich nach deinem Namen. Du sagst: *«Vier-und-sechzig, neun, ein-und-zwanzig.»* Er schreibt das auf, drängt aber noch weiter, und es braucht einige Zeit, bis du begreifst, daß ihn auch der *«Name»* interessiert, und wiederum braucht es – wie etwa bei mir – einige Zeit, bis du, in deinen Erinnerungen kramend, tatsächlich auf ihn kommst. Ich mußte ihn drei-, viermal wiederholen, bis er endlich zu verstehen schien. Danach zeigte er, was er geschrieben hatte, und über einer Art linierter Fiebertabelle las ich: «Kewischtjerd». Er fragte, ob es «dobro jesz», ob es gut sei, und ich sagte *«gut»*, worauf er die Karte auf einen Tisch legte und wegging.

Daraufhin – denn offensichtlich hast du ja Zeit – kannst du dich ein bißchen umschauen, alles betrachten, dich zurechtfinden. Du kannst zum Beispiel feststellen – wenn es dir bisher entgangen sein sollte –, daß sich im

Zimmer auch noch andere befinden. Du brauchst nur hinzusehen, um unschwer zu erraten: wahrscheinlich auch alles Kranke. Du kannst herausfinden, daß diese Farbe, dieser deinem Auge schmeichelnde Eindruck, dieses gewisse, alles beherrschende Dunkelrot, eigentlich die Farbe einer wie Lack schimmernden Substanz ist, welche die längsverlaufenden Dielenbretter deckt, nun und dann sind auch die Steppdecken sämtlicher Betten auf diesen Farbton abgestimmt. Es sind etwa zwölf an der Zahl. Meistens Einzelbetten, doppelstöckig nur dieses hier, in dessen unterer Etage du liegst, rechts von dir die weißgestrichenen Bretter der Trennwand, und ebenso die beiden vor dir und die beiden an der Trennwand gegenüber. Du magst ganz verdutzt sein wegen des vielen unausgenützten Platzes, der großen, bequemen, gut einen Meter breiten Zwischenräume zwischen den Betten, und magst staunen über die Vergeudung, wenn du da und dort sogar ein leeres Bett erblickst. Du entdeckst etwa das sehr hübsche, in viele kleine Vierecke aufgeteilte Glasfenster, das Helligkeit gibt, und der blaßbraune, einen hakenschnabeligen Adler darstellende Stempel auf deinem Kopfkissen mag dir ins Auge stechen, worauf du wohl auch bald die dazugehörigen Buchstaben «*Waffen-SS*» entzifferst. In den Gesichtern ringsum hingegen wirst du vergeblich nach einem Zeichen, nach einer Äußerung forschen, vergeblich das Ereignis deiner Ankunft – das doch schließlich, so möchtest du meinen, irgendwie so etwas wie eine Neuigkeit ist –, vergeblich Interesse, Enttäuschung, Freude, Ärger, was immer, wenn es auch nur flüchtige Neugier wäre, in ihnen erkennen wollen – und so wird die Ruhe, die, je länger sie dauert, um so unbehaglicher, um so peinlicher, in gewisser Weise, möchte ich sagen, um so geheimnisvoller wird, das wirst du erfahren können, dein merkwürdigster Eindruck sein, falls es dich irgendwie hierherverschlägt. In dem viereckigen freien Raum, den die Betten umschließen, kannst du außerdem einen weißbedeckten kleineren, an der Wand gegenüber einen größeren Tisch ausmachen, darum herum ein paar Stühle mit Rückenlehne, bei der Tür einen großen prächtigen, tüchtig summenden Eisenofen, daneben einen schwarzglänzenden vollen Kohlebehälter.

Und da kannst du dann anfangen, dir den Kopf zu zerbrechen: was du denn eigentlich von alledem halten sollst, von diesem Zimmer, von diesem Scherz mit der Steppdecke, dem Bett, der Stille. Das eine oder andere mag dir in den Sinn kommen, du kannst versuchen, dich zu erinnern, Schlüsse zu ziehen, aus deinen Kenntnissen zu schöpfen, auszuwählen. Vielleicht – so magst du grübeln, wie etwa ich es tat – ist das auch so ein Ort, von dem wir noch in Auschwitz gehört haben, wo die Pfleglinge bei Milch und Butter gehalten werden, bis man ihnen – zum Beispiel – Stück für Stück sämtliche Eingeweide herausnimmt, zwecks Weiterbildung, zum Wohle der Wissenschaft. Aber das ist natürlich – du mußt es einsehen – nur eine Annahme, eine von vielen Möglichkeiten; ja und vor allem, von Milch und Butter habe ich im übrigen keine Spur gesehen. Im Gegenteil – so fiel mir ein –, drüben war um diese Zeit längst die Suppe fällig, hier aber konnte ich nicht einmal irgendein Anzeichen davon, ein Geräusch, einen Geruch, wahrnehmen. So kam mir dann ein Gedanke, möglicherweise ein etwas zweifelhafter –

aber wer könnte schon beurteilen, was möglich und was glaubhaft ist, wer könnte das ermessen, wer könnte all den unzähligen, verschiedenerlei Einfällen, Erfindungen, Spielen, Scherzen und ernsthaften Überlegungen nachgehen, die in einem Konzentrationslager allesamt ausführbar, machbar sind, sich spielend aus dem Reich der Phantasie in die Wirklichkeit überführen lassen – wer könnte das, selbst wenn er sein ganzes Wissen zusammennähme. Man wird also – grübelte ich – zum Beispiel genau in ein Zimmer wie dieses gebracht. Man wird, sagen wir, genau in ein solches Bett mit Steppdecke gelegt. Gehegt, gepflegt, mit allem versorgt – nur nicht mit Essen, nehmen wir einmal an. Wenn man will, dann läßt sich zum Beispiel vielleicht sogar das beobachten, auf welche Art jemand verhungert – schließlich mag auch das auf seine Art interessant, in höherem Sinn nützlich sein, warum denn nicht, das mußte ich zugeben. Wie ich es auch drehte und wendete, die Idee kam mir immer wirklichkeitsnäher, immer brauchbarer vor: sie konnte also auch schon einem Zuständigeren als mir gekommen sein, fand ich. Ich nahm meinen Nachbarn in Augenschein, den Kranken, der etwa einen Meter links von mir lag. Er war ältlich, ein bißchen kahl, das Gesicht hatte noch etwas von den Zügen, ja sogar von dem Fleisch seines einstigen Gesichts bewahrt. Allerdings bemerkte ich, daß seine Ohren irgendwie den wächsernen Blättern von künstlichen Blumen verdächtig ähnlich sahen und daß die Nasenspitze und die Augengegend eine gelbe Färbung hatten, die mir auch schon recht gut bekannt war. Er lag auf dem Rücken, seine Decke bewegte sich sachte auf und ab: anscheinend schlief er. Auf alle Fälle, sozusagen versuchshalber, flüsterte ich ihm zu: versteht man Ungarisch? Nichts, er schien nicht nur nicht zu verstehen, sondern auch nicht zu hören. Ich hatte mich schon wieder abgewandt, um meine Gedankenfäden weiterzuspinnen, als unverhofft ein Wort, ein geflüstertes, dennoch gut verständliches, an mein Ohr drang: «Ja.» Er war es, ohne Zweifel, auch wenn er die Augen nicht geöffnet, seine Lage nicht verändert hatte. Ich hingegen war plötzlich irgendwie dummerweise so erfreut, ich weiß gar nicht warum, daß ich ein paar Minuten lang ganz vergaß, was ich eigentlich von ihm hatte wissen wollen. Ich fragte: «Woher kommen Sie?», und er antwortete, wieder nach einer endlos scheinenden Pause: «Aus Budapest...» Ich wollte wissen: «Wann?», und nach einer kürzeren Geduldsprobe erfuhr ich: «Im November...» Erst dann fragte ich endlich: «Gibt es hier zu essen?», und wieder nach Ablauf der entsprechenden Zeit, die er offenbar jeweils brauchte, antwortete er: «Nein...» Ich wollte wissen...

Doch gerade in diesem Augenblick kam der Pfleger wieder herein, und zwar direkt zu ihm, und ich staunte nur so, mit welcher Leichtigkeit er diesen – wie ich erst jetzt sah – doch noch recht gewichtigen Körper auf die Schulter nahm und zur Tür hinaustrug, während ein loses Stück Papierverband in der Bauchgegend des Kranken gleichsam zum Abschied winkte. Zur gleichen Zeit war ein kurzes Knacken, dann ein elektrisches Knistern zu vernehmen. Darauf meldete sich eine Stimme: «*Friseure zum Bad, Friseure zum Bad*», sagte sie. Es war eine etwas schnarrende, sonst aber sehr angenehme, einschmeichelnde, ja fast schon betörend sanfte und melodiöse Stimme – die Art, bei der man gleichsam auch den Blick spürt, und zuerst hätte sie mich beinahe aus dem Bett geworfen. Bei den Kranken ringsum jedoch löste dieses Ereignis, wie ich sah, etwa genausoviel Aufregung aus wie zuvor meine Ankunft, und so dachte ich, also gehört das hier offensichtlich zur Tagesordnung. Rechts über der Tür entdeckte ich dann auch einen braunen Kasten, so eine Art Lautsprecher, und es ging mir auf, daß die Soldaten anscheinend über diesen Apparat von irgendwoher ihre Befehle übermittelten. Kurz darauf kam abermals der Pfleger, abermals zu dem Bett neben mir. Er schlug die Decke und das Laken zurück, griff durch einen Schlitz in den Strohsack hinein, und die Art, wie er das Stroh, danach Laken und Decke wieder in Ordnung brachte, machte mir klar: den Mann von vorhin würde ich wohl kaum wiedersehen. Und ich konnte nichts dafür, daß meine Phantasie gleich wieder fragte: war das vielleicht die Strafe dafür, daß er das Geheimnis ausgeplaudert hatte, was sie – warum denn eigentlich nicht – über irgendeinen, dem anderen dort ähnlichen Apparat abgehört, abgefangen hatten? Ich wurde jedoch wieder auf eine Stimme aufmerksam – dieses Mal auf die eines Kranken, zum Fenster hin, auf dem dritten Bett von mir aus gesehen. Es war ein sehr magerer, bleicher junger Mann, und er trug noch Haare, und zwar dichte blonde, gewellte. Er sagte zwei-, dreimal dasselbe Wort, stöhnte es eher, die Vokale in die Länge ziehend, einen Namen, wie ich allmählich mitbekam: «Pjetka! . . . Pjetka! . . .» Worauf der Pfleger, auch er mit einer gedehnten und, so fühlte ich, recht herzlichen Stimme, nur ein Wort zu ihm sagte: «Co?» Darauf sagte der andere noch etwas Längeres, und Pjetka – denn ich hatte verstanden: so also hieß der Pfleger – ging zu seinem Bett. Er flüsterte lange auf ihn ein, so, wie wenn man jemandem ins Gewissen redet, ihn noch zu etwas Geduld, zu etwas längerem Ausharren mahnt. Inzwischen zog er ihn, eine Hand unter seinem Rücken, ein wenig hoch, klopfte unter ihm das Kissen zurecht, brachte auch seine Steppdecke in Ordnung, und das alles freundlich, herzlich, liebevoll – auf eine Art, die meine bisherigen Annahmen völlig durcheinanderbrachte, ja fast schon Lügen strafte. Diesen Ausdruck auf dem jetzt wieder liegenden Gesicht konnte ich wohl doch nur als Beruhigung, als eine gewisse Erleichterung verstehen, diese ersterbenden, seufzerartigen, aber doch gut hörbaren Worte: «Djinkuje... djinkuje bardzo...», doch wohl nur als Dank, wenn mich nicht alles täuschte. Und gänzlich über den Haufen geworfen wurden meine verzagten Erwägungen durch ein näher kommendes Geräusch, dann Lärm, dann das schließlich schon vom Flur hereindringende, unverwechselbare Geklapper, das mein ganzes Wesen aufwühlte, es mit beständig wachsender, immer unbezwingbarerer Erwartung erfüllte und zu guter Letzt gewissermaßen den Unterschied zwischen mir und dieser Bereitschaft verwischte. Draußen ein Lärmen, ein Kommen und Gehen, das Geklapper von Holzsohlen, schließlich das ungeduldige Rufen einer vollen Stimme: *«Saal sechs! Essen holen!»* Der Pfleger ging hinaus und zog dann mit Hilfe eines anderen, von dem im Türspalt nur die Arme zu sehen waren, einen schweren Kessel herein, und schon war das Zimmer mit dem Duft der Suppe erfüllt – auch wenn es heute deutlich nur der Duft von Dörrgemüse, der bekannten Lagersuppe, war: so hatte ich mich doch auch hierin geirrt.

Später machte ich dann noch weitere Beobachtungen, und während die Stunden, die Tageszeiten und schließlich die Tage vergingen, wurde mir allmählich alles klar. Jedenfalls mußte ich mich nach einiger Zeit, wenn auch nur langsam, zurückhaltend und vorsichtig, von den Tatsachen überzeugen lassen, nämlich daß – wie es schien – auch das möglich und denkbar war, es mochte zwar ungewohnter sein, ja, und auch angenehmer, natürlich, aber im Grunde genommen, wenn ich es recht bedachte, war es nicht merkwürdiger als alle anderen Merkwürdigkeiten, die – es war ja schließlich ein Konzentrationslager – sonst noch möglich und denkbar waren, sowohl so als auch umgekehrt, natürlicherweise. Andererseits war es jedoch gerade dies, was mich störte, meine Sicherheit irgendwie untergrub: letzten Endes, wenn ich es vernünftig betrachtete, konnte ich überhaupt keinen Grund, irgendeine denkbare, erkennbare, verständliche Begründung dafür sehen, daß ich zufällig gerade hier und nicht anderswo war. Nach und nach entdeckte ich, daß die Kranken hier alle einen Verband trugen, anders als in der Baracke vorher, und so wagte ich mit der Zeit die Annahme, daß sich dort womöglich die Abteilung für innere Krankheiten und hier – wer weiß – vielleicht die Chirurgie befand; doch konnte ich das natürlich noch nicht als hinreichenden Grund, als nötige Erklärung für die Mühe ansehen, für das ganze Unterfangen, dieses wahrlich wohlabgestimmte Zusammenspiel von Händen, Schultern, Überlegungen, das mich – wenn ich es richtig überdachte – von dem Karren bis hierher, in dieses Zimmer, in dieses Bett gebracht hatte. Ich versuchte auch, mir von den Kranken ein Bild zu machen, mich unter ihnen ein wenig auszukennen. Im allgemeinen, so bemerkte ich, mußten es altgediente, alteingesessene Häftlinge sein. Wie eine Exzellenz kam mir keiner vor, obwohl ich sie andererseits auch mit den Zeitzern nicht hätte vergleichen können. Allmählich fiel mir auch auf, daß an der Brust der Besucher, die immer zur gleichen Abendstunde für eine Minute, auf einen Schwatz bei ihnen hereinschauten, stets nur rote Dreiecke zu sehen waren und zum Beispiel weder grüne noch schwarze – was ich übrigens keineswegs vermißte –, aber auch – und das vermißte mein Auge nun schon eher – keine gelben. Kurz und gut, sie waren anders, dem Blut, der Sprache, dem Alter nach, aber abgesehen davon auch sonst noch anders als ich oder die anderen, die ich bisher immer leicht verstanden hatte, und das beengte mich einigermaßen. Doch gerade darin – so spürte ich – lag irgendwo vielleicht die Erklärung. Da ist zum Beispiel Pjetka: abends schlafen wir mit seinem Gruß «dobra noc» ein, morgens erwachen wir auf sein «dobre rano» hin. Die stets tadellose Ordnung im Zimmer, das Aufwischen des Fußbodens mit einem feuchten, um einen Stock gewickelten Lappen, das Beschaffen der täglichen Kohleration und das Heizen des Ofens, das Verteilen der Portionen und die Reinigung der dazugehörigen Näpfe und Löffel, im Bedarfsfall das Umhertragen der Kranken und wer weiß, was sonst noch: alles, alles das Werk seiner Hände. Wenn er auch nicht viele Worte macht, so sind doch sein Lächeln, seine Hilfsbereitschaft immer gleich, mit einem Wort: als wäre er nicht Inhaber eines wichtigen Amtes – schließlich ist er ja die erste Exzellenz des Zimmers –, sondern ganz einfach eine Person, die in erster Linie den Kranken zur Verfügung steht, ein Pfleger, in der Tat, so wie es auf seiner Armbinde steht.

Oder dann ist da der Arzt – denn wie sich herausgestellt hat, ist der mit dem nackten Gesicht hier der Arzt, ja sogar Oberarzt. Sein Besuch, um nicht zu sagen seine Visite, verläuft jeden Morgen nach dem gleichen, nie abgewandelten Ritual. Eben ist das Zimmer fertig, eben haben wir den Kaffee getrunken, und auch das Geschirr ist hinter dem aus einer Decke fabrizierten Vorhang verschwunden, wo Pjetka es aufbewahrt, und schon werden im Flur die vertrauten Schritte hörbar. Im nächsten Augenblick reißt eine energische Hand die Tür sperrangelweit auf, und mit einem Gruß, der wahrscheinlich «*Guten Morgen*» heißen soll, von dem man aber nur ein langgezogenes, kehliges «*Moo'gn*» hört, tritt der Arzt ein. Den Gruß zu erwidern ist – wer weiß warum – unangebracht, und er erwartet es auch nicht, höchstens von Pjetka, der ihn mit seinem Lächeln, barhäuptig und in ehrerbietiger Haltung empfängt, aber – wie ich über eine lange Zeit hinweg öfter beobachten konnte – nicht mit der so wohlbekannten Ehrerbietung, die man den höhergestellten Exzellenzen schuldet, sondern eher so, als achte er ihn ganz einfach, aus eigener Einsicht, aus dem eigenen freien Willen sozusagen. Dann hebt der Arzt die schon von Pjetka vorbereiteten Krankenblätter einzeln hoch und studiert sie mit strenger, prüfender Miene – als ob es, sagen wir, wirkliche Krankenblätter wären, in einem wirklichen Krankenhaus, wo nichts wichtiger, nichts selbstverständlicher ist als die Frage nach dem Befinden des Kranken. Dann wendet er sich an Pjetka und macht da und dort ein, zwei, genauer: immer nur zweierlei Bemerkungen. «Kewisch... was? Kewischtjerd!» liest er zum Beispiel, und sich darauf zu melden, eine Antwort, irgendein Lebenszeichen zu geben wäre – wie ich bald gelernt habe – ebenso ungehörig, wie den Morgengruß zu erwidern. *«Der kommt heute raus!»*, womit er – wie ich mit der Zeit herausfand – jedesmal sagen will, daß der Kranke im Lauf des Vormittags, sofern er dazu imstande ist, auf den eigenen Beinen, sonst eben auf Pjetkas Schulter, aber auf jeden Fall bei ihm zu erscheinen hat, bei seinen Messern, Scheren und Papierverbänden, in seinem Untersuchungszimmer, das so zehn bis fünfzehn Meter Weges vom Ausgang unseres Flurs entfernt liegt. (Er bat mich übrigens nicht um Erlaubnis, wie der Arzt in Zeitz, und auch mein Lärmen schien ihn überhaupt nicht zu stören, als er mit einer seiner seltsam geformten Scheren zwei neue Schnitte ins Fleisch meiner Hüfte machte – doch so, wie er dann meine Wunden ausdrückte, sie innen mit Gaze ausstopfte und zuletzt sogar, wenn auch sehr sparsam, noch mit einer Salbe bestrich, mußte er, wie mir schien, unbestreitbar ein Fachmann sein.) Die zweite mögliche Bemerkung: *«Der geht heute nach Hause!»* bedeutet hingegen, daß er diesen Pflegling nunmehr als geheilt betrachtet und dieser also zurück kann – nach Hause, das heißt zurück in seinen Block im Lager, zu seiner Arbeit, zu seinem Kommando, versteht sich. Am folgenden Tag geht alles wieder ganz genau in der gleichen Weise vor sich, als genaue Kopie dieses Vorgangs, ganz ordnungsgemäß, wobei Pjetka und wir Kranken, ja beinahe schon die Einrichtungsgegenstände selbst mit gleichbleibendem Ernst teilnehmen und ihre Rollen spielen, zur Verfügung stehen, um Tag für Tag etwas Unveränderliches zu wiederholen, zu bekräftigen, einzuüben, zu bezeugen – mit einem Wort: als wäre nichts natürlicher, nichts unzweifelhafter, als daß für ihn, den Arzt, das Heilen, für uns Kranke aber die baldige Genesung, die rasche Wiederherstellung und darauf das Nachhausegehen die einzige Sorge ist, das einzige, sehnlich erwartete Ziel, in der Tat.

Später habe ich dann auch etwas über ihn erfahren. Es kommt nämlich vor, daß im Behandlungszimmer reger Verkehr herrscht, daß dort auch andere sind. Bei solcher Gelegenheit läßt mich Pjetka von seiner Schulter auf eine kleine, seitlich stehende Bank herunter, und ich muß dann dort warten, bis mich der Arzt gutgelaunt ruft, zum Beispiel mit einem drängenden «*Komm, komm, komm, komm!*», um mich mit einer eigentlich freundlichen, aber trotzdem nicht sehr angenehmen Bewegung am Ohr zu packen, zu sich heranzuziehen und mit einem Schwung auf den Operationstisch zu heben. Ein andermal gerate ich vielleicht in ein richtiges Gedränge hinein, Pfleger holen und bringen Patienten, ambulante Kranke treffen ein, in dem Raum sind auch andere Ärzte und Pfleger tätig, und es kann sich ergeben, daß ein anderer Arzt, von niedrigerem Rang, die fällige Behandlung an mir vornimmt, bescheiden irgendwo am Rand, in einiger Entfernung von dem Operationstisch in der Mitte. Mit einem von ihnen, einem kleineren, grauhaarigen Mann mit Raubvogelnase, der gleichfalls ein nicht markiertes rotes Dreieck und eine wenn auch nicht zwei- oder dreistellige, aber immer noch vornehme Tausender-Nummer trug, habe ich dann auch Bekanntschaft, ja Freundschaft geschlossen. Er erwähnte – was übrigens später auch Pjetka bestätigte –, daß unser Arzt schon seit zwölf Jahren im Konzentrationslager war. «*Zwölf Jahre im Lager*», sagte er leise, nickend, mit einer Miene, die gleichsam einer seltenen, nicht ganz wahrscheinlichen und – seiner Ansicht nach jedenfalls, wie mir schien – geradezu unvorstellbaren Leistung galt. Ich fragte ihn: «*Und Sie?*» «*Oh, ich*», sagte er und veränderte sofort das Gesicht, «*seit sechs Jahren bloß*», er winkte ab, als wäre das nichts, eine Kleinigkeit, nicht der Rede wert. Doch eigentlich war ich derjenige, der ausgefragt wurde; er wollte mein Alter wissen und wie und warum ich hier gelandet sei, so weit weg von zu Hause, damit begann unser Meinungsaustausch. «*Hast du irgend etwas gemacht?*» fragte er, irgend etwas Schlimmes vielleicht, und ich sagte: nein, «*nichts*», rein gar nichts. Warum ich dann trotzdem hier sei, wollte er wissen, und ich sagte, aus dem gleichen einfachen Grund wie andere meiner Rasse auch. Ja, aber – so bohrte er weiter –, warum man mich denn «*verhaftet*» habe, und ich erzählte ihm kurz, so gut ich konnte, von jenem Morgen, von dem Autobus, dem Zollhaus und der Gendarmerie später. «*Ohne daß deine Eltern ...*», also ohne daß sie etwa davon wußten, und ich sagte: «*ohne*», versteht sich. Er schien ganz verdutzt, als hätte er so etwas noch nie gehört, und ich dachte bei mir: na, der hat nach sechs Jahren anscheinend auch keine Ahnung mehr von der Welt. Er gab die Neuigkeit dann auch gleich an den Arzt weiter, der neben ihm beschäftigt war, und dieser wiederum an die anderen Ärzte, die Pfleger und die Kranken, die nach etwas Besserem aussahen. Schließlich ist es so weit gekommen, daß mich von allen Seiten Menschen anschauten, die mit dem Kopf schüttelten und dabei eine besondere Art von Gefühl im Gesicht hatten, was mir ein wenig peinlich war, denn wie mir schien, bemitleideten sie mich. Es fehlte nicht viel, daß ich ihnen gesagt hätte: aber keine Ursache, wenigstens zur Zeit nicht – aber ich habe dann doch nichts gesagt, irgend etwas hielt mich zurück, ich brachte es gewissermaßen nicht übers Herz, sagen wir es einmal so; denn wie ich merkte, tat ihnen dieses Gefühl gut, es bereitete ihnen eine gewisse Freude, schien mir. Ja, später, denn es widerfuhr mir noch ein-, zweimal, daß man mich so ausfragte, gewann ich den Eindruck – vielleicht fälschlicherweise, obwohl ich das nicht glaube –, sie suchten geradezu eine Gelegenheit, eine Möglichkeit, einen Vorwand für dieses Gefühl, aus irgendeinem Grund, irgendeinem Bedürfnis, gewissermaßen um irgend etwas zu beweisen, ihre Methode vielleicht, oder vielleicht, wer weiß, daß sie zu solchen Gefühlen überhaupt noch fähig waren – mir jedenfalls kam es irgendwie so vor. Hinterher sahen sie sich dann jedesmal auf eine Art und Weise an, daß ich erschrocken um mich blickte, ob nicht Unberufene uns beobachteten; aber ich sah überall nur ebenso verdüsterte Stirnen, verengte Augen und zusammengepreßte Lippen – so als ob ihnen etwas Bestimmtes in den Sinn gekommen wäre und sich in ihren Augen bestätigt hätte, und ich sagte mir, daß sie vielleicht an den Grund dachten, aus dem sie hier waren.

Dann zum Beispiel die Besucher: auch die sah ich mir

an und versuchte herauszufinden, welcher Wind, welche Absicht sie wohl hierherführte. Vor allem fiel mir auf, daß sie meistens gegen Abend, im allgemeinen immer zur gleichen Zeit kamen. Daraus habe ich dann geschlossen, daß es auch hier in Buchenwald, im großen Lager, offenbar eine Stunde gab wie in Zeitz, wahrscheinlich auch hier in der Zeit zwischen der Rückkehr der Kommandos und dem Abendappell. Zumeist kamen Leute mit dem Buchstaben P, es gab aber auch solche mit J, R, T, F, N, ja sogar No und wer weiß, was alles noch: auf jeden Fall kann ich sagen, daß ich dank ihrer viel Wissenswertes erfahren, viel Neues gelernt habe, ja, ich habe eigentlich erst auf diese Art einen genaueren Einblick in die hiesigen Umstände gewonnen, die Bedingungen, das gesellschaftliche Leben, um es so zu sagen. Die Alteinwohner von Buchenwald sind beinahe schön, ihre Gesichter sind voll, ihre Bewegungen und ihr Gang flink, vielen sind Haare zu tragen erlaubt, und den gestreiften Sträflingsanzug tragen sie nur so im Alltag, zur Arbeit, wie ich es auch bei Pjetka beobachtet habe. Wenn er sich am Abend, nachdem er unser Brot verteilt hat (das übliche Drittel oder Viertel, mit der üblichen Zulage oder eben ohne), zum Ausgehen zurechtmacht, zieht er ein Hemd oder einen Pullover an und dazu – was er vor uns Kranken vielleicht ein wenig zu verbergen sucht, obgleich auf seinem Gesicht und in seinen Bewegungen der Genuß, den er empfindet, offensichtlich ist – einen modischen, blaßgestreiften braunen Anzug, dessen einzige Makel darin bestehen, daß auf dem Rücken ein viereckiges Stück herausgeschnitten und mit Sträflingsstoff geflickt ist und daß an den Hosennähten zwei lange, unauslöschliche Pinselstriche von roter Ölfarbe leuchten, nun und dann auf der Brust und am linken Hosenbein das rote Dreieck und die Häftlingsnummer. Etwas mehr Unannehmlichkeiten, ich könnte sagen Heimsuchungen, ergeben sich für mich, wenn er seinerseits einen Abendbesuch erwartet. Grund dafür ist ein unglücklicher Umstand in der Einrichtung: warum auch immer, auf jeden Fall befindet sich zufällig gerade am Fußende meines Bettes der elektrische Wandstecker. Nun kann ich mich bei solcher Gelegenheit noch so angestrengt mit etwas anderem beschäftigen, das makellose Weiß der Zimmerdecke, den Emailleschirm der Lampe bewundern, mich in meine Gedanken versenken – ich kann dennoch nicht umhin zu bemerken, wie sich Pjetka dort niederkauert, mit einem Napf und seinem persönlichen elektrischen Kocher, ich kann nicht umhin, das Brutzeln der sich erhitzenden Margarine zu hören, den Duft der darin bratenden Zwiebelringe, der darüber gelegten Kartoffelscheiben und der vielleicht noch dazugeschnittenen Zulagewurst einzuatmen, wobei ich einmal auch auf ein leichtes, besonderes Klacken aufmerksam geworden bin, auf ein plötzlich ertönendes Zischen, das – wie mein sich sogleich wieder abwendendes, doch vor Verblüffung noch lange flimmerndes Auge feststellte – von etwas verursacht wurde, das innen gelb und ringsherum weiß war: einem Ei. Wenn dann alles gebraten, fertig zubereitet ist, trifft auch der zum Abendessen geladene Gast ein: «Dobre wetscher!» sagt er mit freundlichem Kopfnicken, denn auch er ist Pole, sein Name ist Zbischek, was manchmal, vielleicht in anderer Zusammensetzung, vielleicht in Koseform, als Zbischku zu hören ist; auch er bekleidet das Amt eines Pflegers, irgendwo da drüben, wie ich erfahre, in einem anderen Saal. Auch er kommt in den guten Kleidern, in Stiefeln und einer kurzen Jacke aus dunkelblauem Filz, einer Art Sport- oder Jagdjacke, die allerdings, versteht sich, am Rücken gleichfalls geflickt und an der Brust mit der Sträflingsnummer versehen ist, darunter ein bis zum Kinn reichender schwarzer Pullover. Mit seiner hohen, stattlichen Gestalt, seinem vielleicht der Notwendigkeit halber, vielleicht aus eigenem Ermessen kahlgeschorenen Kopf und dem heiteren, schlauen, intelligenten Ausdruck seines fleischigen Gesichts scheint er mir alles in allem ein angenehmer, sympathischer Mensch zu sein, wenn ich ihn meinerseits auch nicht gern gegen Pjetka eintauschen würde. Dann setzen sie sich an den hinteren, größeren Tisch, nehmen ihr Abendessen ein, plaudern, wobei hin und wieder einige der polnischen Kranken im Zimmer das eine oder andere leise Wort, die eine oder andere Bemerkung beisteuern, oder sie machen ein bißchen Spaß, die Ellbogen aufgestützt, die Hände verschränkt, probieren sie ihre Kraft aus, wobei zur Freude des ganzen Zimmers – und auch zu meiner, selbstverständlich – meistens Pjetka es fertigbringt, Zbischeks dem Anschein nach stärkeren Arm niederzuzwingen: kurzum, es war zu sehen, daß die beiden Gutes und Schlechtes, Freud und Leid, alle Angelegenheiten, alle Probleme, aber anscheinend auch ihren Besitz und ihre Rationen miteinander teilten – daß sie also Freunde waren, wie man so sagt. Außer Zbischek schauten auch noch andere bei Pjetka vorbei, ein eiliges Wort wurde gewechselt, hin und wieder auch irgendein Gegenstand, und wenn ich auch nie recht sah, worum es sich dabei handelte, so war die Sache doch im Grunde genommen immer völlig klar, ich konnte es ohne weiteres begreifen, selbstverständlich. Wieder andere kamen zu dem einen oder anderen Kranken, eilig huschend, verstohlen, fast schon heimlich. Sie setzten sich für eine Minute zu ihnen ans Bett, legten vielleicht auch noch ein ungeschickt in Papier gewickeltes Päckchen auf die Decke, bescheiden, sich eher noch dafür entschuldigend. Und dann – obwohl ich ihr Geflüster nicht hören konnte, und selbst wenn ich es gehört hätte, doch nicht hätte verstehen können – schienen sie nachzufragen: wie steht es um die Genesung, was gibt es Neues; zu berichten: draußen hingegen, da stehen die Dinge so und so; zu übermitteln: der und der läßt grüßen und fragen, wie das werte Befinden ist; zu versichern: auch die Grüße des Kranken werden bestellt, aber sicher; plötzlich zu merken: na, jetzt ist die Zeit abgelaufen, worauf sie ihm auf Arme und Schultern klopften und zu sagen schienen: keine Sorge, wir kommen bald wieder, und damit huschten sie schon wieder hinaus, hastig, meist auch zufrieden – doch sonst ohne irgendein anderes Ergebnis, ohne einen Vorteil oder greifbaren Nutzen, wie mir schien, und so mußte ich denn annehmen, daß sie offenbar allein deswegen gekommen waren, allein wegen dieser paar Worte, wegen nichts anderem, als um diesen ihren Kranken zu sehen. Und dazu zeigte, selbst wenn ich es nicht gewußt hätte, auch ihre Hast deutlich: offenbar taten sie da etwas Verbotenes, das überhaupt nur dank Pjetkas Nachsicht, nun, und wohl auch unter der Bedingung, daß es so schnell ging, ausführbar war. Ja, ich habe sogar den Verdacht und möchte nach längerer Erfahrung auch rundheraus zu behaupten wagen, daß das Risiko an sich, diese Eigenmächtigkeit, um nicht zu sagen dieser Trotz, irgendwie zu dem Unterfangen dazugehörten – so jedenfalls las ich auf diesen eilig entschwindenden Gesichtern, aus ihrem schwer bestimmbaren, aber irgendwie von gelungenem Ungehorsam aufgeheiterten Ausdruck, als hätte damit – so kam es mir vor – irgend etwas ein bißchen verändert, aufgebrochen, verfälscht werden können, eine bestimmte Ordnung, die Eintönigkeit des Alltags, ein bißchen vielleicht sogar die Natur selbst, so dachte ich es mir auf jeden Fall. Die seltsamsten Männer aber sah ich am Bett eines Kranken, der ein Stück von mir entfernt, an der gegenüberliegenden Trennwand, lag. Erst am Vormittag hatte ihn Pjetka auf der Schulter hereingebracht und sich danach ziemlich eifrig um ihn bemüht. Ich sah, daß es ein schwerer Fall sein mußte, und ich hörte, der Kranke sei Russe. Am Abend dann füllten die Besucher das halbe Zimmer. Ich sah viele R, aber auch andere Buchstaben, Fellmützen und merkwürdige, wattierte Hosen. Männer, die auf der einen Seite Haare, auf der anderen dagegen einen völlig kahlen Kopf hatten. Andere mit gewöhnlichem Haar, das nur in der Mitte, von der Stirn bis in den Nacken von einer langen Bahn, einem Kahlschlag, genau in der Breite einer Haarschneidemaschine, durchzogen war. Jacken mit dem üblichen Flicken, aber auch mit zwei gekreuzten roten Pinselstrichen, solcherart, wie man etwa bei Geschriebenem etwas Unnötiges streicht, einen Buchstaben, eine Zahl, ein Zeichen. Auf anderen Rücken ein weithin sichtbarer, großer roter Kreis und darin ein großer roter Punkt, herausfordernd, verführerisch, in der Art einer Zielscheibe gleichsam signalisierend: hierauf ist zu schießen, im Fall der Fälle. Da standen sie, trappelten hin und her, berieten sich leise, einer beugte sich herunter, um das Kissen des Kranken zurechtzurükken, ein anderer bemühte sich, wie mir schien, ein Wort, einen Blick von ihm zu erhaschen, und auf einmal sah ich etwas Gelbes zwischen ihnen aufblitzen, irgendwoher kam ein Messer zum Vorschein und mit Pjetkas Hilfe auch ein Metallbecher, dann ein dünnes Plätschern – und wenn ich meinen Augen nicht getraut hatte, so konnte jetzt meine Nase einwandfrei bezeugen, daß das gelbe Ding, das ich gerade gesehen hatte, tatsächlich und unbestreitbar eine Zitrone war. Dann öffnete sich die Tür erneut, und ich war ganz verblüfft, denn da kam der Arzt hereingeeilt, was es noch nie gegeben hatte, zu einem so ungewohnten Zeitpunkt. Sie haben ihm sofort Platz gemacht, er hat sich über den Kranken gebeugt und ihn ein bißchen untersucht, ein bißchen an ihm herumgetastet, nur kurz, worauf er dann gleich wieder gegangen ist, und zwar mit einer recht mürrischen, strengen, um nicht zu sagen bissigen Miene, ohne auch nur ein Wort an irgend jemanden zu richten, ohne auch nur jemanden eines Blickes zu würdigen, ja, er schien auch die auf ihn gerichteten Blicke eher meiden zu wollen – mir auf jeden Fall kam das so vor. Bald darauf sah ich, wie die Besucher auf merkwürdige Art still wurden. Der eine oder andere löste sich noch aus der Gruppe, trat ans Bett, beugte sich darüber – dann begannen sie zu gehen, allein, zu zweit, so wie sie gekommen waren. Aber jetzt ein bißchen betretener, ein bißchen gebrochener, ein bißchen müder, und irgendwie hatte auch ich in diesem Augenblick Mitleid mit ihnen, denn ich mußte ja sehen: sie hatten eine wenn auch vielleicht noch so grundlos gehegte Hoffnung, eine wenn auch noch so heimlich genährte Zuversicht endgültig verloren. Etwas später hat Pjetka die Leiche sehr vorsichtig auf die Schulter genommen und sie irgendwohin weggebracht.

Und schließlich war da auch noch das Beispiel meines Helfers. Ich hatte ihn im Waschraum getroffen – denn, nun ja, allmählich konnte ich mir gar nicht mehr vorstellen, daß ich mich woanders waschen könnte als an dem auf- und zudrehbaren Wasserhahn in dem sich am Ende des Flurs zur Linken öffnenden Waschraum, das aber auch hier nicht wegen der Vorschrift, sondern einfach wegen der Schicklichkeit, wie mir allmählich klar wurde; ja, mit der Zeit merkte ich sogar, wie ich es beinahe schon übelnahm, daß der Ort ungeheizt, das Wasser kalt war und ein Handtuch fehlte. Dort befand sich auch die rote, tragbare, einem offenen Schrank ähnelnde Örtlichkeit, deren stets sauberer Behälter weiß Gott von wem gepflegt, ausgetauscht, gereinigt wurde. Bei einer solchen Gelegenheit, als ich gerade beim Gehen war, betrat ein Mann den Raum. Ein schöner Mann, mit zurückgekämmtem, trotzdem ungebärdig in die Stirn fallendem glattem, schwarzem Haar und dem da und dort etwas grünlich schattierten Gesicht schwarzhaariger Menschen; in Anbetracht seines schon vollen Mannesalters, seines gepflegten Äußeren und des schneeweißen Mantels hätte ich ihn für einen Arzt gehalten, wenn die Aufschrift auf seiner Armbinde mich nicht darüber belehrt hätte, daß er nur Pfleger war, während das T in seinem roten Dreieck ihn als Tschechen auswies. Er stutzte und schien von meinem Anblick etwas überrascht, ja sogar ein bißchen betroffen, nach der Art, wie er mein Gesicht, meinen aus dem Hemd herausragenden Hals, mein Brustbein und meine Beine betrachtete. Er fragte auch gleich etwas, und ich antwortete, wie ich es aus den polnischen Gesprächen aufgeschnappt hatte: «Nje rosumjem.» Daraufhin erkundigte er sich auf deutsch, wer ich sei, woher ich komme. Ich sagte «*Ungar*», hier aus Saal sechs. Worauf er, zur Verdeutlichung auch noch seinen Zeigefinger benutzend, sagte: «*Du: warten hier. Ik: wek. Ein Moment zurück. Verstehn?*» Ich sagte: «*Verstehen*». Er ging weg, kam zurück, und auf einmal hatte ich ein viertel Brot und eine kleine, hübsche Konservendose mit schon hochgebogenem Deckel in der Hand, eine Dose mit noch unberührtem, haschiertem rosarotem Fleisch. Ich blickte auf, um mich zu bedanken – doch da konnte ich nur noch sehen, wie die Tür hinter ihm zuging. Als ich dann wieder im Zimmer war und versuchte, Pjetka von dem Mann zu berichten, mit ein paar Worten auch sein Äußeres zu beschreiben, wußte er sofort, daß es der Pfleger vom Zimmer neben uns, von Saal sieben, sein mußte. Er hat auch seinen Namen genannt. Ich verstand Ba-usch, obgleich er wohl eher Bohusch gesagt haben mußte, wie ich mir dann überlegte. So habe ich es später auch von meinem Nachbarn gehört – denn zwischendurch lösten sich die Kranken in unserem Zimmer ab, alte gingen, neue kamen. Auch in das Bett über mir brachte Pjetka, nachdem er noch am ersten Nachmittag jemanden hinausgetragen hatte, bald einen neuen, mir im

Alter und – wie ich später erfuhr – auch rassenmäßig entsprechenden, aber polnisch sprechenden Jungen, dessen Namen ich als Ku-halski oder Ku-harski verstand, wenn Pjetka oder Zbischek ihn nannten, wobei sie ihn immer so aussprachen, daß das «harski» herausgehoben, betont wurde; hin und wieder scherzten sie mit ihm, und vielleicht neckten, ja, ärgerten sie ihn auch, denn er war oft wütend, wie zumindest sein schnelles Mundwerk deutlich machte, der gereizte Tonfall seiner schon voller werdenden Stimme und sein unablässiges Herumzappeln, bei dem dann durch die Querlatten immer ein Regen von Strohhalmen auf mein Gesicht herunterkam – das alles, wie ich sehen konnte, zum größten Vergnügen eines jeden Polen im Zimmer. Neben mich, in das Bett des ungarischen Kranken, kam auch jemand, auch wieder ein Junge, was für einer es war, konnte ich zunächst nicht so recht ausmachen. Er konnte sich zwar mit Pjetka gut verständigen, und doch schien sein Polnisch meinem allmählich schon geübten Ohr nicht ganz geheuer. Wenn ich ihn ungarisch anredete, antwortete er nicht, wobei er mir aber mit seinem wieder nachwachsenden roten Haar, seinem ziemlich vollen, recht ansehnlichen sommersprossigen Gesicht, den alles rasch erfassenden, sich sofort zurechtfindenden blauen Augen gleich irgendwie verdächtig vorkam. Während er sich niederließ, sich einrichtete, bemerkte ich an der Innenseite seines Handgelenks blaue Zeichen, die Auschwitzer Numerierung, eine Zahl in den Millionen. Erst als eines Vormittags ganz plötzlich die Tür aufging und Bohusch hereinkam, um mir, wie er es ein-, zweimal in der Woche zu tun pflegte, die aus Brot und Fleischkonserve bestehende Gabe auf die Decke zu legen, wonach er, für einen Dank keine Zeit lassend und auch Pjetka nur kurz zunickend, schon wieder draußen war: da erst hat sich herausgestellt, daß der Rothaarige doch Ungarisch konnte, und zwar mindestens ebensogut wie ich, denn er hat sofort gefragt: «Wer war das?» Ich habe gesagt, soviel ich wisse, sei es der Pfleger aus dem Nebenzimmer, ein gewisser Ba-usch, und da hat er mich korrigiert: «Bohusch vielleicht», denn das sei, behauptete er, ein sehr verbreiteter Name in der Tschechoslowakei, woher übrigens auch er käme. Ich erkundigte mich, wieso er denn bisher kein Ungarisch verstanden habe, und er sagte, weil er die Ungarn überhaupt nicht möge. Ich mußte zugeben, daß er da recht hatte und daß ich im großen und ganzen auch nicht viel Anlaß fand, sie zu mögen. Daraufhin schlug er vor, wir sollten in der Sprache der Juden sprechen, doch da mußte ich eben zugeben, daß ich sie nicht verstand, und so sind wir schließlich doch beim Ungarischen geblieben. Er nannte auch seinen Namen: Luis oder vielleicht Lojis, ich verstand es nicht ganz. Ich bemerkte dann: «Also Lajos», wogegen er sich aber sehr wehrte, denn das sei ungarisch, er aber sei Tscheche und bestehe auf dem Unterschied: Lois. Ich fragte ihn, wieso er so viele Sprachen spreche, und da erzählte er, er stamme eigentlich aus dem Oberland, von wo sie vor den Ungarn, wie er sagte: «vor der ungarischen Besetzung», geflohen seien, die ganze Familie samt Verwandten und zahlreichen Bekannten, und tatsächlich, da kam mir wieder ein Tag in den Sinn, ein ferner, ferner Tag, noch zu Hause, als Fahnenschmuck, Musik und seit dem Morgen andauernde Feierlichkeiten der Freude kundgaben, daß das Oberland wieder ungarisch war. Ins

Konzentrationslager war er aus einem Ort gekommen, der – wenn ich es recht verstand – «Teresin» heißt. Er bemerkte: «Du kennst es bestimmt als Theresienstadt.» Ich sagte nein, überhaupt nicht, weder so noch so, ich kenne es einfach nicht, worüber er sehr verwundert war, aber in einer Weise, wie ich mich etwa über die wundern würde, die noch nie etwas vom Zollhaus in Csepel gehört haben. Daraufhin hat er mich aufgeklärt: «Das ist das Ghetto von Prag.» Wie er behauptete, konnte er sich außer mit den Ungarn und den Tschechen, na, und dann den Juden und den Deutschen auch noch mit den Slowaken, den Polen, den Ukrainern, ja, wenn es sein muß, sogar auch noch mit den Russen unterhalten. Am Ende schlossen wir regelrecht Freundschaft, und da er neugierig darauf war, erzählte ich ihm, wie ich Bohusch kennengelernt hatte, und dann berichtete ich ihm auch noch von meinen ersten Erlebnissen, Eindrücken, von den Gedanken, die ich am ersten Tag bezüglich des Zimmers gehabt hatte, was er so interessant fand, daß er es auch Pjetka übersetzte, der mich ganz schön ausgelacht hat; ebenso übersetzte er ihm, wie ich wegen der Sache mit dem ungarischen Kranken erschrocken gewesen war, und gab mir Pjetkas Antwort weiter, nämlich daß der Tod des Kranken seit Tagen erwartet worden und aus reinem Zufall gerade da eingetreten war, und noch vieles andere mehr, und mir war nur ein wenig peinlich, daß er jeden seiner Sätze mit «ten matjar», also «dieser Ungar», begann, auf diese Art leitete er offensichtlich jeweils das ein, was er weiter sagte – wobei dieser Sprachgebrauch Pjetkas Aufmerksamkeit zum Glück irgendwie entging, wie mir schien. Mir fiel dann auf, ohne daß ich mir dabei etwas dachte, ohne daß ich etwas daraus folgerte, wie auffällig oft und lange er draußen etwas zu erledigen hatte, und erst als er einmal mit Brot und Konservendose: Sachen, die offensichtlich von Bohusch stammten, ins Zimmer zurückkam, war ich einigermaßen überrascht – übrigens unvernünftigerweise, versteht sich, das mußte ich zugeben. Wie er sagte, war auch er zufällig im Waschraum mit ihm zusammengetroffen, genauso wie ich. Und auch er sei von ihm angesprochen worden, genau wie ich, und auch der Rest habe sich ganz genauso abgespielt wie bei mir. Den Unterschied hatte es immerhin gegeben, daß er mit ihm sprechen konnte, und da habe sich herausgestellt, daß sie aus der gleichen Heimat stammten, worüber sich Bohusch sehr, sehr gefreut habe, was schließlich nur natürlich sei, so meinte er, und das sah auch ich ein, in der Tat. Das alles fand ich – wenn ich es mit Vernunft betrachtete – durchaus klar, verständlich und einsehbar, und ich hatte die gleiche Einstellung dazu, die offensichtlich auch er hatte, wie zumindest aus dem letzten kurzen Zusatz: «Sei mir nicht böse, daß ich dir deinen Mann weggenommen habe», hervorging; das heißt, daß nun also ihm zukäme, was bisher mir zugekommen war, und ich würde jetzt zuschauen dürfen, während er schmauste, so wie er vorher mir zugeschaut hatte. Um so mehr staunte ich, als kaum eine Minute später die Tür aufging und Bohusch hereingeeilt kam, und zwar geradewegs zu mir. Von da an galt sein Besuch immer uns beiden. Einmal brachte er zwei Portionen, einmal bloß eine – je nachdem, wozu es reichte, denke ich, wobei er in letzterem Fall nie vergaß, mit einer Handbewegung das brüderliche Teilen zu verfügen. Nach wie vor war er jedesmal in Eile, nach wie vor vergeudete er keine Zeit mit Worten, seine Miene war nach wie vor stets geschäftig, manchmal besorgt, ja, hin und wieder wütend, fast schon erbost, so wie jemand, der nunmehr die Last einer doppelten Sorge hat, dem eine doppelte Verpflichtung auf den Schultern liegt, der aber nichts anderes tun kann, als das zu tragen, was ihm aufgebürdet ist – und ich dachte mir, der Grund dafür kann eigentlich nur sein, daß er selbst seine Freude daran findet, weil er das, wie es scheint, in einem gewissen Sinn nötig hat, es war seine Methode, um es so zu sagen; einen anderen Grund konnte ich, insbesondere in Anbetracht der Nachfrage nach einer so raren Ware und ihres entsprechenden Preises, in keiner Weise finden, wie immer ich es auch drehte, wendete, erwog. Das war der Augenblick, in dem ich, glaube ich, diese Menschen begriff, so im großen und ganzen zumindest. Denn wenn ich meine ganze Erfahrung zu Hilfe nahm, alle Zusammenhänge herstellte, ja, dann blieb kein Zweifel mehr, dann erkannte ich ihn, wenn er sich auch in einer anderen Form zeigte, letzlich war es ein und dasselbe Mittel: Eigensinn – freilich unbestreitbar eine recht ausgefeilte, die nach meinem bisherigen Wissen erfolgreichste, nun, und vor allem die für mich nützlichste Form von Eigensinn, ganz ohne Zweifel.

Ich kann sagen, mit der Zeit gewöhnt man sich auch an Wunder. Allmählich konnte ich schon zu Fuß zur Behandlung gehen – falls der Arzt das am Morgen zufällig verfügte –, einfach so, barfuß, über das Hemd eine Decke gewickelt, und in der beißenden Luft entdeckte ich unter den vielen vertrauten Gerüchen einen neuen Hauch: den des aufkeimenden Frühlings, er mußte es sein, wenn ich bedachte, daß die Zeit ja weiterging. Auf dem Rückweg sah ich flüchtig, wie aus der grauen Baracke jenseits unserer Drahthecke gerade so etwas wie ein größerer, gummibereifter Anhänger, wohl der eines Lastwagens, von ein paar Sträflingen herausgezogen, herausgeschleppt wurde, und in der vollen Ladung erblickte ich gelbe Gliedmaßen, die erfroren herausragten, verdorrte Körperteile: ich zog die Decke enger zusammen, um mich ja nicht irgendwie zu erkälten, und bemühte mich, so schnell wie möglich in mein warmes Zimmer zurückzuhumpeln, mir anstandshalber noch ein wenig die Füße zu putzen und dann schleunigst unter der Decke zu verschwinden, mich in mein Bett zu kuscheln. Da unterhielt ich mich dann ein bißchen mit meinem Nachbarn, solange er noch da war (denn nach einer gewissen Zeit ist er gegangen, «*nach Hause*», und ein älterer polnischer Mann hat seinen Platz eingenommen), schaute mir ein bißchen an, was es zu sehen gab, hörte mir die aus dem Lautsprecher ertönenden Befehle an, und ich kann sagen: allein schon mit ihrer Hilfe, nun, und dann mit Hilfe von etwas Phantasie konnte ich hier vom Bett aus einen völligen Überblick gewinnen, konnte verfolgen, gewissermaßen herbeibeschwören, was sich im Lager alles ereignete, seine ganzen Farben, Gerüche, seinen Geschmack, das ganze Kommen und Gehen, die kleineren und größeren Geschehnisse von der ersten Morgenröte bis zum späten Feierabend und manchmal noch darüber hinaus. So etwa ertönt das «*Friseure zum Bad, Friseure zum Bad*» mehrmals täglich, und das immer öfter, und die Sache ist klar:

ein neuer Transport ist eingetroffen. Dazu kommt ebensooft «*Leichenkommando zum Tor*»; und wenn da noch um Nachschub gebeten wird, so kann ich auf den Bestand, die Beschaffenheit dieses Transports schließen. Ich habe erfahren können, daß bei solcher Gelegenheit auch die «*Effekten*», das heißt die Arbeiter im Kleidermagazin, zu den Garderoben zu eilen haben, und zwar zuweilen «*im Laufschritt*». Wenn jedoch zwei oder vier «*Leichenträger*» verlangt werden, sagen wir «*mit einem*» oder «*mit zwei Tragbetten sofort zum Tor!*», so kann man gewiß sein, daß diesmal irgendwo ein besonderes Unglück passiert ist, bei der Arbeit, beim Verhör, im Keller, auf dem Dachboden, wer weiß wo. Ich habe erfahren, daß das «*Kartoffelschäler-Kommando*» nicht nur tagsüber arbeitet, sondern auch eine «*Nachtschicht*» hat, und noch vieles andere mehr. Doch jeden Nachmittag ertönte immer um die gleiche Stunde eine rätselhafte Botschaft: «*Ellä zwo, Ellä zwo, aufmarschieren lassen!*» – und darüber habe ich mir anfänglich viel den Kopf zerbrochen. Dabei war es leicht, aber es brauchte seine Zeit, bis ich aufgrund der irgendwie feierlichen großen Stille, die darauf folgte, aufgrund der Befehle «*Mützen ab!*», «*Mützen auf!*», aufgrund der dünn zirpenden Musik, die hin und wieder auch zu hören war, das Rätsel lösen konnte: draußen steht also das Lager beim Appell, «Ellä» heißt ganz offensichtlich L.Ä., also Lagerältester, und das «zwo» bedeutet demnach, daß in Buchenwald zwei Lagerälteste im Amt sind, ein erster und ein zweiter – kein Wunder, wenn ich es bedenke, in einem Lager, wo inzwischen längst die Neunzigtausender-Nummer ausgehändigt worden ist, wie es heißt. Dann wird es allmählich auch in unserem Zimmer still, auch Zbischek ist schon gegangen, falls sein Besuch fällig gewesen ist, und Pjetka wirft noch einen letzten Blick in die Runde, bevor er mit dem gewohnten «dobra noc» das Licht löscht. Da suche ich mir die bequemste Lage, die mein Bett bieten kann und meine Wunden erlauben, ziehe mir die Decke über die Ohren, und schon übermannt mich sorgloser Schlaf: nein, mehr kann ich mir nicht wünschen, zu mehr kann ich es – das muß ich zugeben – in einem Konzentrationslager nicht bringen.

Zwei Dinge nur erfüllen mich mit Besorgnis. Das eine sind meine Wunden: sie sind da, niemand kann das bestreiten, ringsum noch feuerrot, das Fleisch noch roh, doch ganz außen bildet sich schon ein dünnes Häutchen, da und dort bräunlicher Schorf, der Arzt stopft sie nicht mehr mit Gaze aus, läßt mich auch kaum noch zur Behandlung holen, und wenn doch, dann sind wir in beunruhigend kurzer Zeit fertig, und seine Miene ist dabei beunruhigend zufrieden. Das andere ist ein im Grunde sehr erfreuliches Ereignis, zweifellos, das kann ich nicht bestreiten. Wenn zum Beispiel Pjetka und Zbischek plötzlich, mit gespannter Miene in die Ferne horchend, ihren Meinungsaustausch unterbrechen und mit erhobenem Zeigefinger auch von uns Ruhe verlangen, dann vernimmt auch mein Ohr ein dumpfes Grollen, dazu hin und wieder abgehackte, fernem Hundegebell ähnliche Töne, in der Tat. Auch drüben, wo ich jenseits der Trennwand das Zimmer von Bohusch vermute, geht es neuerdings sehr lebhaft zu, den Stimmen nach zu urteilen, die noch lange nach Lichtlöschen herüberdringen. Der wiederholte Sirenenklang ist jetzt schon üblicher Bestandteil des Tages, und es ist etwas Gewohntes, daß ich nachts erwache, weil die Sprechanlage verfügt: «*Krematorium ausmachen!*», dann eine Minute später, aber jetzt schon gereizt schnarrend: «*Khematohium! Sofoht ausmachn!*» – was mir sagt: es ist keineswegs erwünscht, daß der ungelegene Feuerschein womöglich die Flugzeuge anlockt. Wann die Friseure schlafen, weiß ich auch nicht, wie ich höre, kann man neuerdings zwei, drei Tage lang nackt vor dem Bad herumstehen, bis man als Neuankömmling an die Reihe kommt, und auch das Leichenkommando hat – so höre ich – ununterbrochen alle Hände voll zu tun. In unserem Zimmer ist kein Bett mehr frei, und außer den üblichen Geschwüren und aufgeschnittenen Wunden habe ich kürzlich, dank eines ungarischen Jungen, der eines der gegenüberliegenden Betten belegt hat, zum erstenmal auch von einer Wunde gehört, die ein Gewehrschuß verursacht hat. Er hat sie sich während eines mehrtägigen Fußmarsches zugezogen, auf dem Weg von einem Lager auf dem Lande, das «*Ohrdruf*» heißt, wenn ich es richtig verstanden habe, und im großen und ganzen, wie ich seinem Bericht entnommen habe, Zeitz ähnelt: sie waren die ganze Zeit vor dem Feind, das heißt der amerikanischen Armee geflohen, und die Kugel hatte dem Mann neben ihm gegolten, der ermüdet aus der Reihe taumelte, aber sie hatte eben auch den Jungen am Bein erwischt. Ein Glück, hat er hinzugefügt, daß sie wenigstens keinen Knochen getroffen hat, und ich dachte: na, bei mir zum Beispiel würde das anders ablaufen. Mein Bein hätte die Kugel überall treffen können und immer nur Knochen erwischt, das steht fest, daran ist nicht zu rütteln. Es hat sich dann auch herausgestellt, daß er überhaupt erst seit dem Herbst im Konzentrationslager ist, seine Nummer beläuft sich auf achtzigtausend und noch etwas – nicht gerade vornehm, hier, in diesem Zimmer. – Kurzum: von einer sich nahenden Änderung, von Unbequemlichkeiten, Durcheinander, Umsturz, Mühsal und Sorge erfahre ich neuerdings allerseits. Einmal geht Pjetka von Bett zu Bett, in der Hand einen Bogen Papier, und fragt jeden von uns, ob er «*laufen*» könne. Ich sage: «Nje, nje, *ich kann nicht.*» «Tak, tak», sagt er, «*du kannst*», und damit schreibt er meinen Namen auf, ebenso übrigens wie die Namen aller anderen im Zimmer, sogar Kuharskis, obwohl dessen geschwollene Beine, wie ich einmal im Behandlungszimmer sah, übersät sind mit parallelen, offenen Mündern gleichenden Schnitten. An einem anderen Abend hingegen – ich kaue gerade an meinem Brot herum – höre ich aus dem Radio: «*Alle Juden im Lager sofort antreten!*», und das mit einer so fürchterlichen Stimme, daß ich mich im Bett gleich aufrichte. «Co to robisch?» fragt Pjetka, mit neugieriger Miene. Ich zeige auf den Apparat, aber er lächelt nur in seiner gewohnten Art und bedeutet mit beiden Händen: zurück, keine Eile, wozu diese Aufregung, diese Hast? Doch der Lautsprecher tönt, knattert, redet den ganzen Abend: «*Lagerschutz*», sagt er, womit er die knüppelbewehrten Exzellenzen dieses Kommandos zur sofortigen Arbeit ruft, und auch mit diesen ist er, wie es scheint, nicht ganz zufrieden, denn bald darauf bittet er – und ich kann es nicht ohne Schaudern hören – den Lagerältesten und den Kapo des Lagerschutzes, das heißt unter den Mächtigen des Lagers geradewegs die beiden denkbar mächtigsten, zum Tor, *«aber im Laufschritt!»* Andere Male ist der Apparat voller Fragen, voller Vorwürfe: *«Lagerältester! Aufmarschieren lassen! Lagerältester! Wo sind die Juden?!»* forscht, ruft, befiehlt, knistert und knattert der Kasten in einem fort, und Pjetka winkt bloß wütend ab und sagt zu ihm: «Kurwa jego match!» Und da überlasse ich die Sache eben ihm, denn er muß es ja schließlich wissen, und bleibe ruhig weiter liegen. Doch wenn es mir an diesem Abend noch nicht gepaßt hat, am nächsten Tag gibt es offenbar kein Pardon mehr: *«Lagerältester! Das ganze Lager: antreten!»*, und kurz darauf zeigen Motorengeheul, Hundegebell, das Knallen von Schüssen, das Klatschen von Stöcken, das Klappern rennender Füße und gleich darauf das schwere Getrampel von Stiefeln, daß schließlich und endlich – wenn es so gewünscht wird – auch die Soldaten die Dinge in die Hand nehmen können und daß Ungehorsam eben solche Früchte trägt, bis es dann auf einmal – auf welche Art immer – ganz still wird. Dann aber taucht plötzlich vollkommen unerwartet der Arzt auf, nachdem seine Visite, als wäre draußen überhaupt nichts los, wie üblich am Morgen stattgefunden hat. Jetzt aber ist er nicht so kühl, nicht so gepflegt wie üblich: sein Gesicht ist zerknittert, sein nicht ganz einwandfreier Mantel ist von rostfarbenen Flecken verunziert, er läßt den schweren Blick seiner blutunterlaufenen Augen in die Runde schweifen: offensichtlich sucht er ein leeres Bett, kein Zweifel: *«Wo ist der»*, sagt er zu Pjetka, *«der mit dieser kleinen Wunde hier?!»*, seine Hand beschreibt mit einer unbestimmten Bewegung so ungefähr die Gegend von Hüfte und Oberschenkel, während sein forschender

Blick kurz bei jedem Gesicht, so auch bei meinem hält, und ich würde bezweifeln, daß er mich nicht erkannt hat, auch wenn er sich zufällig gleich wieder abwendet, um erneut Pjetka anzuschauen, wartend, drängend, fordernd, ihn gewissermaßen zu einer Antwort verpflichtend. Ich sage nichts, bin aber innerlich schon bereit, aufzustehen, etwas anzuziehen und hinauszugehen, irgendwohin mitten im Durcheinander: doch da sehe ich zu meinem größten Erstaunen, daß Pjetka – wie zumindest seine Miene anzeigt – keine Ahnung hat, wen der Arzt da wohl meinen könnte, und dann, nach kurzer Ratlosigkeit plötzlich erleuchtet, als sei er nun doch darauf gekommen, «*Ach ja*» sagt, den Arm ausstreckt und auf den Jungen mit dem Gewehrschuß zeigt, womit auch der Arzt sofort einverstanden ist und sich gleichsam auch aufzuhellen scheint, so als habe man sein Problem sofort richtig erkannt und endlich gelöst, in der Tat. «*Der geht sofort nach Hause*», verfügt er unverzüglich, und da kommt es zu einem sehr seltsamen, ungewohnten, ich könnte sagen ungehörigen Vorfall, wie ich ihn in unserem Zimmer noch nie gesehen habe und den ich dann auch ohne ein gewisses Unbehagen, ein gewisses Erröten überhaupt nicht mit ansehen kann. Der Junge mit dem Gewehrschuß nämlich faltet, nachdem er aufgestanden ist, zuerst nur die Hände vor dem Arzt, so als wolle er beten, und als der Arzt daraufhin verblüfft und für einen Augenblick verständnislos zurückweicht, läßt er sich geradewegs vor ihm auf die Knie fallen, greift mit beiden Händen nach ihm, faßt und umklammert seine Beine; darauf nehme ich nur noch wahr, wie die Hand des Arztes aufblitzt, und danach den mächtigen

Knall der Ohrfeige, verstehe aber nur, daß er aufgebracht ist, nicht aber, was er sagt; darauf stößt er das Hindernis mit dem Knie aus dem Weg und eilt hinaus, das Gesicht aufgewühlt und noch stärker blutunterlaufen als sonst. In das leer gewordene Bett ist dann ein neuer Kranker gekommen, wieder ein Junge – der mir schon wohlbekannte stumpfe, harte Verband zeugt davon, daß am Ende seiner Füße keine einzige Zehe mehr ist –, und als Pjetka dann bei mir vorbeigekommen ist, habe ich leise, unter uns, zu ihm gesagt: «Djinkuje, Pjetka.» Er aber hat gefragt: *«Was?»*, und auch als ich beharre: *«Aber vorhin, eben ...»*, hat er ein völlig verständnisloses, ahnungsloses Gesicht gemacht und erstaunt und ratlos den Kopf geschüttelt, so daß ich mir sagen muß, daß diesmal wohl ich eine Ungehörigkeit begangen habe und man gewisse Dinge offenbar mit sich allein abzumachen hat, wie es scheint. Aber ja nun, schließlich hatte sich alles nach den Regeln der Gerechtigkeit abgespielt – zumindest war das meine Meinung –, denn ich war ja vor dem Jungen dagewesen, und dann war er auch besser bei Kräften, und so bestand kein Zweifel, daß er da draußen mehr Chancen hatte; und außerdem fiel es mir offensichtlich leichter, mich in das Unglück eines anderen zu schicken als in das eigene: diesen Schluß zu ziehen, diese Lehre anzunehmen blieb mir, wie immer ich es sehen, abwägen, umkreisen mochte, nicht erspart. Vor allem aber: was sind schon solche Sorgen, wenn geschossen wird – denn zwei Tage später klirrte bei uns die Fensterscheibe, bohrte sich eine verirrte Kugel in die gegenüberliegende Wand. Des weiteren geschah es an diesem Tag, daß Pjetka, nachdem andauernd verdächtige Leute auf ein eiliges Wort zu ihm hereingeschaut hatten und er oft, manchmal auch länger, irgendwo verschwunden gewesen war, gegen Abend mit irgendeinem länglichen Bündel unter dem Arm im Zimmer wieder auftauchte. Ein Laken, dachte ich – aber nein, da war auch ein Stiel, also eine weiße Fahne, so schien mir, und mitten darin, gut eingewickelt, guckte so eine Spitze, ein Ende hervor, das ich in den Händen von Gefangenen bisher noch nie gesehen hatte, etwas, wodurch das ganze Zimmer in Bewegung, in ein Zischen, ein Aufstöhnen geriet, ein Gegenstand, den uns Pjetka – bevor er ihn unter seinem Bett versorgte – einen flüchtigen Augenblick lang sehen ließ, aber mit einem Lächeln, das Ding mit einer Bewegung an die Brust pressend, daß ich mich auch schon fast fühlte wie unter dem Weihnachtsbaum und endlich im Besitz des langersehnten kostbaren Geschenks: ein braunes Teil aus Holz und daraus hervorragend ein bläulich schimmerndes kurzes Stahlrohr, ein Karabiner mit abgesägtem Lauf, so fiel mir plötzlich auch die Bezeichnung ein, die ich einst in meinen von Räubern und Detektiven handelnden Lieblingsbüchern gelesen hatte.

Auch der folgende Tag versprach aufregend zu werden – aber wer vermöchte schon jeden einzelnen Tag mit all seinen Ereignissen gegenwärtig zu halten. Auf jeden Fall kann ich berichten, die Küche funktionierte bis zuletzt ordnungsgemäß, und auch der Arzt war zumeist pünktlich. Eines Morgens dann, nicht lange nach dem Kaffee, eilige Schritte im Flur, ein schmetternder Ruf, so etwas wie eine Losung, worauf Pjetka schleunigst sein Paket aus seinem Versteck hervorholte, es sich unter den

Arm klemmte und verschwand. Bald darauf, etwa gegen neun Uhr, hörte ich, wie sich der Kasten zum erstenmal nicht an die Gefangenen, sondern an die Soldaten wandte: «*An alle SS-Angehörigen*», und zwar gleich zweimal hintereinander: «*Das Lager ist sofort zu verlassen!*» Darauf hörte ich näher kommenden, sich entfernenden, eine Zeitlang mir gleichsam um die Ohren sausenden, dann allmählich abebbenden Gefechtslärm, worauf es still wurde – allzu still, denn umsonst wartete, lauschte, lauerte und horchte ich: weder zur gewohnten Zeit noch danach gelang es mir, das – doch schon längst fällige – Geklapper, die dazugehörigen Rufe der Suppenträger auszumachen. Es war ungefähr gegen vier Uhr nachmittags, als der Kasten endlich knackte und uns nach einem kurzen Knistern und etlichen Blasgeräuschen mitteilte, hier sei der Lagerälteste, hier spreche der Lagerälteste. «*Kameraden*», sagte er, hörbar mit einem Gefühl kämpfend, das ihn in der Kehle würgte, was seine Stimme einmal abbrechen, dann wieder zu scharf werden, beinahe schon in ein Pfeifen übergehen ließ, «*wir sind frei!*», und ich dachte daran, daß also in diesem Punkt der Lagerälteste die gleiche Einstellung haben mußte wie Pjetka, Bohusch, der Arzt und andere Gleichgesinnte, daß er anscheinend mit ihnen unter einer Decke steckte, um es so zu sagen, wenn er das Ereignis nun in dieser Weise und auch noch mit so offensichtlicher Freude verkünden konnte. Dann hat er eine kurze, hübsche Rede gehalten, und nach ihm kamen noch andere, redeten in verschiedensten Sprachen: «Attention, attention!» hörte ich zum Beispiel auf französisch; «Posor, posor!», auf tschechisch, glaube ich; «Njimanje, njimanje, ruski towarischtschi, njimanje!», und der melodische Tonfall beschwor für mich mit einemmal eine liebe Erinnerung herauf, denn es war die Sprache, die damals bei meiner Ankunft hier die Leute des Badekommandos gesprochen hatten; «Uwaga, uwaga!», worauf sich der polnische Kranke neben mir sogleich erregt in seinem Bett aufsetzte und uns alle anherrschte: «Tschicha bendsch! Teras polski kommunjiki!», und erst da fiel mir wieder ein, wie nervös er diesen ganzen Tag über gewesen war und wie er sich eins zusammengehaspelt und zusammengezappelt hatte; und dann, zu meiner größten Verblüffung, auf einmal: «Figyelem, figyelem! ... Das ungarische Lagerkomitee...», und ich dachte: nun, sieh an, das hätte ich auch nicht geglaubt, daß es so etwas gibt. Aber ich konnte noch so achtgeben, auch bei ihnen war, wie bei allen anderen vorher, nur von Freiheit die Rede und keine Andeutung, kein Wort von der noch ausstehenden Suppe. Auch ich war, natürlich, äußerst erfreut, daß wir frei waren, aber ich konnte halt nichts dafür, ich mußte andererseits einfach denken: gestern hätte so etwas zum Beispiel noch nicht vorkommen können. Draußen war der Aprilabend schon dunkel, auch Pjetka war wieder da, erhitzt, aufgewühlt, voll von unverständlichen Worten, als sich der Lagerälteste endlich über den Lautsprecher wieder meldete. Diesmal wandte er sich an die ehemaligen Mitglieder des Kartoffelschäler-Kommandos und bat sie, so freundlich zu sein und ihre alten Plätze in der Küche wieder einzunehmen, die anderen Bewohner des Lagers hingegen ersuchte er, wach zu bleiben, und wenn es sein müsse, bis Mitternacht, denn man sei im Begriff, sich an die Zubereitung einer kräftigen Gulaschsuppe zu machen: da erst sank ich erleichtert auf mein Kissen zurück, da erst löste sich langsam etwas in mir, da erst dachte auch ich – wohl zum erstenmal ernstlicher – an die Freiheit.

9

Nach Hause kehrte ich ungefähr zu der gleichen Zeit zurück, wie ich fortgegangen war. Auf jeden Fall war der Wald ringsum schon längst grün, auch über den Leichengruben war Gras gesprossen, und der Asphalt des seit Anbruch der neuen Zeiten so vernachlässigten Appellplatzes, der mit den Resten erloschener Feuerstellen, mit Lumpen, Papier und Konservendosen übersät war, begann in der hochsommerlichen Hitze zu schmelzen, als man in Buchenwald auch mich fragte, ob ich Lust hätte, die Reise anzutreten. Wir wären zumeist junge Leute, so hieß es, unter der Führung einer stämmigen Exzellenz vom ungarischen Lagerkomitee, eines schon grau werdenden Mannes mit Brille, der unterwegs die Dinge für uns erledigen wollte. Es gebe einen Lastwagen, nun, und auch die Bereitschaft seitens der amerikanischen Soldaten, uns ein Stück nach Osten mitzunehmen: das weitere sei unsere Sache, sagte der Mann und forderte uns auf, ihn «Onkel Miklós» zu nennen. Das Leben, fügte er hinzu, müsse weitergehen, und, ja, wirklich, etwas anderes konnte es nicht tun, das sah ich ein, nachdem die Dinge nun einmal so standen, daß es überhaupt etwas tun konnte, versteht sich. Im großen und ganzen durfte ich mich wieder als gesund betrachten, abgesehen von einigen Seltsamkeiten, kleineren Unannehmlichkeiten. Wenn ich mir zum Beispiel an irgendeiner Stelle meines Körpers den Finger ins Fleisch bohrte, blieb die Spur, die Einbuchtung noch lange da, so als hätte ich ihn in irgendein lebloses, unelastisches Material, sagen wir in Käse oder Wachs gebohrt. Auch mein Gesicht überraschte mich etwas, als ich es in einem der wohnlichen, mit einem Spiegel eingerichteten Zimmer des SS-Krankenhauses zum erstenmal erblickte, denn von früher her hatte ich ein anderes Gesicht in Erinnerung. Dieses, das ich nun anschaute, hatte unter dem ein paar Zentimeter nachgewachsenen Haar eine auffällig niedrige Stirn, unter dem merkwürdig verbreiterten Ohransatz zwei ganz neue, unförmige Geschwülste, andernorts weiche Taschen und Säcke, und es glich – zumindest wenn ich meiner Lektüre von früher glauben wollte – im großen und ganzen eher den faltigen, zerfurchten Gesichtern von Menschen, die sich in allen Lüsten und Wonnen umgetan hatten und deshalb früh vergreist waren, und auch den Blick der winzig gewordenen Augen hatte ich anders, freundlicher, ja vertrauenerweckender in Erinnerung. Nun und dann hinkte ich auch noch ein bißchen, zog ein wenig das rechte Bein nach: kein Problem – sagte Onkel Miklós –, die Heimatluft bringt das dann schon in Ordnung. Zu Hause – ließ er verlauten – bauen wir uns eine neue Heimat, und fürs erste brachte er uns auch gleich ein paar Lieder bei. Als wir dann zu Fuß durch Ortschaften und Kleinstädte zogen – was im Lauf unserer Reise hin und wieder vorkam –, sangen wir sie, militärisch in Dreierkolonne geordnet. Ich meinerseits lernte besonders «Vor Madrid auf Barrikaden» schätzen – warum, wüßte ich eigentlich gar nicht zu sagen. Aus anderweitigen Gründen, aber ebensogern sang ich auch ein anderes, vor allem wegen folgender Stelle: «Wir schuften den lieben langen Tag / wir darben ohne Ende / doch schon nehmen wir das Gewehr/ fest in die zerschundenen Hände!» Wieder aus anderen Gründen lag mir eines am Herzen, in dem die Zeile vorkam: «Wir sind die junge Gar-de, das Pro-le-ta-ri-at», worauf wir mit gewöhnlicher Stimme dazwischenrufen mußten: «Rotfront!», denn da vernahm ich jedesmal deutlich das Klirren von Fenstern, die geschlossen, das Knallen von Türen, die zugeschlagen wurden, und sah rasch von Tor zu Tor huschende oder eilig dahinter verschwindende Menschen, Deutsche.

Im übrigen hatte ich mich mit leichtem Gepäck: einem einigermaßen unhandlichen, weil zu engen und dafür zu langen hellblauen Leinending – einem amerikanischen Militärsack auf den Weg gemacht. Darin meine beiden dicken Decken, Unterwäsche zum Wechseln und ein grauer, schöngestrickter Pullover aus SS-Beständen, an den Handgelenken und am Hals mit einem grünen Streifen verziert, na und dann auch noch Proviant: Konserven und dergleichen. Ich selbst trug die grüne Tuchhose der amerikanischen Armee, ebenso deren sehr dauerhaft wirkende Schnürschuhe mit Gummisohlen, darüber die Gamaschen aus unverwüstlichem Leder, mit all den entsprechenden Riemen und Schnallen. Für meinen Kopf hatte ich mir eine seltsam geformte, zumindest der Jahreszeit nicht ganz gemäße, ein wenig zu schwere Mütze beschafft, die eine hohe Blende und oben Kanten und

Ecken: ein schiefes Viereck, ein – wie mir aus der längst vergangenen Schulzeit einfiel – Rhombus schmückte und die vor mir ein polnischer Offizier getragen haben soll, wie man mir sagte. Es hätte mir aus den Magazinen wohl auch zu einer besseren Jacke gereicht, aber das bewährte alte, bis auf das fehlende Dreieck und die fehlende Nummer unveränderte Stück tat es letzten Endes auch, ja, ich hatte es mir geradezu ausgesucht, ich hing geradezu daran: so konnte es wenigstens keine Mißverständnisse geben – meinte ich –, nun, und dann war es auch eine recht angenehme, zweckmäßige, leichte Bekleidung, zumindest so im Sommer, wie ich fand. Den Weg legten wir auf Lastwagen, Fuhrwerken, zu Fuß und mit öffentlichen Verkehrsmitteln zurück – je nachdem, womit uns die verschiedenen Armeen dienen konnten. Wir schliefen auf Ochsenfuhrwerken, auf den Bänken und Kathedern verlassener Schulzimmer oder ganz einfach unter dem sommerlichen Sternenhimmel, in den Beeten, auf dem weichen Rasen von Parks zwischen schmucken Pfefferkuchenhäusern. Wir fuhren sogar mit dem Schiff, auf einem – zumindest für das an die Donau gewöhnte Auge – nicht sonderlich großen Strom, der, wie ich erfuhr, Elbe heißt, und ich passierte einen Ort, der offensichtlich früher eine Stadt gewesen war, jetzt aber insgesamt nur noch aus Schutthaufen und ein paar schwarzen, nackten Mauern bestand. Am Fuß dieser Mauern und Trümmer, nun und dann unter den Überresten von Brücken lebten, wohnten und schliefen die Einheimischen jetzt, und ich versuchte mich darüber zu freuen, versteht sich, nur mußte ich spüren: gerade sie machten mich dabei verlegen. Ich schaukelte in einer roten Straßenbahn dahin und reiste mit einer richtigen Eisenbahn, die richtige Waggons mit richtigen, für Menschen bestimmten Abteilen hatte – auch wenn ich zufällig nur noch auf ihrem Dach Platz fand. In einer Stadt stieg ich aus und hörte da neben dem Tschechischen schon viele ungarische Wörter, und während wir am Bahnhof auf den versprochenen Anschlußzug am Abend warteten, scharten sich Frauen, Alte, Männer, allerlei Leute um uns. Sie wollten wissen, ob wir aus dem Konzentrationslager kämen, und fragten viele von uns, so auch mich, ob wir dort nicht vielleicht einem ihrer Angehörigen begegnet seien, einem mit diesem oder jenem Namen. Ich sagte ihnen, im Konzentrationslager hätten die Menschen im allgemeinen keinen Namen. Daraufhin bemühten sie sich, das Äußere, das Gesicht, die Haarfarbe, die besonderen Merkmale des Betreffenden zu beschreiben, und ich versuchte ihnen begreiflich zu machen, daß das keinen Zweck habe, weil sich die Menschen im Konzentrationslager zumeist sehr verändern. Worauf sie sich dann langsam verliefen, bis auf einen, der ganz sommerlich nur mit Hemd und Hose bekleidet war und die Daumen seitlich, wo die Hosenträger befestigt waren, hinter den Bund geklemmt hatte, während die übrigen Finger außen auf dem Stoff herumspielten und trommelten. Er war neugierig, zu erfahren – worüber ich ein bißchen lächeln mußte –, ob ich die Gaskammern gesehen hätte. Ich sagte: «Dann würden wir jetzt nicht miteinander sprechen.» «Na ja», sagte er, aber ob es wirklich Gaskammern gegeben habe, und ich sagte, aber ja, unter anderem gebe es auch Gaskammern, natürlich, und alles habe davon abgehangen, in welchem

Lager welche Gebräuche herrschten. In Auschwitz zum Beispiel habe man mit ihrem Vorhandensein rechnen müssen. Ich hingegen – bemerkte ich – käme aus Buchenwald. «Woher?» fragte er, und ich mußte es wiederholen: «Aus Buchenwald.» «Also aus Buchenwald», sagte er und nickte dazu, und ich antwortete: «Ja.» Worauf er sagte: «Also, Moment mal», und das mit einer starren, strengen, beinahe schon schulmeisterlichen Miene. «Demnach hat der Herr», und ich weiß gar nicht warum, aber irgendwie berührte mich diese ernsthafte, um nicht zu sagen einigermaßen feierliche Anrede, «von den Gaskammern gehört», und ich sagte wieder: «Aber ja.» «Wobei Sie sich», so fuhr er fort, noch immer mit dieser starren Miene, gleichsam in den Dingen Ordnung und Klarheit schaffend, «aber doch nicht persönlich, mit eigenen Augen davon überzeugt haben», und ich mußte zugeben: «Nein.» Worauf er bemerkte: «Aha», um dann weiterzutrippeln, steif, gerade aufgerichtet und, wie mir schien, irgendwie auch befriedigt, sofern mich nicht alles getäuscht hat. Bald darauf hieß es dann: los, der Zug ist da, und ich konnte mir sogar einen recht guten Platz ergattern, auf einem Trittbrett der breiten, hölzernen Wagentreppe. Gegen Morgen bin ich erwacht, und da dampften wir gerade munter dahin. Und später wurde ich darauf aufmerksam, daß ich die Ortstafeln schon auf ungarisch lesen konnte. Die Wasserfläche da – man wies auf sie hin –, welche die Augen blendete, das war schon die Donau, und das Land hier ringsum, das im frühen, aber schon starken Licht nur so glühte und flimmerte, das war – so wurde gesagt – bereits Ungarn. Nach einiger Zeit fuhren wir unter ein ramponiertes

Dach ein, standen dann in einer Halle mit lauter ausgeschlagenen Scheiben: der Westbahnhof, wie man um mich herum feststellte, und tatsächlich, er war es, im großen und ganzen erkannte ich ihn wieder.

Draußen, vor dem Gebäude, brannte die Sonne senkrecht auf den Gehsteig herunter. Die Hitze war groß, viel Lärm, viel Staub und viel Verkehr. Gelbe Straßenbahnwagen mit einer Sechs darauf: also hatte sich auch das nicht geändert. Ein paar Händler, mit merkwürdigem Gebäck, Zeitungen und anderen Sachen. Die Menschen waren sehr schön, und offenbar hatten sie alle zu tun, hatten alle etwas Wichtiges vor, alle waren in Eile, alle liefen drängelnd irgendwohin, strebten in die verschiedensten Richtungen. Auch wir – so erfuhr ich – mußten sofort zur Hilfsstelle, dort unverzüglich unseren Namen angeben, damit wir so schnell wie möglich zu Geld und Papieren kämen – nunmehr unvermeidlichem Zubehör des Lebens. Diese betreffende Stelle befand sich – wie es hieß – nun aber gerade in entgegengesetzter Richtung, in der Nähe des Ostbahnhofs, und so bestiegen wir gleich an der ersten Straßenecke eine Straßenbahn. Die Straßen kamen mir zwar etwas schäbig vor, in den Häuserzeilen da und dort Lücken, die noch vorhandenen Häuser wirkten mitgenommen oder unvollständig, löcherig, scheibenlos, aber ich erkannte die Strecke ungefähr doch, auch den Platz, wo wir ausstiegen. Die Hilfsstelle fanden wir gleich gegenüber einem – tatsächlich noch in meiner Erinnerung existierenden – Kino, in einem häßlichen, grauen, großen öffentlichen Gebäude: der Hof, die Halle, die Gänge schon voller Menschen. Sie saßen, standen, machten sich zu schaffen, lärmten, schwatzten oder schwiegen. Viele trugen irgendwelche zusammengewürfelten Kleider, abgelegte Sachen aus Lagermagazinen und Armeebeständen, Mützen und zuweilen gestreifte Jacken, so wie ich, aber manchmal waren sie auch schon ganz bürgerlich ausstaffiert, in weißem Hemd, mit Krawatte, die Hände auf dem Rücken verschränkt, schon wieder über wichtige Angelegenheiten beratschlagend, würdevoll, so wie damals, als sie nach Auschwitz gingen. Einige beschworen die Verhältnisse in den Lagern herauf, stellten Vergleiche an, andere erörterten die möglichen Aussichten, was die Summe, die Höhe des Beitrags betraf, wieder andere vermeinten Umständlichkeiten, unzulässige Bevorzugungen, Übervorteilungen durch andere, Ungerechtigkeiten entdeckt zu haben, doch eines war allen klar: man hatte zu warten, und zwar lange. Nur fand ich das zu langweilig, und so habe ich meinen Sack geschultert und bin wieder in den Hof zurückgewandert und vor das Tor hinaus. Wieder habe ich das Kino erblickt, und da ist mir eingefallen: wenn ich rechter Hand vielleicht einen, höchstens zwei Blocks weiterginge, müßte – falls mein Gedächtnis mich nicht ganz im Stich ließ – die Nefelejts-Straße meinen Weg kreuzen.

Das Haus habe ich leicht gefunden: es war noch da und unterschied sich in nichts von den übrigen gelben oder grauen, einigermaßen baufälligen Häusern dieser Straße – zumindest mir schien es so. Im kühlen Tordurchgang entnahm ich dem uralten, eselsohrigen Namensverzeichnis, daß auch die Wohnungsnummer stimmte und ich in den zweiten Stock hinaufsteigen mußte. Ich zog mich langsam durch das schimmlige, etwas säuerlich riechende Treppenhaus hoch, durch dessen Fenster ich auf die Außengänge und den trostlos sauberen Innenhof sah: in der Mitte ein bißchen Gras, nun und dann das übliche, traurig bemühte Bäumchen mit seinem kümmerlichen, verstaubten Laub. Gegenüber trat gerade eilig und geschäftig eine Frau mit Kopftuch heraus, den Staublappen in der Hand, von anderswoher drang Radiomusik zu mir, und irgendwo brüllte auch ein Kind, und zwar wie am Spieß. Als dann vor mir eine Tür aufging, war ich sehr überrascht, denn nach langer Zeit habe ich auf einmal wieder die winzigen, schrägen Augen Bandi Citroms vor mir gesehen, bloß diesmal im Gesicht einer noch recht jungen schwarzhaarigen, ein wenig untersetzten und nicht sehr großen Frau. Sie wich etwas zurück, wahrscheinlich – wie ich meinte – wegen meiner Jacke, und damit sie mir nicht eventuell auch noch die Tür vor der Nase zumachte, fragte ich gleich: «Ist Bandi Citrom zu Hause?» Sie sagte: «Nein.» Ich fragte, ob er bloß jetzt nicht hier sei, im Moment, worauf sie, den Kopf ein wenig schüttelnd und die Augen kurz zudrükkend, sagte: «Überhaupt», und erst als sie die Augen wieder öffnete, bemerkte ich, daß ihre unteren Augenwimpern ein bißchen feucht glänzten. Ein wenig verzog sich auch ihr Mund, und da dachte ich, es wäre wohl am besten, wenn ich mich so schnell wie möglich wieder davonmachte – doch da ist auf einmal aus dem Dämmer des Flurs eine magere alte Frau mit Kopftuch und dunklem Kleid aufgetaucht, und so mußte ich auch ihr noch sagen: «Ich habe Bandi Citrom gesucht», und auch sie sagte: «Er ist nicht zu Hause.» Doch sie meinte: «Kommen Sie ein andermal wieder. In ein paar Tagen vielleicht...», und da bemerkte ich, wie die jüngere Frau mit einer seltsamen, abwehrenden und gleichzeitig doch irgendwie kraftlosen Bewegung den Kopf etwas abwandte, während sie den Handrücken an den Mund hob, als wollte sie ein hervordrängendes Wort, einen Laut unterdrücken, gewissermaßen ersticken. Dann mußte ich noch der alten Frau berichten: «Wir waren zusammen», und dazu erklären: «in Zeitz», und mich auf ihre irgendwie strenge, fast schon Rechenschaft fordernde Frage hin: «Und warum sind Sie nicht zusammen nach Hause gekommen?» fast schon verteidigen: «Wir sind getrennt worden. Und dann hat man mich an einen anderen Ort gebracht.» Und sie wollte auch noch wissen: «Sind denn noch Ungarn draußen?», und ich habe geantwortet: «Aber ja, viele.» Worauf sie, mit einer Art sichtlichen Triumphs, zu der jungen Frau sagte: «Siehst du!» und zu mir: «Ich sage ja immer, daß sie erst jetzt zu kommen beginnen. Aber meine Tochter hat keine Geduld, sie will es nicht mehr glauben...», und ich hätte beinahe gesagt, daß sie nach meiner Ansicht sicher die Klügere sei und Bandi Citrom besser kenne, aber ich schwieg dann doch lieber. Sie hat mich dann auch noch eingeladen hereinzukommen, aber ich habe gesagt, ich müsse zuerst nach Hause. «Bestimmt warten Ihre Eltern auf Sie», meinte sie, und ich habe geantwortet: «Aber ja.» «Na dann», hat sie noch bemerkt, «gehen Sie schnell, damit sie sich freuen», und so bin ich dann auch gegangen.

Am Bahnhof habe ich die Straßenbahn genommen, weil ich mein Bein sehr zu spüren begann, nun, und weil unter vielen auch eine mit der von einst bekannten

Nummer kam. Eine dürre alte Frau mit einem merkwürdigen altmodischen Spitzenkragen rückte auf der offenen Plattform ein wenig von mir ab. Bald ist dann ein Mann mit Mütze und Uniform gekommen und hat meine Fahrkarte verlangt. Ich sagte ihm, daß ich keine habe. Er schlug vor, ich solle eine lösen. Ich sagte, ich käme aus der Fremde und hätte kein Geld. Da sah er meine Jacke an, dann mich, dann auch die alte Frau, und schließlich gab er mir zu verstehen, daß die Benutzung von Verkehrsmitteln Vorschriften unterworfen sei, und diese Vorschriften habe nicht er erfunden, sondern diejenigen, die über ihm säßen. «Wenn Sie keine Fahrkarte lösen, müssen Sie aussteigen», war seine Ansicht. Ich sagte ihm, daß mir aber das Bein schmerze, worauf sich die alte Frau abwandte und in die Gegend hinausschaute, das aber irgendwie so beleidigt, als hätte ich es, weiß Gott warum, ihr zum Vorwurf gemacht. Doch da kam aus dem Wageninnern, schon von weitem lärmend, ein stattlicher, schwarzhaariger, zerzauster Mensch herausgetrampelt. Er trug ein offenes Hemd, einen hellen Leinenanzug, eine schwarze, an einem Riemen von seiner Schulter hängende Schachtel und in der Hand eine Aktentasche. Was denn das sei, schrie er und befahl: «Geben Sie mir eine Fahrkarte!», während er dem Schaffner ein Geldstück reichte oder besser: hinstieß. Ich versuchte, ihm zu danken, doch er unterbrach mich und blickte erregt in die Runde: «Es müßten sich eher gewisse Leute schämen», sagte er, doch der Schaffner war schon im Wageninnern, die alte Frau aber schaute nach wie vor hinaus. Darauf wandte er sich an mich, das Gesicht jetzt milde: «Kommst du aus Deutschland, mein Junge?» «Ja.» «Aus dem Konzentrationslager?» «Natürlich.» «Aus welchem?» – «Aus dem in Buchenwald.» Ja, er hatte davon gehört, wußte auch, daß es «einer der Kreise des Nazi-Infernos» war, so hat er sich ausgedrückt. «Von wo haben sie dich verschleppt?» «Aus Budapest.» «Wie lange warst du dort?» «Ein Jahr, alles in allem.» «Du hast wahrscheinlich viel gesehen, mein Junge, viele Greuel», meinte er da, und ich habe nichts gesagt. «Na ja», fuhr er fort. «Hauptsache, es ist aus und vorbei», seine Miene hellte sich auf, er zeigte auf die Häuser, an denen wir gerade vorbeirumpelten, und erkundigte sich, was ich jetzt wohl empfand, wieder zu Hause, beim Anblick der Stadt, die ich damals verlassen hatte. Ich sagte: «Haß.» Er schwieg eine Weile, bemerkte dann aber, er müsse mein Gefühl leider verstehen. Im übrigen habe «je nach den Umständen», so meinte er, auch der Haß seinen Platz, seine Rolle, «ja seinen Nutzen», und er nehme an, fügte er hinzu, wir seien uns da einig, und er wisse wohl, wen ich haßte. Ich sagte: «Alle.» Er schwieg wieder, dieses Mal etwas länger, und fragte dann: «Hast du viel Schreckliches durchmachen müssen?», und ich sagte, es käme darauf an, was er unter schrecklich verstehe. Bestimmt, sagte er da, mit einem etwas unbehaglichen Ausdruck im Gesicht, hätte ich viel entbehren, hungern müssen, und wahrscheinlich sei ich auch geschlagen worden, und ich sagte: «Natürlich.» «Lieber Junge», rief er da, wobei er, wie mir schien, doch langsam die Geduld verlor, «warum sagst du bei allem, es sei natürlich, und immer bei Dingen, die es überhaupt nicht sind!» Ich sagte, im Konzentrationslager sei so etwas natürlich. «Ja, ja», sagte er, «dort schon, aber...», und hier stockte, zögerte er ein bißchen, «aber... ich meine, das Konzentrationslager an sich ist nicht natürlich!», endlich hatte er gewissermaßen das richtige Wort erwischt, und ich erwiderte dann auch nichts darauf, denn ich begann allmählich einzusehen: über bestimmte Dinge kann man mit Fremden, Ahnungslosen, in gewissem Sinn Kindern, nicht diskutieren, um es so zu sagen. Und im übrigen – so fiel mir beim Anblick des Platzes, der noch immer vorhanden, höchstens etwas kahler und ungepflegter geworden war, plötzlich ein –, ich mußte ja aussteigen, und das teilte ich ihm auch mit. Doch er kam mit mir, zeigte dann auf eine schattige Bank ohne Rückenlehne und schlug vor, wir sollten uns dort für einen Augenblick hinsetzen.

Zunächst schien er einigermaßen unsicher. Tatsächlich – so hat er bemerkt – kämen «die Schrecklichkeiten erst jetzt wirklich an den Tag», und er fügte hinzu, daß «die Welt vorläufig verständnislos vor der Frage steht, wie, auf welche Art, das alles überhaupt geschehen konnte». Ich sagte nichts, und da hat er sich auf einmal ganz zu mir gewandt und gesagt: «Mein Junge, möchtest du nicht über deine Erlebnisse berichten?» Ich staunte ein bißchen und sagte, sehr viel Interessantes könnte ich ihm nicht erzählen. Da hat er ein wenig gelächelt und gesagt: «Nicht mir: der Welt.» Darauf staunte ich noch mehr und wollte wissen: «Aber worüber denn?» «Über die Hölle der Lager», antwortete er, worauf ich bemerkte, darüber könne ich schon gar nichts sagen, weil ich die Hölle nicht kenne und sie mir nicht einmal vorstellen kann. Aber er sagte, das sei bloß so ein Vergleich:

«Haben wir uns denn», fragte er, «das Konzentrationslager nicht als Hölle vorzustellen?», und ich sagte, während ich mit dem Absatz ein paar Kreise in den Staub zeichnete, jeder könne es sich vorstellen, wie er wolle, ich meinerseits könne mir jedenfalls nur das Konzentrationslager vorstellen, denn das kenne ich bis zu einem gewissen Grad, die Hölle aber nicht. «Aber wenn nun doch?» drängte er, und nach ein paar weiteren Kreisen sagte ich: «Dann würde ich sie mir als einen Ort vorstellen, wo man sich nicht langweilen kann», wohingegen man das, so fügte ich hinzu, im Konzentrationslager könne, sogar in Auschwitz – unter bestimmten Voraussetzungen, versteht sich. Daraufhin schwieg er ein Weilchen, und dann fragte er, irgendwie aber schon widerwillig, wie mir schien: «Ja, und womit erklärst du das?», und da habe ich nach einigem Nachdenken gefunden: «Mit der Zeit.» «Was heißt das, mit der Zeit?» «Das heißt, daß die Zeit hilft.» «Hilft ...? Wobei?» «Bei allem», und ich versuchte ihm zu erklären, wie es ist, an einem nicht gerade luxuriösen, im ganzen aber doch annehmbaren, sauberen und hübschen Bahnhof anzukommen, wo einem alles erst langsam, in der Abfolge der Zeit, Stufe um Stufe klar wird. Wenn man die eine Stufe hinter sich gebracht hat, sie hinter sich weiß, kommt bereits die nächste. Wenn man dann alles weiß, hat man auch alles bereits begriffen. Und indes man alles begreift, bleibt man ja nicht untätig: schon erledigt man die neuen Dinge, man lebt, man handelt, man bewegt sich, erfüllt die immer neuen Forderungen einer jeden neuen Stufe. Gäbe es jedoch diese Abfolge in der Zeit nicht und würde sich das ganze Wissen gleich dort auf der Stelle über uns ergießen, so hielte es unser Kopf vielleicht gar nicht aus, und auch unser Herz nicht – so versuchte ich, es für ihn ein wenig zu beleuchten, worauf er aus seiner Tasche eine zerfledderte Zigarettenschachtel hervorklaubte und auch mir eine der zerknitterten Zigaretten hinhielt, die ich ablehnte, und nach zwei tiefen Zügen, die Ellbogen auf die Knie gestützt, so, vorgebeugt und ohne mich anzuschauen, sagte er mit einer etwas klanglosen, dumpfen Stimme: «Ich verstehe.» Andererseits, fuhr ich fort, sei da gerade der Fehler, ich könnte sagen der Nachteil, daß man die Zeit auch irgendwie verbringen muß. Zum Beispiel habe ich – erzählte ich ihm – Gefangene gesehen, die schon vier, sechs oder auch zwölf Jahre im Konzentrationslager waren – oder genauer: noch da waren. Nun aber haben diese Menschen all die vier, sechs oder zwölf Jahre, das heißt im letzteren Fall zwölf mal dreihundertfünfundsechzig Tage, das heißt zwölf mal dreihundertfünfundsechzig mal vierundzwanzig Stunden, und noch weiter zwölf mal dreihundertfünfundsechzig mal vierundzwanzig mal... und das Ganze zurück, in Sekunden, Minuten, Stunden, Tagen: also daß sie es von A bis Z irgendwie hinter sich bringen mußten. Wiederum andererseits, so fügte ich hinzu, mochte gerade das ihnen geholfen haben, denn wenn diese ganze, zwölf mal dreihundertfünfundsechzig mal vierundzwanzig mal sechzig mal sechzig genommene Zeit auf einmal, auf einen Schlag über sie hereingebrochen wäre, dann hätten sie es nicht ausgehalten – so wie sie es auf die Art eben doch ausgehalten haben –, dann hätten sie es weder körperlich noch geistig verkraftet. Und da er schwieg, habe ich noch hinzugefügt: «So ungefähr muß man es sich vorstellen.» Worauf er, in der gleichen Weise wie vorhin, nur jetzt statt der Zigarette, die er inzwischen fortgeworfen hatte, das Gesicht mit beiden Händen haltend, mit einer wohl dadurch noch dumpferen, erstickten Stimme sagte: «Nein, das kann man sich nicht vorstellen», und ich meinerseits sah das auch ein. Ich dachte bei mir: nun, das wird es wohl sein, warum sie statt dessen lieber von Hölle sprechen, wahrscheinlich.

Dann aber hat er sich bald wieder aufgerichtet, auf seine Uhr geschaut, und sein Ausdruck veränderte sich. Er ließ mich wissen, er sei Journalist, und zwar – wie er hinzufügte – «bei einer demokratischen Zeitung», und da erst bin ich darauf gekommen, an wen mich der eine oder andere seiner Sätze schon die ganze Zeit von ferne erinnerte: an Onkel Vili – freilich, das mußte ich zugeben, mit dem Unterschied, auch an Glaubwürdigkeit sozusagen, den ich erkennen müßte, wenn ich etwa die Worte und vor allem die Taten und den Eigensinn des Rabbi beispielsweise mit denen von Onkel Lajos vergliche. Dieser Gedanke erinnerte mich auf einmal daran, brachte es mir eigentlich erst jetzt wirklich zum Bewußtsein, daß ein Wiedersehen wahrscheinlich bald bevorstand, und so folgte ich den Sprüchen des Journalisten nur noch mit halbem Ohr. Er würde – so sagte er – den Zufall unserer Bekanntschaft gern zu einem «glücklichen Zufall» machen. Er schlug vor, wir sollten einen Artikel schreiben, eine «Artikelserie» beginnen. Die Artikel würde er schreiben, aber ausschließlich aufgrund meines Berichts. So würde ich auch zu ein wenig Geld kommen, das mir auf der Schwelle zum «neuen Leben» gewiß von Nutzen sein würde, auch wenn er – so fügte er mit einem irgendwie um Verzeihung bittenden Lächeln hinzu – nicht sehr viel «anbieten könne», weil das Blatt noch neu sei und «vorerst auf einer schwankenden finanziellen Grundlage» stehe. Aber im Augenblick, befand er, sei sowieso nicht das die Hauptsache, sondern vielmehr, «die noch blutenden Wunden zu heilen und die Schuldigen zu bestrafen». Vor allem aber müsse man «die öffentliche Meinung aufrütteln» und «Apathie, Gleichgültigkeit, ja Skepsis» ausräumen. Gemeinplätze würden dabei nicht helfen, sondern es gehe, so sagte er, darum, die Ursachen aufzudecken, es gehe um die Wahrheit, welch «schmerzliche Prüfung» es auch bedeute, ihr ins Gesicht zu schauen. In meinen Worten sehe er «viel Originalität» und alles in allem die Zeichen der Zeit, ihren – wenn ich es richtig verstanden habe – «traurigen Stempel», und das bedeute «in der ermüdenden Flut des Tatsachenmaterials einen neuen, persönlichen Ton» – so hat er es gesagt und mich gefragt, was ich dazu meinte. Ich bemerkte, zunächst müßte ich meine eigenen Angelegenheiten erledigen, was er offenbar mißverstand, denn er sagte: «Nein. Das ist nicht mehr nur deine Angelegenheit. Sondern unsere, die der ganzen Welt», und ich sagte ihm, ja, schon, nur sei es jetzt an der Zeit, daß ich nach Hause ginge; daraufhin bat er mich um «Verzeihung». Wir sind aufgestanden, aber es schien, als zögere er noch, als habe er noch etwas auf dem Herzen. Ob wir die Artikel – fragte er – nicht mit einem Foto vom Augenblick des Wiedersehens beginnen könnten? Ich sagte nichts, und da hat er mit einem schiefen kleinen Lächeln die Bemerkung gemacht, der Journalist werde «von seinem Handwerk hin und wieder zu Taktlosigkeit gezwungen», aber wenn es mir nicht behage, so würde er seinerseits nicht «insistieren» wollen. Dann setzte er sich wieder hin, öffnete auf den Knien ein schwarzes Notizbuch und schrieb eilig etwas hinein, das Blatt riß er dann heraus und überreichte es mir, während er wieder aufstand. Das sei sein Name und die Adresse seiner Redaktion, und er verabschiede sich «in der Hoffnung auf ein baldiges Wiedersehen», wie er sagte, worauf ich den freundlichen Druck seiner warmen, fleischigen, etwas verschwitzten Hand spürte. Auch ich hatte das Gespräch mit ihm als angenehm, entspannend empfunden und ihn selbst als sympathisch und guten Willens. Ich wartete noch, bis seine Gestalt im Strudel der Fußgänger verschwand, erst dann warf ich den Zettel weg.

Nach ein paar Schritten erkannte ich unser Haus. Es stand noch, unversehrt, völlig in Ordnung. Der vertraute Geruch des Tordurchgangs, der in seinem vergitterten Schacht ruhende wacklige Aufzug und die gelblich gewordenen, ausgetretenen Stufen bereiteten mir den Empfang, und weiter oben konnte ich auch den an einen bestimmten traulichen Augenblick erinnernden Treppenabsatz begrüßen. Auf unserem Stockwerk klingelte ich dann an unserer Tür. Sie öffnete sich auch bald, aber nur so weit, wie der innere Verschluß, irgend so ein Haken oder eine Sperrkette, es zuließ, und ich war etwas überrascht, da ich mich von früher nicht an eine solche Vorrichtung erinnerte. Aus dem Türspalt schaute mich das gelbe, knochige Gesicht einer fremden Frau etwa mittleren Alters an. Sie fragte, wen ich suche, und ich sagte zu ihr, ich wohnte hier. «Nein», sagte sie, «hier wohnen wir» und wollte die Tür schon wieder schließen, was ihr aber nicht gelang, da ich den Fuß dazwischengestellt hatte. Ich versuchte ihr zu erklären, das sei ein Irrtum, denn von hier sei ich weggegangen, und es sei ganz sicher, daß wir hier wohnten, sie hingegen versicherte mir, ich täuschte mich, weil ohne jeden Zweifel sie hier wohnten, und gleichzeitig schüttelte sie freundlich, höflich, aber bedauernd den Kopf und versuchte, die Tür zu schließen, während ich versuchte, sie aufzuhalten. In einem Augenblick, als ich zu der Nummer hochsah, ob ich mich nicht vielleicht doch in der Tür geirrt hätte, gab offenbar wohl mein Fuß nach, denn da hat sich ihr Bemühen als erfolgreich erwiesen, und ich hörte noch, wie sie in dem zufallenden Schloß den Schlüssel gleich zweimal umdrehte.

Auf dem Weg zum Treppenhaus zurück stockte ich vor einer vertrauten Tür. Ich klingelte, und bald erschien eine dicke, stattliche Frau. Schon wollte sie – auf bereits bereits bekannte Art – die Tür wieder zumachen; da blitzte hinter ihr eine Brille auf, und aus dem Halbdunkel schälte sich das graue Gesicht von Herrn Fleischmann heraus. Neben ihm tauchten ein umfangreicher Bauch, Pantoffeln, ein großer roter Kopf, ein kindlicher Scheitel und der ausgebrannte Stummel einer Zigarre auf: der alte Steiner, beide, wie ich sie zurückgelassen hatte, so als wäre es gestern gewesen, am Vorabend des Zollhaus-Tages. Sie standen da, schauten mich an, riefen meinen Namen, und der alte Steiner umarmte mich, so, wie ich war, samt Mütze, verschwitzt, in meiner gestreiften Jacke. Sie holten mich herein, ins Zimmer, und Frau Fleischmann ist in die Küche geeilt, um zu schauen, ob «ein Häppchen zu essen» da sei, wie sie sich ausdrückte. Ich mußte die üblichen Fragen beantworten: woher, wie, wann, auf welche Weise, dann fragte ich und erfuhr, daß in unserer Wohnung tatsächlich inzwischen andere Leute wohnten. Ich wollte wissen: «Und wir?», und weil sie sich irgendwie schwertaten, fragte ich: «Mein Vater?», worauf sie dann endgültig verstummt sind. Nach kurzer Zeit hob sich langsam eine Hand – ich glaube, die von Herrn Steiner – in die Höhe, machte sich auf den Weg und ließ sich dann, wie eine vorsichtige alte Fledermaus, auf meinem Arm nieder. Dem, was sie dann sagten, konnte ich im wesentlichen so viel entnehmen, daß «wir an der Echtheit der Trauerbotschaft leider nicht zweifeln können», weil sie auf dem «Zeugnis ehemaliger Kameraden» beruhe, demgemäß mein Vater «nach kurzem Leiden verschieden» sei, in einem «deutschen Lager», das sich aber eigentlich auf österreichischem Gebiet befinde, na... wie heißt es doch gleich..., und ich sagte: «Mauthausen.» «Mauthausen!» riefen sie erfreut, worauf sie sich wieder verdüsterten: «Ja, genau.» Ich fragte sie dann, ob sie nicht vielleicht Nachricht von meiner Mutter hätten, und sie sagten gleich: aber ja, doch, und zwar eine erfreuliche, sie lebt, ist gesund, vor ein paar Monaten war sie hier im Haus, sie selbst hatten sie gesehen und mit ihr gesprochen, sie hatte nach mir gefragt. Und meine Stiefmutter? wollte ich auch noch wissen und erfuhr: «Na ja, sie hat inzwischen wieder geheiratet.» «Ach», forschte ich weiter, «wen denn?», und da sind sie wieder über den Namen gestolpert. Der eine hat gesagt: «Irgendeinen Kovács, wenn ich mich nicht irre», der andere: «Nein, nicht Kovács, eher Futó.» Ich habe gesagt: «Sütő», und auch jetzt nickten sie erfreut und waren nun ganz sicher: «Richtig, Sütő, natürlich» – genauso wie gerade zuvor. Sie verdanke ihm viel, «eigentlich alles», sagten sie dann: er habe «das Vermögen hinübergerettet», er habe «sie in den schweren Zeiten versteckt» – so haben sie es formuliert. «Vielleicht», sann Herr Fleischmann noch ein wenig nach, «hat sie es ein bißchen eilig gehabt», und dem stimmte auch der alte Steiner zu. «Aber letzten Endes», meinte er noch, «ist das verständlich», was dann wieder der andere Alte zugab.

Dann saß ich noch ein Weilchen bei ihnen herum, weil ich schon lange nicht mehr so gesessen hatte, in einem bordeauxrot bezogenen, weichen Samtfauteuil. Auch Frau Fleischmann war inzwischen zurückgekommen und hatte auf einem weißen Porzellanteller mit Zierrand Schmalzbrote gebracht, mit Streupaprika und dünnen Zwiebelringen verziert, denn sie erinnerte sich, daß ich das früher sehr gern gemocht hatte, was ich auch sogleich bezüglich der Gegenwart bekräftigte. Unterdessen erzählten die beiden Alten, «ja, auch hier zu Hause» sei es «nicht leicht» gewesen. Ihr Bericht gab mir den Eindruck eines wirren, verwickelten und nicht nachvollziehbaren Geschehens von nebelhaften Umrissen, die eigentlich nichts so recht erkennen und verstehen ließen. Es war mehr die häufige, fast schon ermüdende Wiederholung eines Wortes, was mir an ihrer Litanei auffiel, ein Wort, mit dem sie jede neue Wende, jede Veränderung, jede Bewegung bezeichneten: so «kamen» zum Beispiel die Judensternhäuser, «kam» der fünfzehnte

Oktober, «kamen» die Pfeilkreuzler, «kam» das Ghetto, «kam» die Sache am Donau-Ufer, «kam» die Befreiung. Nun und dann war da der übliche Fehler: als hätte dieses ganze verwischte, in Wirklichkeit unvorstellbar erscheinende und auch in den Einzelheiten – so wie ich sah – für sie nicht mehr vollständig nachvollziehbare Geschehen nicht in der gewohnten Abfolge von Minuten, Stunden, Tagen, Wochen und Monaten stattgefunden, sondern gewissermaßen auf einmal, irgendwie in einem einzigen Wirbel, Taumel, etwa auf so einer merkwürdigen, unerwartet in eine Ausschweifung ausartenden Nachmittagsgesellschaft, wo die Teilnehmer – weiß Gott warum – plötzlich alle aus dem Häuschen geraten und zuletzt überhaupt nicht mehr wissen, was sie tun. Irgendwann sind sie dann verstummt, und nach einer kurzen Stille hat der alte Fleischmann auf einmal die Frage an mich gerichtet: «Und was für Pläne hast du für die Zukunft?» Ich war etwas überrascht und habe gesagt, daran hätte ich noch nicht so recht gedacht. Da regte sich auch der andere Alte und beugte sich auf seinem Stuhl zu mir. Auch die Fledermaus erhob sich wieder und ließ sich diesmal auf meinem Knie nieder statt auf meinem Arm. «Vor allem», sagte er, «mußt du die Greuel vergessen.» Ich war noch mehr überrascht und habe gefragt: «Wieso?» «Damit du», antwortete er, «leben kannst», und Herr Fleischmann nickte und fügte hinzu: «Frei leben», worauf der andere Alte nickte und hinzufügte: «Mit einer solchen Last kann man kein neues Leben beginnen», und da hatte er bis zu einem gewissen Grad recht, das mußte ich zugeben. Nur verstand ich nicht ganz, wie sie etwas verlangen konnten, was unmöglich ist, und ich habe dann auch bemerkt, was geschehen sei, sei geschehen, und ich könne ja meinem Erinnerungsvermögen nichts befehlen. Ein neues Leben – meinte ich – könnte ich nur beginnen, wenn ich neu geboren würde oder wenn irgendein Leiden, eine Krankheit oder so etwas meinen Geist befiele, was sie mir ja hoffentlich nicht wünschten. «Und überhaupt», fügte ich hinzu, «habe ich von Greueln nichts bemerkt», und da sah ich, daß sie ziemlich verblüfft waren. Was das heißen solle, wollten sie wissen, ich hätte «nichts bemerkt»? Da habe ich sie nun aber gefragt, was sie denn wohl in diesen «schweren Zeiten» gemacht hätten. «Na ja... wir haben gelebt», sagte der eine nachdenklich. «Wir haben zu überleben versucht», fügte der andere hinzu. Also hatten auch sie einen Schritt nach dem anderen gemacht – wie ich bemerkte. Was für Schritte, wollten sie wissen, und da habe ich auch ihnen erzählt, wie das zum Beispiel in Auschwitz zugegangen war. Pro Eisenbahnzug – ich will nicht behaupten, daß es unbedingt jedesmal so war, denn das kann ich nicht wissen –, zumindest in unserem Fall aber ist mit ungefähr dreitausend Personen zu rechnen. Nehmen wir davon etwa tausend Männer an. Rechnen wir für die Untersuchung ein, zwei Sekunden, eher eine als zwei. Den ersten und den letzten lassen wir weg, die zählen ja nie. In der Mitte jedoch, wo auch ich stand, muß man also mit einer Wartezeit von zehn bis zwanzig Minuten rechnen, bis man zu dem Punkt gelangt, wo sich entscheidet: gleich das Gas oder noch einmal davongekommen. In der Zwischenzeit aber bewegt sich die Reihe ständig fort, geht immer weiter voran, und ein jeder macht immer einen

Schritt, einen kleineren oder einen größeren, je nach Betriebsgeschwindigkeit.

Daraufhin ist eine Stille entstanden, die bloß von einem Geräusch unterbrochen wurde: Frau Fleischmann nahm mir den leeren Teller weg und trug ihn hinaus, und ich sah sie nicht mehr zurückkommen. Die zwei Alten aber fragten, was das mit der Sache zu tun habe und was ich damit sagen wolle. Ich sagte, nichts Besonderes, nur war es nicht einfach so, daß die Dinge «kamen», wir sind auch gegangen. Nur jetzt wirkt alles so fertig, so abgeschlossen, unveränderlich, endgültig, so ungeheuer schnell und so fürchterlich verschwommen, so, als sei es «gekommen»: nur jetzt, wenn wir es im nachhinein, von hinten her sehen. Und, freilich, auch wenn wir das Schicksal schon im voraus kennen. Dann bleibt uns, in der Tat, nur noch die einleuchtende Erkenntnis, wie die Zeit vergeht. Dann ist zum Beispiel ein dummer Kuß vom gleichen Grad der Notwendigkeit wie, sagen wir, ein Tag des Stillhaltens im Zollhaus oder wie die Gaskammern. Bloß, ob wir von hinten oder von vorn schauen, beides sind falsche Betrachtungsweisen – war meine Meinung. Schließlich sind mitunter auch zwanzig Minuten, für sich genommen, eine lange Zeit. Jede Minute hat begonnen, hat gedauert und ist zu Ende gegangen, bevor die nächste begann. Nun aber – sagte ich – ziehen wir doch einmal in Betracht: jede dieser Minuten hätte eigentlich auch etwas Neues bringen können. In Wirklichkeit hat sie nichts gebracht, natürlich – aber dennoch muß man zugeben: sie hätte etwas bringen können, schließlich hätte während einer jeden etwas anderes geschehen können als das, was zufällig geschah, in

Auschwitz ebenso wie etwa, nehmen wir einmal an, hier zu Hause, als wir Vater verabschiedet haben.

Auf diesen letzten Satz hin ist der alte Steiner irgendwie in Bewegung geraten. «Aber was hätten wir denn tun können?!» fragte er mit einer halb zornigen, halb klagenden Miene. Ich sagte: nichts, natürlich; oder – so fügte ich hinzu – irgend etwas, was genauso unvernünftig gewesen wäre, wie daß wir nichts getan haben, natürlich, wie immer natürlich. «Aber es geht ja gar nicht darum», versuchte ich weiter, es ihnen zu erklären. «Also worum denn eigentlich?» fragten sie, nun schon etwas die Geduld verlierend, und ich erwiderte, wobei ich fühlte, wie ich selbst immer wütender wurde: «Um die Schritte.» Jeder hat seine Schritte gemacht, solange er konnte: auch ich, und das nicht nur in der Kolonne in Birkenau, sondern schon hier zu Hause. Ich habe sie mit meinem Vater gemacht, mit meiner Mutter, mit Annamaria und auch – vielleicht die schwersten – mit der älteren Schwester. Jetzt könnte ich ihr sagen, was es bedeutet, «Jude» zu sein: nichts, für mich nichts und ursprünglich nichts, solange die Schritte nicht einsetzen. Nichts von alldem ist wahr, es gibt kein anderes Blut, es gibt nichts, bloß ..., ich stockte, doch da ist mir plötzlich der Ausdruck des Journalisten eingefallen: es gibt bloß die gegebenen Umstände und in ihnen neue Gegebenheiten. Auch ich habe ein gegebenes Schicksal durchlebt. Es war nicht mein Schicksal, aber ich habe es durchlebt – und ich begriff nicht, warum es ihnen nicht in den Kopf ging, daß ich nun eben etwas damit anfangen, es irgendwo festmachen, irgendwo anfügen mußte, daß es jetzt nicht mehr genügen konnte, mir zu sagen, daß es ein Irrtum war, ein Unfall, so eine Art Ausrutscher, oder daß es eventuell gar nicht stattgefunden hat, womöglich. Ich sah schon, sah es sehr wohl, daß sie mich nicht recht verstanden, daß meine Worte ihnen nicht so recht behagten, ja, daß das eine oder andere ihnen geradezu auf die Nerven ging. Ich sah, wie Herr Steiner mich hie und da unterbrechen, hie und da beinahe schon aufspringen wollte, ich sah, wie ihn der andere Alte zurückhielt, und ich hörte, wie er zu ihm sagte: «Lassen Sie ihn, sehen Sie denn nicht, daß er einfach reden will? Lassen Sie ihn doch reden», und ich redete auch, wahrscheinlich umsonst und wohl auch etwas unzusammenhängend. Aber auch so habe ich ihnen erklärt, daß man nie ein neues Leben beginnen, sondern immer nur das alte fortsetzen kann. Ich und kein anderer hat meine Schritte gemacht, und ich behaupte, mit Anstand. Der einzige Fleck, der einzige Schönheitsfehler, den man mir eventuell vorwerfen könnte, das einzig Zufällige sei, daß wir uns jetzt hier unterhielten – doch dafür konnte ich nichts. Ob sie denn wollten, daß diese ganze Anständigkeit und alle meine vorangegangenen Schritte nun ihren ganzen Sinn verlören? Warum dieser plötzliche Gesinnungswandel, warum diese Widerspenstigkeit, warum dieser Unwille einzusehen: wenn es ein Schicksal gibt, dann ist Freiheit nicht möglich: wenn es aber – so fuhr ich fort, selbst immer überraschter, immer erhitzter – die Freiheit gibt, dann gibt es kein Schicksal, das heißt also – ich hielt inne, aber nur, um Atem zu holen –, das heißt also, wir selbst sind das Schicksal – dahinter war ich plötzlich gekommen, und zwar in diesem Augenblick mit einer solchen Klarheit wie bisher noch nie. Ein bißchen bedauerte ich sogar, nur sie und nicht intelligentere, sozusagen würdigere Gegner vor mir zu haben. Aber sie waren nun einmal da, sie sind – so ahnte ich wenigstens in diesem Augenblick – überall da, und jedenfalls waren sie auch dagewesen, als wir meinen Vater verabschiedet hatten. Auch sie hatten ihre Schritte gemacht. Auch sie hatten im voraus alles gewußt, auch sie hatten alles vorausgesehen, auch sie hatten sich von Vater verabschiedet, als sei es schon sein Begräbnis, und später waren sie sich auch bloß darüber in die Haare geraten, ob ich mit der Vorortbahn oder besser mit der Straßenbahn nach Auschwitz fahren sollte... da aber ist nicht nur Herr Steiner, sondern auch der alte Fleischmann aufgesprungen. Er versuchte zwar noch immer, den anderen zurückzuhalten, aber es gelang ihm nicht mehr. «Was?» fuhr dieser mich an, mit hochrotem Gesicht, sich mit der Faust auf die Brust schlagend: «Am Ende sind wir noch die Schuldigen, wir, die Opfer?», und ich versuchte, ihm zu erklären: es gehe nicht um Schuld, sondern nur darum, daß man etwas einsehen müsse, schlicht und einfach, allein dem Verstand zuliebe, des Anstands wegen, sozusagen. Man könne mir, das sollten sie doch versuchen zu verstehen, man könne mir doch nicht alles nehmen; es gehe nicht, daß mir weder vergönnt sein sollte, Sieger, noch, Verlierer zu sein, weder Ursache noch Wirkung, weder zu irren noch recht zu behalten; ich könne – sie sollten doch versuchen, das einzusehen, so flehte ich beinahe schon: ich könne die dumme Bitternis nicht herunterschlucken, einfach nur unschuldig sein zu sollen. Doch freilich, ich merkte, sie wollten gar nichts einsehen, und so bin ich dann, Sack und Mütze nehmend, gegangen, begleitet von ein paar wirren Worten, Bewegungen, einigen unvollendeten Gebärden und in der Schwebe bleibenden Sätzen.

Unten nahm mich die Straße in Empfang. Zu meiner Mutter mußte ich die Straßenbahn nehmen. Aber jetzt ist mir schon eingefallen: richtig, ich habe ja kein Geld, und so habe ich dann beschlossen, zu Fuß zu gehen. Um Kraft zu sammeln, bin ich noch für einen Augenblick auf dem Platz, bei der Bank von vorhin stehengeblieben. Dort vorn, wo ich dann würde gehen müssen und wo die Straße sich zu verlängern, zu verbreitern, ins Unendliche zu verlieren schien, waren die Schäfchenwolken über den bläulichen Hügeln schon violett und der Himmel purpurn. Auch war es, als hätte sich um mich herum etwas verändert: der Verkehr hatte sich beruhigt, die Schritte der Menschen waren langsamer geworden, ihre Stimmen leiser, ihre Blicke milder, und es schien, als würden sie ihre Gesichter einander zuwenden. Es war die gewisse Stunde – selbst jetzt, selbst hier erkannte ich sie –, die mir liebste Stunde im Lager, und ein schneidendes, schmerzliches, vergebliches Gefühl ergriff mich: Heimweh. Alles war auf einmal wieder da, wurde lebendig und stieg in mir hoch, all die seltsamen Stimmungen, all die winzigen Erinnerungen überfielen, durchzitterten mich. Ja, in einem gewissen Sinn war das Leben dort reiner und schlichter gewesen. Alles fiel mir wieder ein, an alle erinnerte ich mich der Reihe nach, an die, die mich nicht interessierten, ebenso wie an die, die allein schon durch diese Registratur, allein schon durch mein Dasein gerechtfertigt waren: Bandi Citrom, Pjetka, Bohusch, der Arzt und alle anderen.

Und zum erstenmal dachte ich jetzt mit einem ganz kleinen Vorwurf an sie, irgendwie mit einem liebevollen Groll.

Aber wir wollen es nicht übertreiben, denn gerade da ist ja der Haken: ich bin da, und ich weiß wohl, daß ich jeden Gesichtspunkt gelten lasse, um den Preis, daß ich leben darf. Ja, und wie ich so über den sanft in der Abenddämmerung daliegenden Platz blicke, die vom Sturm geprüfte und doch von tausend Verheißungen erfüllte Straße, da spüre ich schon, wie in mir die Bereitschaft wächst und schwillt: ich werde mein nicht fortsetzbares Dasein fortsetzen. Meine Mutter wartet auf mich und wird sich wahrscheinlich sehr über mein Auftauchen freuen, die Arme. Ich erinnere mich, früher hatte sie den Plan, daß aus mir einst ein Ingenieur, ein Arzt oder dergleichen werde. Es wird aller Wahrscheinlichkeit nach auch so werden, wie sie es wünscht; es gibt keine Absurdität, die man nicht ganz natürlich leben würde, und auf meinem Weg, das weiß ich schon jetzt, lauert wie eine unvermeidliche Falle das Glück auf mich. Denn sogar dort, bei den Schornsteinen, gab es in der Pause zwischen den Qualen etwas, das dem Glück ähnlich war. Alle fragen mich immer nur nach Übeln, den «Greueln»: obgleich für mich vielleicht gerade diese Erfahrung die denkwürdigste ist. Ja, davon, vom Glück der Konzentrationslager, müßte ich ihnen erzählen, das nächste Mal, wenn sie mich fragen.

Wenn sie überhaupt fragen. Und wenn ich es nicht selbst vergesse.

Foto: Monika Paulick

Imre Kertész. Nobelpreis für Literatur 2002

«Wenn man mich fragte, was hält Sie noch auf dieser Welt, was hält Sie am Leben, ich würde ohne zu zögern antworten: die Liebe.» *(Rede zur Verleihung des Nobelpreises)*

Die englische Flagge
Erzählungen. 3-499-22572-7

Fiasko
Roman. 3-499-22909-9

Galeerentagebuch
Roman. 3-499-22575-1

Eine Gedankenlänge Stille, während das Erschießungskommando neu lädt
Essays. 3-499-22571-9

Kaddisch für ein nicht geborenes Kind
Roman. 3-499-22574-3

Ich – ein anderer
Roman. 3-499-22573-5
In Reisebildern, in Erinnerungsmomenten einer fast entrückten Kindheit, in erzählten und geträumten Geschichten, in Wahrnehmungen, die ins traumatisch Visionäre umkippen, hält Imre Kertész einen existenziellen Epochenwechsel fest – erfahrungsbereit, erschüttert, ungläubig.

Roman eines Schicksallosen
«Kertész hat mit sparsamsten Mitteln eine Sprache gefunden, die vieles verschweigt, aber alles sagt. Da legt einer Zeugnis ab, für den Leiden und Leben identisch sind. Im Schmerz erfährt er Wahrheit. Im Unglück ahnt er so etwas wie Glück.» (Süddeutsche Zeitung)

3-499-22576-X